中國語言文字研究輯刊

十　編

許 錟 輝 主編

第4冊

《嶽麓書院藏秦簡（壹）·占夢書》研究（上）

龐 壯 城 著

花木蘭文化出版社

國家圖書館出版品預行編目資料

《嶽麓書院藏秦簡（壹）‧占夢書》研究（上）／龐壯城 著 —
初版 — 新北市：花木蘭文化出版社，2016〔民 105〕
目 4+242 面；21×29.7 公分
（中國語言文字研究輯刊 十編；第 4 冊）
ISBN 978-986-404-535-8（精裝）
1. 簡牘文字 2. 占夢 3. 研究考訂
802.08 105002064

中國語言文字研究輯刊
十 編 第 四 冊 ISBN：978-986-404-535-8

《嶽麓書院藏秦簡（壹）‧占夢書》研究（上）

作 者 龐壯城
主 編 許錟輝
總 編 輯 杜潔祥
副總編輯 楊嘉樂
編 輯 許郁翎
出 版 花木蘭文化出版社
社 長 高小娟
聯絡地址 235 新北市中和區中安街七二號十三樓
電話：02-2923-1455／傳眞：02-2923-1452
網 址 http://www.huamulan.tw 信箱 hml 810518@gmail.com
印 刷 普羅文化出版廣告事業
初 版 2016 年 3 月
全書字數 314557 字
定 價 十編 12 冊（精裝） 台幣 30,000 元

《嶽麓書院藏秦簡（壹）·占夢書》研究（上）

龐壯城 著

作者簡介

龐壯城，1987 年 4 月出生於臺灣臺北，臺灣成功大學中國文學系學士、臺灣成功大學中國文學系碩士，現爲成功大學中國文學系博士候選人。求學期間，曾多次獲得成功大學「鳳凰樹文學獎」古典文、古典曲獎項。2008 年由沈寶春教授指導，執行「國科會大專生參與專題研究計畫」。2009 年迄今，先後擔任於沈寶春教授、高佑仁助理教授科技部計畫之研究助理。2014 年獲成功大學推薦交換學生，至上海復旦大學「出土文獻與古文字研究中心」訪問研修。研究領域爲：古文字學、出土文獻、先秦史與數術學。並發表會議論文、專書論文十數篇。

提　要

《嶽麓書院藏秦簡》收有許多秦漢時期之社會史資料，其內容繁複、彌足珍貴。「社會史資料」，是指可據以重建、研究某一時期民眾生活、社會環境之資料。現存史料文獻多爲帝王史、專史，相較之下，更顯嶽麓簡之難得。其中，嶽麓簡《占夢書》更是目前可見，最古老之占夢專著，其所收錄之夢徵與夢占，極有可能爲秦漢時期之中下階層生活樣貌，對於補苴、重建當時之巫術信仰、社會文化甚有幫助。

本文針對嶽麓簡《占夢書》，進行文字考釋、字義訓讀。藉由與傳世文獻的對照，試圖上溯該書所收錄夢徵、夢占之歷史根據。透過概述古代中國之夢文化、夢學理論，能清楚瞭解嶽麓簡《占夢書》之性質與歷史意義，更進一步可分析該書之「成書背景」，與所用之「占夢術原理」；而藉由對「夢徵」與「夢占」的歸納整理，則可勾勒秦漢時期之中下社會階層風貌，能對古人之「需求」與「不安」有所瞭解，也能明曉嶽麓簡《占夢書》之「使用者身分」。最後則援引西方主流之夢學理論，討論其應用於嶽麓簡《占夢書》的方式及侷限。

本文主要課題在於字詞之釐訂、探求字義之根據，俾使文通字順，彰顯是書價值，更嘗試建構秦漢時期占夢之文化。

誌　謝

寫作，無疑是對自我的深掘與反省，不僅是個過程，也是求學生涯的一個句點，誠如沈師所言：「要追求完美。」本書，並非完美之作，卻是一次向完美的挑戰。希望每一次的挑戰，都能有所突破。

事物的出現，絕非一人之力所能成就，作文如此，作人亦是如此。

感謝一路支持我的家人。

感謝指導教授　沈寶春老師對我的教導。沈老師在學問與作人的雙方面要求，對我影響深刻。

感謝沈師門下、楚字典計畫的各位學長、姐，與碩班的同窗好友。獨學而無友，則孤陋而寡聞，因爲各位的分享與砥礪，使我不至於宅在象牙塔中。

感謝在我求學生涯中，遇見、成就我的人、事、物。這些所有的經歷，都可以在我的文章、人中看見。沒有你、妳、祢，就沒有這篇文章，亦不會有現在的我出現。

除了感謝，還是感謝。

目次

凡　例

1. 釋文採嚴式隸定，後加「（　）」註明寬式隸定或通假字。「（？）」指釋文隸定尚有疑問。「＝」表示合文符號或重文符號。「□」表示文字殘缺，若依線索得知為某字，則使用「□」將補字加框。「~~□~~」表示刪去補字。「〈　〉」指釋文為錯字。簡號以符號「【　】」標注於簡末。
2. 凡談到西元之紀年，一律以阿拉伯數字表示，例如：「1293 B.C.」；而君王的紀年則一律以中文小寫表示，例如：「魯文公七年」。又文中凡為編號之數字，一律以阿拉伯數字表示，如簡 1、2、3；凡為總數之數字，則以中文小寫表示。
3. 各條考釋先列學界意見，並依發表時間先後為序。但凡引用文章稱「岳麓」者，為尊重原書，本文皆改為「嶽麓」二字。
4. 文章初次引用以詳細注明處理，為求版面整潔，二次以上引用則不注出版項、文章網址（網路論文仍附出處網站）。
5. 引述意見時除曾親蒙受教者稱師外，其餘依學界慣例不加「先生」，尚祈見諒。

簡稱表

爲避免行文繁瑣，多次引用的材料著錄書或專有名詞皆用簡稱，簡稱方式如下：

【專有名詞簡稱表】

全　名	簡　稱
孔子 2000/Confucius2000 網站	孔子 2000 網
武漢大學簡帛研究中心	武漢簡帛網
清華大學簡帛研究網	簡帛研究網
復旦大學出土文獻與古文字研究中心網站	復旦網

【書名簡稱表】

書籍全名	簡　稱
《銀雀山漢墓竹簡》	銀雀山
《尹灣漢簡》	尹灣
《睡虎地秦墓竹簡》	睡虎地
《雲夢睡虎地秦墓》發掘報告	雲夢
《包山楚簡》	包山
《上海博物館藏戰國楚竹書》	上博
《郭店楚墓竹簡》	郭店

《新蔡葛陵楚墓》	新蔡
《說文解字》	說文
《曾侯乙墓》	曾侯乙
《望山楚簡》	望山
《金文總集》	總集
《中國青銅器全集》	青全
《殷周金文集成》	集成
《甲骨文合集》	合集

第壹章　緒　論

第一節　研究動機與目的

「占夢」，是一項充滿巫術性、神秘性的活動，使用者以「夢」爲材料，利用各種方法論斷其意義。不論古今中外，只要是人，大多思考過夢之意義。廣義來說，此種思考行爲，已稱得上是初步的「占夢」。

中國自殷商起，便已出現占夢活動之記載，反映了古代文化制度，以及古人對事物之認知概念。先秦時期至秦漢之間，占夢記載甚多，各有其面貌、文化傳統，然多以王室、貴族爲取向，有關庶民社會之記載則付之闕如，十分遺憾。

古代歷史，往往是爲帝王書寫，而以帝王角度出發之「帝王史」，非與人民百姓有關之「社會史」。文化研究，尤其是社會層面，近年來不斷受到學者關注，然材料之缺乏，導致古代社會史研究停滯不前。對於歷史研究之材料，特別是社會史，李零認爲：「『檔案』〔註1〕比一般圖書來得重要。」〔註2〕現

〔註1〕即所謂的「官書」，包括文件、簿籍、曆法、史書、儀典、律令等。春秋戰國以前無私學，上述文書全爲官方所藏；春秋以降，《詩》、《書》、諸子百家文獻以及兵書、農書、醫卜星象等方術書籍才開始流傳於民間，一般圖書才得以發展。然秦代禁書，企圖銷毀民間圖書，故只有官書得以留存；直到漢惠帝廢挾書令，民間圖書才具備合法性。

〔註2〕李零：《待兔軒文存．讀史卷》（桂林，廣西師範大學出版社，2011年4月），頁6。

存傳世文獻，不僅檔案完全闕如，一般圖書也屈指可數，故使得先秦時期之社會史研究難以進行。

所幸隨著考古學之日漸興盛，許多前人無以得見之珍貴書籍、文物紛紛重現，對古文字、古文獻研究以及早期社會史研究，有莫大幫助。《嶽麓書院藏秦簡》就是一個絕佳之例證。

《嶽麓書院藏秦簡（壹）》出版於2010年底，內容有《質日》、《爲吏治官及黔首》以及《占夢書》〔註3〕。嶽麓簡不僅爲秦簡研究領域提供了新的材料，更填補先秦文獻之多項空白，使後人能更進一步建構此時期之社會史。以往僅能由史傳作品窺探之占夢活動，也首次見諸他種文獻，這是深入瞭解先秦時期民間巫術發展之有利契機，亦是本研究之核心目的。

本文共分爲五章。第壹章說明本文之研究動機、方法等初步計畫。第貳章處理嶽麓簡《占夢書》之釋讀問題。以傳世文獻、各種出土材料爲輔助，綜合前賢說法，試圖提出最合理的簡文通讀方式。第參章則以「歷時」爲經，「共時」爲緯，概述中國早期之占夢文化及夢學理論，爲文後分析嶽麓簡《占夢書》之「成書」提供背景資料。而有關「成書」之分析，則從「外部動機」與「內在理路」切入，由此呈現嶽麓簡《占夢書》之「占夢術原理」。第肆章則以「主題式」之方法，分析「夢徵」與「夢占」，嘗試在傳世文獻中尋找嶽麓簡《占夢書》之依據，並討論吉凶對於古人之「意義」以及夢占所呈現「古人之需求」。第伍章則爲結論，歸納、介紹本文之初步成果、研究侷限，及未來可延伸發揮處。附論則介紹、援引西方相關的原始思維、夢學理論，分析中國早期記夢資料於該理論應用上之優勢與缺陷。

本文雖以嶽麓簡《占夢書》爲題，然文化活動，尤以巫術、宗教，多由民族記憶、情感積累而成，雖有各民族之獨特性，然亦有其普世之價值。是以此類研究無法完全屏除前後期材料；而透過其他材料之概述、分析，嶽麓簡《占夢書》所具有的秦漢時期庶民夢占活動之特色，亦能不斷被彰顯。

第二節　研究概況

萬丈高樓平地起。高度的文化社會，必有蠻荒之開始，其形成則經歷了各

〔註3〕文後簡稱嶽麓簡《占夢書》。

世代之智慧和心血不斷培育。文化研究之建立演進、拓展凝練，亦非一時、一地、一人可完成。學術論文之寫作亦如此。

本文以《嶽麓書院藏秦簡（壹）・占夢書》爲研究對象，除了進行古文字、文獻之考證，亦須明辨所蘊含之文化意義，故當回顧此兩方面之研究文獻。然首先須定義本文所使用之相關名詞。

一、名詞界定

「占夢活動」的研究，行之有年，各家所用之名詞亦大同小異，然而名稱不統一，常造成文義誤判，影響研究成果。行文間常用的幾個名詞，諸如「夢徵」、「夢境」、「夢占」、「占夢」，常有混淆之虞，務須分辨。

（一）夢徵、夢境

「夢徵」，即夢的「象徵」，是夢的主要內容。

象徵是一種特殊的符號，「形象」透過它指向「意義」。然而意義亦分爲「直接意義」與「象徵意義」，這是象徵的曖昧性。如在中國，「龍」象徵著天、天子，是一種高貴的動物；然若在西方世界中看到龍，其象徵意義則多有變化，因爲在西方之神話傳說中，龍往往代表「黑暗」、「混沌」，往往呈現負面意義。故在缺乏上下文的語境中，「象徵意義」就難以辨別。

中國的記夢資料，常以寥寥數語說明「夢」之內容，使夢之內容被簡化爲數個詞彙，例如嶽麓簡《占夢書》簡 4「夢伐木」、簡 4「夢失火高陽」、簡 11「夢歌於宮中」。

「夢境」一詞，則爲「夢中情境」。既爲情境，便包括多種事物、事件，其指涉的事物則較「夢徵」爲多，較爲複雜，故不適用於簡單化之中國記夢資料。

（二）夢占、占夢

「夢占」，即夢的「占卜結果」，是由占卜夢徵而得出的結論，多與人之吉凶禍福相關；「占夢」，指「占卜」夢之行爲，與「解夢」、「圓夢」意義相同。前者爲「名詞」，用指結果、結論，如嶽麓簡《占夢書》簡 11「乃有內資」、簡 25「乃大旱」等，與「夢徵」有相對應關係；後者爲「動詞」，用指行爲、動作，如從殷商時期的甲骨卜辭可見的「占夢活動」，即指殷王、史官利用甲骨占卜夢徵之行爲。

二、《嶽麓書院藏秦簡（壹）·占夢書》研究文獻回顧

嶽麓簡（壹）之出版已逾一年，相關之研究篇章約莫 30 篇。截至目前爲止，學者們的研究重心研究仍以「文字考釋」、「字句訓讀」爲主，文間涉及占夢活動、夢文化等社會史研究，實屬悉少。

相較於近年出土數量大增的楚系文字，秦系文字不僅在構形上容易辨別，其音義判讀之難度也較低；加之上博簡（八）、（九）、清華簡（壹）、（貳）、（參）、北大漢簡以及嶽麓簡（貳）的陸續發表，學者的選擇增多。此二原因導致嶽麓簡（壹）研究人潮忽焉轉淡，發表的研究篇章逐漸減少，而有停產之趨勢。

現以發表時間爲經，論文爲緯，將近年來嶽麓簡《占夢書》的研究成果表格化：

作 者	篇 名	出 處	時 間	備 註
王勇	〈五行與夢占——岳麓書院藏秦簡《占夢書》的占夢術〉	《史學集刊》，第 4 期	2010 年 7 月	
蕭燦	〈《嶽麓書院藏秦簡（壹）》出版〉	復旦網，http://www.gwz.fudan.edu.cn/srcShow_NewsStyle.asp?Src_ID=1362	2011 年 1 月 8 日	
大學出土文獻與古文字研究中心研究生讀書會	〈讀《嶽麓書院藏秦簡（壹）》〉	復旦網，http://www.gwz.fudan.edu.cn/SrcShow.asp?Src_ID=1416	2011 年 2 月 28 日	
小草	〈《嶽麓書院藏秦簡》（壹）考釋一則〉	復旦網，http://www.gwz.fudan.edu.cn/SrcShow.asp?Src_ID=1426	2011 年 3 月 7 日	後又以本名劉釗發表
高一致	《嶽麓書院藏秦簡（壹）集釋》	武漢，武漢大學碩士學位論文	2011 年 4 月	
魯家亮	〈讀嶽麓秦簡《占夢書》筆記（一）〉	武漢簡帛網，http://www.bsm.org.cn/show_article.php?id=1429	2011 年 4 月 1 日。	
高一致	〈嶽麓秦簡《占夢書》補釋四則〉	武漢簡帛網，http://www.bsm.org.cn/show_article.php?id=1430#_edn2	2011 年 4 月 2 日	
凡國棟	〈嶽麓秦簡《占夢書》校讀六則〉	武漢簡帛網，http://www.bsm.org.cn/show_article.php?id=1435	2011 年 4 月 8 日	

苦行僧	〈關於《占夢書》中的「豫」字〉	武漢簡帛網，http://www.bsm.org.cn/bbs/read.php?tid=2670&fpage=4	2011年4月9日	
高一致	〈讀嶽麓秦簡《占夢書》札記四則〉	武漢簡帛網，http://www.bsm.org.cn/show_article.php?id=1439	2011年4月9日	
陳偉	〈嶽麓秦簡《占夢書》1525 號等簡的編連問題〉	武漢簡帛網，http://www.bsm.org.cn/show_article.php?id=1436	2011年4月9日	
陳偉	〈嶽麓秦簡《占夢書》臆説（三則）〉	武漢簡帛網，http://www.bsm.org.cn/show_article.php?id=1440	2011年4月10日	
魯家亮	〈嶽麓秦簡《占夢書》「必順四時而豫其類」補議〉	武漢簡帛網，http://www.bsm.org.cn/show_article.php?id=1442	2011年4月10日	
魯家亮	〈小議嶽麓秦簡《占夢書》44 號簡背面文字〉	武漢簡帛網，http://www.bsm.org.cn/show_article.php?id=1446	2011年4月12日	
方勇	〈讀嶽麓秦簡箚記（三）〉	武漢簡帛網，http://www.bsm.org.cn/show_article.php?id=1456	2011年4月16日	
夔一	〈讀嶽麓簡《占夢書》小札五則〉	復旦網，http://www.gwz.fudan.edu.cn/SrcShow.asp?Src_ID=1472	2011年4月19日	
劉釗	〈《嶽麓書院藏秦簡》（壹）考釋一則——兼談「育」字〉	第22屆中國文字學國際學術研討會，臺中，逢甲大學	2011年4月29～31日	
高一致	〈讀嶽麓秦簡《占夢書》筆記四則〉	武漢簡帛網，http://www.bsm.org.cn/show_article.php?id=1505	2011年7月8日	
陳松長	〈嶽麓秦簡《占夢書》的篇題及結構小識〉	甘肅省第二屆簡牘學國際學術研討會	2011年8月25～26日	
魯家亮	〈嶽麓秦簡〈占夢書〉拾零之二〉	甘肅省第二屆簡牘學國際學術研討會	2011年8月25～26日	
凡國棟	〈嶽麓秦簡《占夢書》校讀拾補〉	甘肅省第二屆簡牘學國際學術研討會	2011年8月25～26日	
譚競男	〈嶽麓書院藏秦簡《占夢書》拾遺〉	武漢簡帛網，http://www.bsm.org.cn/show_article.php?id=1547	2011年9月15日	
陳劍	〈嶽麓簡《占夢書》校讀札記三則〉	復旦網，http://www.gwz.fudan.edu.cn/SrcShow.asp?Src_ID=1677	2011年10月5日	

方勇	〈嶽麓秦簡《占夢書》補釋一則〉	復旦網，http://www.gwz.fudan.edu.cn/SrcShow.asp?Src_ID=1682	2011 年 10 月 12 日	
袁瑩	〈嶽麓秦簡《占夢書》補釋二則〉	復旦網，http://www.gwz.fudan.edu.cn/SrcShow.asp?Src_ID=1686#_edn4	2011 年 10 月 23 日	
葉湄	《《嶽麓書院藏秦簡（壹）》文字編》	廣州，中山大學碩士學位論文	2012 年 5 月	
洪燕梅	〈《嶽麓書院藏秦簡（壹）》文字研究〉	第 23 屆中國文字學國際學術研討會，臺中，靜宜大學	2012 年 6 月 1～2 日	
陳松長	〈嶽麓秦簡《占夢書》的文字特徵試論〉	第四屆國際漢學會議，臺北，中央研究院，	2012 年 6 月 20～22 日	

三、中國夢文化研究回顧

前人對先秦夢文化的研究，不勝枚舉，此就部分書籍略作回顧。

1982 年，張高評師《左傳之文學價值》，一書中〈記夢以著其幻〉，就《左傳》中的記夢內容，有概要分析，分類夢例，爲相關研究導其先路。〔註 4〕

1989 年，陳熾彬博士論文《左傳中巫術之研究》，雖以《左傳》中相關巫術資料爲主要研究對象，然在一定程度上對記夢資料有所分析，尤從占驗之角度觀察，有自我見解。〔註 5〕是年，劉文英《夢的迷信與夢的探索》出版，嘗試從歷史、科學方面說明我國古代夢文化，但在材料的徵引上，其史觀稍有模糊，對於商、周兩代間的記夢內容有著錯置的問題；然而作者在綜合中西方對於夢的觀念、學說上不遺餘力，很能突顯中國夢文化的特色。〔註 6〕

此後夢文化的研究著作大增。〔註 7〕這些研究，若時限年代較長，不僅所舉

〔註 4〕張高評：《左傳之文學價值》（臺北，文史折出版社，1982 年 10 月），頁 119～122。

〔註 5〕陳熾彬：《左傳之巫術研究》（臺北，政治大學博士學位論文，1989 年 6 月）。

〔註 6〕劉文英：《夢的迷信與夢的探索》（北京，中國社會科學出版社，1989 年 8 月）。

〔註 7〕1991 年，卓松盛《中國夢文化》探討夢的性質，分析中國夢文化的信仰、理智、調和三傾向。參卓松盛：《中國夢文化》（香港，三環出版社，1991 年 1 月）；江蓮碧《先秦夢徵研究》立基於狹義的先秦範疇－春秋戰國時代，並以此上溯史前生民之初，其從通夢者與夢兆象征意義兩方面著手，以便歸納分析出遠古時代的夢徽所透露出的社會風俗習慣的內容。參江蓮碧：《先秦夢徵研究》（臺北，中國文化大學碩士學位論文，1991 年 7 月）；1993 年，洪丕謨、姜玉珍合著《夢與生

夢例常有遺漏，加之對於「材料」與「當事者」之年代差距多不細分，以此得出之結論，未必符合時情；若研究時限侷限斷代，則所舉夢例，龐雜繁複，在歸納分析上又流於模糊，無法上溯源頭，下探支流。

2001 年，熊道麟《先秦夢文化探微》一書，不失前人精妙，集分析、歸納、說明於一體；又能對西方夢學理論有所批判掌握，不隨波逐流，單就傳世文獻詳細討論，可謂先秦夢文化之大觀，但對時代背景的掌握並不清楚，相關性及變化性之描述較少。〔註 8〕

以先秦以後的記夢資料爲研究主題者，不論專書、單篇論文，數量劇減，少有新說，以漢、魏之間最微。

2000 年，黃文成《六朝志怪小說夢象之研究》介紹六朝志怪小說夢徵、六朝志怪夢類小說之定義，及中國夢文學研究、夢文學史建構上的意義。〔註 9〕

2001 年，賴素玫《解釋的有效性——六朝志怪小說夢故事研究》以文學詮釋的角度探究六朝志怪小說夢之解釋，用後設的角度觀看六朝志怪小說中夢者、占夢者、敘述者及作者等人如何對「夢」做各種的解釋。〔註 10〕

活》，是書要從夢與人生的互動關係著手，涵蓋生理、心理、病理，尤提點夢與文學藝術之關係。參洪丕謨、姜玉珍：《夢與生活》（北京，中國文聯，1993 年 6 月）；黃銘亮《先秦兩漢間夢的類型與意義－中國古代夢的迷思》一書，以中國古代的夢之爲一種「迷思」（Myth）出發，嘗試用較新的觀點進入中國古人的時代背景，探討這一段時間內諸家對夢的定義、解釋，及其所顯示之中國古代思想的一個側面。參黃銘亮：《先秦兩漢間夢的類型與意義－中國古代夢的迷思》（臺北，臺灣大學碩士學位論文，1993 年 6 月）；傅正谷《中國夢文化》，歸納中國古代占夢理論、代表人物，觀察夢占的出多面向。參傅正谷：《中國夢文化》（北京，中國社會科學出版社，1993 年 9 月）；1994 年，王維堤《神游華胥——中國夢文化》，對重要占夢理論與論夢思想、夢與文學、宗教等關係有諸多散論。王維堤：《神游華胥——中國夢文化》（上海，上海古籍出版社，1994 年 12 月）；1998 年劉文英《精神系統與新夢說》，承襲前作，融合中西夢觀，形成具有中國特色的精神理論新體系，並圍繞此新體系全面開展與詮釋舊材料。參劉文英：《精神系統與新夢說》（天津，南開大學出版社，1998 年 10 月）。

〔註 8〕熊道麟：《先秦夢文化探微》（臺北，學海出版社，2004 年 3 月）。

〔註 9〕黃文成：《六朝志怪小說夢象之研究》（臺北，中國文化大學碩士學位論文，2000 年）。

〔註 10〕賴素玫：《解釋的有效性——六朝志怪小說夢故事研究》（臺中，中興大學碩士學位論文，2001 年）。

2010年，李孟芳《家國徵兆與理想寄託——兩漢夢喻研究》以兩漢文史，歸納漢代夢喻之三大類型，並以敘事學的方式分析兩漢夢喻的形式及敘寫模式，呈現形式的特點及意義。〔註11〕志怪小說於史學研究，若以文化史觀的角度看，其缺陷在於「志怪小說」所載的故事缺乏作爲史料的正當性、眞實性。若無此認知，立論便如空中樓閣，一觸即破。故在採納志怪小說之材料時，應廣泛納入相關史傳資料，以彌補可信度。

第三節　研究材料

研究古文字文獻，不能迴避傳世文獻以及出土文獻的重要性，特別是在有關社會史的建構上，上述兩項資料更顯重要。嶽麓簡《占夢書》的成書時間約略在秦代中晚期，故鄰近時期的記夢資料亦當一併納入參照。

一、傳世文獻

本文所運用的傳世文獻，時限起於殷周，迄於兩漢：

1. 上海師範大學古籍整理組校點：《國語》，上海，上海古籍出版社，1978年。
2. 楊伯竣撰：《列子集釋》，北京，中華書局，1979年。
3. 李勉註譯：《管子》，臺灣，商務印書館，1990年。
4. 老聃，王弼注：《道德眞經註》，古逸叢書景唐寫本。
5. 呂不韋，陳奇猷校注：《呂氏春秋》，上海，上海古籍出版社，2002年。
6. 韓非子，陳奇猷校注：《韓非子集釋》，北京，中華書局，1958年。
7. 劉安，劉文典撰：《淮南子》，北京，中華書局，1989年。
8. 賈誼：《新書》，臺北，臺灣中華書局，1981年。
9. 司馬遷：《史記》，北京，中華書局，2009年。
10. 班固：《白虎通德論》，四部叢刊景元大德覆宋監本。
11. 班固撰，顏師古注：《漢書》，北京，中華書局，2007年。
12. 王充，黃暉撰：《論衡校釋》，北京，中華書局，1990年。

〔註11〕李孟芳：《家國徵兆與理想寄託一兩漢夢喻研究》（臺中，中興大學碩士學位論文，2010年）。

13. 揚雄，郭璞注：《方言》，四部叢刊景宋本。
14. 王符，汪繼培箋：《潛夫論箋校正》，北京，中華書局，1985 年。
15. 袁宏：《後漢紀》，四部叢刊景明嘉靖刻本。
16. 陳壽，裴松之注：《三國志》，北京，中華書局，2010 年。
17. 干寶：《搜神記》，北京，中華書局，1979 年。
18. 魏收：《魏書》，臺北，鼎文書局，1980 年。
19. 范曄，李賢等注，〔晉〕司馬彪補志：《後漢書》，臺北，鼎文書局，1981 年。
20. 阮元用文選樓藏本校勘，嘉慶二十年重勘宋本：《十三經注疏附校勘記・周易》，京都，中文出版社，1972 年。
21. 阮元用文選樓藏本校勘，嘉慶二十年重勘宋本：《十三經注疏附校勘記・尚書》，京都，中文出版社，1972 年。
22. 阮元用文選樓藏本校勘，嘉慶二十年重勘宋本：《十三經注疏附校勘記・詩經》，京都，中文出版社，1972 年。
23. 阮元用文選樓藏本校勘，嘉慶二十年重勘宋本：《十三經注疏附校勘記・儀禮》，京都，中文出版社，1972 年。
24. 阮元用文選樓藏本校勘，嘉慶二十年重勘宋本：《十三經注疏附校勘記・禮記》，京都，中文出版社，1972 年。
25. 阮元用文選樓藏本校勘，嘉慶二十年重勘宋本：《十三經注疏附校勘記・周禮》，京都，中文出版社，1972 年。
26. 阮元用文選樓藏本校勘，嘉慶二十年重勘宋本：《十三經注疏附校勘記・左傳》，京都，中文出版社，1972 年。
27. 阮元用文選樓藏本校勘，嘉慶二十年重勘宋本：《十三經注疏附校勘記・公羊傳》，京都，中文出版社，1972 年。
28. 阮元用文選樓藏本校勘，嘉慶二十年重勘宋本：《十三經注疏附校勘記・爾雅》，京都，中文出版社，1972 年。
29. 阮元用文選樓藏本校勘，嘉慶二十年重勘宋本：《十三經注疏附校勘記・論語》，京都，中文出版社，1972 年。
30. 阮元用文選樓藏本校勘，嘉慶二十年重勘宋本：《十三經注疏附校勘記・孟子》，京都，中文出版社，1972 年。

爲建構嶽麓簡《占夢書》之占夢活動，材料、佐證當然多多益善。而《山海經》、《搜神記》一類以往被視爲街談巷語的書籍，出乎意料地保存許多具指標性的象徵，反映出濃厚的社會、文化意義，具備完善之使用價值。至於時代更後的文獻，只要有利於文字考釋、占夢文化詮解，也將徵引於文章中，以利研究。

二、出土文獻

嶽麓簡《占夢書》爲秦系文字，進行文字考證、字句通讀之研究時，須多與同爲秦文字的其他簡牘材料相互參照，以資比較：

1. 青川木牘

1979～80 年自四川省青川縣郝家坪五十號墓出土，材料公佈於 1982 年。〔註 12〕由簡牘內容「二年十一月乙酉朔日王命丞相戊、內史匽、民臂更脩爲田律」以及「四年十二月不除道者」，可知木牘年代在秦武王二年（309B.C.）命干茂爲丞相，至昭王元年（306B.C.）亡秦奔齊之間。

2. 放馬灘秦簡

1986 年自甘肅天水放馬灘一號墓出土，部分材料公佈於 1989 年的發掘簡報以及 1990 年的《書法》中，〔註 13〕全部材料尚未完全公佈。簡數 460 支，內容爲〈謁御史書〉及兩種《日書》。據《謁御史書》內容「三十八年八月己巳」，可知簡牘年代爲昭王三十八年（269B.C.）前後。

3. 睡虎地秦簡

1975 年自湖北省雲夢縣睡虎地十一號墓出土，1978 年有《睡虎地秦墓竹簡》平裝本出版。不過簡數佔睡虎地秦簡三分之一的《日書》甲、乙種，「當時被看作唯心主義的天命論的產物」〔註 14〕因此沒有收入。1981 年出版之《雲

〔註 12〕參四川省博物館、青川縣文化館：〈青川縣出土秦更修田律木牘——四川青川縣戰國墓發掘簡報〉《文物》（1982 年第 1 期），頁 1～21。

〔註 13〕參甘肅省文物考古研究所、天水市北道區文化館：〈甘肅天水放馬灘戰國秦漢墓群的發掘〉《文物》（1989 年第 2 期），頁 1～22；毛惠明：〈從天水秦簡看秦統一前的文字及其書法藝術〉《書法》（1990 年第 4 期），頁 21～39、41～44。

〔註 14〕王子今：《睡虎地秦簡《日書》甲種疏證》，（武漢，湖北教育出版社，2003 年 2

夢睡虎地秦墓》〔註15〕，首次披露〈日書〉圖版以及初步釋文。1990 年出版之《睡虎地秦墓竹簡》〔註16〕，則全數收錄雲夢睡虎地十一號秦墓出土之十種簡牘。《日書》甲、乙種重新編號之圖版、釋文、注釋亦正式公佈。據《編年紀》內容，墓主喜生於昭王四十五年（262B.C.），而《編年紀》記載止於秦王政三十年（217B.C.），可知簡牘年代當於此之間。

4. 睡虎地四號秦墓木牘

1975 年自湖北省雲夢縣睡虎地四號墓出土，材料公佈於 1981 年出版之《雲夢睡虎地秦墓》中。木牘共 527 字，內容爲原住安陸地區的兩兄弟隨軍駐守淮揚時，寄予老家兄弟之書信，年代約在秦王政二十四年（223B.C.）。〔註17〕

5. 龍崗秦簡、木牘

1989 年自湖北雲夢縣龍崗六號墓出土，簡報發表於 1990 年〔註18〕，全部材料公佈於 1994 年刊布之〈雲夢龍崗 6 號秦墓及出土簡牘〉〔註19〕，以及 1997 年出版之《雲夢龍崗秦簡》〔註20〕。簡數約 150 支，內容爲法律條文；木牘一件，爲告地策。墓葬年代約爲秦代末年。〔註21〕

月），頁 1。

〔註15〕參雲夢睡虎地秦墓編寫組編：《雲夢睡虎地秦墓》（北京，文物出版社，1981 年 9 月）。

〔註16〕參雲夢睡虎地秦墓編寫組編：《睡虎地秦墓竹簡》（北京，文物出版社，1990 年 9 月）。

〔註17〕參黃盛璋：〈雲夢秦墓兩封家信中有關歷史地理的問題〉《文物》（1980 年第 8 期），頁 74～77。

〔註18〕參湖北省考古研究所等：〈雲夢龍崗秦漢墓地第一次發掘簡報〉《江漢考古》（1990 年 3 月），頁 16～27；劉信芳、梁柱：〈雲夢龍崗秦簡綜述〉《江漢考古》（1990 年 3 月），頁 78～83。

〔註19〕湖北省文物考古研究所等：〈雲夢龍崗 6 號墓及出土簡牘〉《考古學集刊》，第八集（北京，科學出版社，1994 年），頁 87～121。

〔註20〕參劉信芳、梁柱編著：《雲夢龍崗秦簡》（北京，科學出版社，1997 年 7 月）。

〔註21〕整理小組指出：「龍崗主要的法律條文行用於秦始皇二十七年（前 220 年）至秦二世（前 207 年）的十四年間。墓葬的年代自比律文頒發的年代晚，我們初步定爲秦代末年。」參湖北省文物考古研究所等：〈雲夢龍崗 6 號墓及出土簡牘〉《考古

6. 里耶秦簡

2002 年自湖南龍山縣里耶鎮里耶古城一號井出土，簡報發表於 2007 年〔註 22〕。除第五層出土的數枚殘斷楚簡外，第六至十七層均出土秦代簡牘。內容主要是秦代遷陵縣廷與上級洞庭郡府和下屬司空、倉官、田官諸屬以及都鄉、啓陵、貳春三鄉的往來文書和各種簿籍，涉及郡縣和官署設置、官吏的考課陟黜、賦稅繇役、訴訟、廩食、符傳、作務、郵傳、貢獻等。此批簡的年定約爲秦王政二十五年（222B.C.）至秦二世二年（208B.C.）。

7. 關沮秦簡、木牘

1993 年自湖北荊州市沙市區關沮鄉周家台三十號秦墓出土，簡報發表於 1999 年〔註 23〕，全部材料公佈於 2001 出版之《關沮秦漢墓簡牘》〔註 24〕。簡數共 380 支，主要內容爲秦始皇時期的曆譜、日書、病方；木牘內容爲秦二世曆譜。此墓年代約在秦漢之際，墓主可能是任職於南部官署的稅務吏。

此外，秦楚地鄰位置接近，秦簡中所記載的一些文化、社會制度，在楚簡中偶可窺見；而多數楚簡的年代多爲戰國末期，在字詞用句上，與秦簡亦可相參。是以《上博簡》、《清華簡》、《包山簡》、《九店簡》等楚系文字資料，若有相關，亦將徵引於文章中。

第四節　研究方法及觀點

本文希冀整理前人有關嶽麓簡《占夢書》的相關說法，通順字句、考釋文字，並以此結果，分析、建構嶽麓簡《占夢書》之占夢活動概況。運用研究方法完善文字考釋之工作，透過研究觀點凸顯占夢活動之特色。

學集刊》，第八集，頁 120。

〔註 22〕參柴焕波：〈《里耶發掘報告》簡介〉，楚文化研究會編：《楚文化研究論集》（長沙，嶽麓書社，2007 年 9 月），頁 465～467；河南省文物考古研究所編著：《里耶發掘報告》（長沙：岳麓書社，2007 年 1 月）。

〔註 23〕參湖北省荊州市周梁玉橋遺址博物館：〈關沮秦漢墓清理簡報〉《文物》（1999 年第 6 期）頁 26～27。

〔註 24〕參湖北省荊州市周梁玉橋遺址博物館：《關沮秦漢墓簡牘》（北京，中華書局，2001 年 8 月）。

一、研究方法

本文的研究方法，主要運用在「字形隸定」與「文句釋讀」二方面：

（一）歸納法

將嶽麓簡《占夢書》各簡的內容分門別類，區分夢徵、夢占以及占夢理論。並嘗試調整簡序，使見各簡內容更加一致、協調。

（二）對照法

考釋、隸定嶽麓簡「字形」、「文例」時，若有爭議，主要從同一字在各系文字之寫法，或是於同一批簡重出之字相互比較偏旁構形，從而有所定論。同時，上下文例的對照，亦是判讀的證據之一。

（三）二重證據法

此法由王國維於 1925 年提倡。其認爲：「吾輩生於今日，幸於紙上之材料外，更得地下之新材料。由此種材料，我輩固得據以補正紙上之材料，亦得證明古書之某部分全爲實錄，即百家不雅訓之言亦不無表示一面之事實。此二重證據法惟在今日始得爲之。」〔註 25〕利用「傳世文獻」與「出土文獻」相互驗證，對於歷史研究有莫大助益。本文無論在文字之考證，或占夢文化之建構，皆得力於「二重證據法」甚多。

二、研究觀點

本文之研究觀點，主要運用在嶽麓簡《占夢書》「占夢活動」的分析與建構：

（一）原邏輯思維

「原邏輯思維」爲法國社會學家列維－布留爾所提出之概念〔註 26〕。認爲原初民族的邏輯思維與現代人有所差異。若要有效分析、還原原初民族的社會風俗、文化制度，又或者要瞭解原初民族的一切事物，必當先建構「原邏輯思維」。

〔註 25〕王國維：《古史新証——王國維最後的講義》（北京，清華大學出版社，1994 年 12 月），頁 2。

〔註 26〕〔法〕路先・列維－布留爾著，丁由譯：《原始思維》（臺北，臺灣商務印書館，2001 年 2 月）。

嶽麓簡《占夢書》所描述的「占夢文化」，距今已有二千年之遙，若要透過簡文完整表現當時的占夢文化，則必須先深入理解「原邏輯思維」。因爲此種思維模式具有普遍性，可用以還原、推論當時人的心理狀態、觀念。

（二）精神分析

「精神分析」爲近現代學者論及無意識現象所利用之心理學體系，由弗洛伊德首先倡導〔註 27〕，榮格踵繼其後。此方法主要以精神病患的幻覺以及常人的夢爲材料，透過研究者與患者（夢者）之間的答問，以及「聯想」，釐清患者（夢者）的心理狀態，並治療神經症。

作爲近代研究「夢」的大家，弗洛伊德的「精神分析」理論頗有爭議。然無論支持或反對，闡述此理論是研究「夢」及「潛意識」的必經過程，無法迴避。藉由「精神分析」的觀點，可以有效述說嶽麓簡《占夢書》的部分「夢徵」與「夢占」的對應關係。

（三）原型聯想

「原型聯想」爲榮格所創，主要針對榮格由弗洛伊德「潛意識」更進一步發現的「集體潛意識」使用。「集體潛意識」爲構成超越個體的共同心理基礎，普遍存在於個人身上，其主要內容即爲「原型」。而透過「聯想」的方式，將原型與夢者（患者）的心理狀態相連繫。與弗洛伊德相同，榮格的「原型聯想」主要亦用於治療精神病患，只是他更注重「集體潛意識」所表達的意義。

「原型」的內容，與神話、傳說相類似，亦同於列維－布留爾所說的「集體表象」。換言之，「原型」是一種民族式的心靈積累，世代重複出現於個人之中。既然「夢」以「原型」爲內容，則透過「原型聯想」，便可能說明嶽麓簡《占夢書》「夢徵」與「夢占」的對應關係。

（四）歷史思維

本文所指的「歷史思維」，脫胎於中國長期以來的史傳書寫傳統：「殷鑑」與「類比」，爲古人對「歷史」的態度、思維方法，說明古人如何運用「歷史」。「殷鑑」指史書所具有的經世性，是「目的」；「類比」指史書所使用的舉證方式，是「方法」。

〔註 27〕〔奧地利〕弗洛伊德著，呂俊、高申春、侯向群譯：《夢的解析》（臺北，胡桃木文化，2008 年 6 月）。

嶽麓簡《占夢書》處於文史未分之時期，故有可能受到歷史思維之影響。在原邏輯思維之外，若能辨析該書所蘊含的「歷史思維」，便能清楚反映時代之影響，以及嶽麓簡《占夢書》之特色。

第貳章　《嶽麓書院藏秦簡（壹）·占夢書》釋讀

第一節　《嶽麓書院藏秦簡（壹）·占夢書》之形制與編聯

嶽麓簡《占夢書》據嶽麓書院藏秦簡整理小組〔註1〕之整理，共約有四十八枚簡，然僅十六枚簡首尾完整無缺字〔註2〕；有四枚經綴合後之「完整簡」〔註3〕；其餘二十六枚簡或缺首，或缺尾，更甚者僅存半枚簡〔註4〕。

嶽麓簡《占夢書》之書寫分兩種形制，其一爲「不分欄書寫」，「已發現有六枚，內容是用五行學說所進行的占夢理論闡釋」〔註5〕。然原釋並未說明此6

〔註1〕嶽麓書院藏秦簡整理小組，爲陳松長、于振波、許道勝、王勇、鄔文玲、蕭燦、劉杰、蘇俊林、李婧嶸、孫維國、黃沅玲、鄭明星。參朱漢民、陳松長主編：《嶽麓書院藏秦簡（壹）》（上海辭書出版社，2010年12月）。而本篇《占夢書》則由陳松長負責簡注，後皆以「原釋」稱之。

〔註2〕包括簡2、3、9、10、13、16、19、20、22、26、28、32、35、39、40、41，共十六簡。

〔註3〕包括簡15、31、34、38，共四簡。又「夢象」與「占語」，爲方便行文，後皆以「夢徵」、「夢占」改稱之。

〔註4〕包括簡7、17、25、27、36、44、47，共七簡。

〔註5〕朱漢民、陳松長主編：《嶽麓書院藏秦簡（壹）》，前言。

簡的簡號。依抄寫之內容來看，可推測爲簡 1、2、3、4、5、35、48，共 7 簡。

簡 1 至 5 主要爲「以陰陽五行闡釋占夢之理」；簡 35 則記「夢徵與夢占」，然因文字過多，明顯與前五枚簡有別；簡 48 僅「不占」二字，陳偉認爲：

> 1095（48）號簡或許也屬於通欄書寫的這一組。〔註 6〕

此說若確，則「不分欄書寫，且闡述占夢理論」所指之簡，應爲簡 1、2、3、4、5、48，共六簡。〔註 7〕

其二爲「分兩欄書寫」，「主要記載的是夢象和占語」〔註 8〕。除上述六簡外，其餘四十二簡皆屬此類。

原釋以《占夢書》爲篇名。魯家亮以爲：

> 嶽麓秦簡《占夢書》44 號簡正背均有文字，背面文字整理者未釋，懷疑背面所留殘劃當是「夢書」二字。〔註 9〕

如此則《占夢書》或《夢書》皆有可能爲篇名，但確切文字，尚待嶽麓書院藏秦簡全數公布，方可驗證。故此處暫從原釋以《占夢書》爲篇名。

嶽麓簡《占夢書》簡長約 30 釐米，有三道編繩，除部分缺失首尾之簡，多數簡皆可見契口；而簡 17、36、44、47 此四簡，其上、中、下三道契口已殘，故無法判斷其於完整簡中之位置。

粗估字數，嶽麓簡《占夢書》約有九百六十九字。〔註 10〕

《嶽麓書院藏秦簡（壹）》之編聯情況有二，其一爲「先抄寫再編聯」，指部分殘存編繩遮蓋文字；其二爲「先編聯再抄寫」，指編繩處完全無文字的痕跡，顯得乾淨、整齊。〔註 11〕而嶽麓簡《占夢書》之編聯處，雖多殘損，但

〔註 6〕陳偉：〈嶽麓秦簡《占夢書》1525 號等簡的編連問題〉，武漢簡帛網，http://www.bsm.org.cn/show_article.php?id=1436，2011 年 4 月 9 日。

〔註 7〕王勇則以爲：「連簡書寫的，共 5 枚。」分別是 1523+1522、1525、0102、1515、1526，即簡 1 至 5。參王勇：〈五行與夢占——嶽麓書院藏秦簡《占夢書》的占夢術〉，《史學集刊》，第 4 期（2010 年 7 月），頁 29。

〔註 8〕朱漢民、陳松長主編：《嶽麓書院藏秦簡（壹）》，前言。

〔註 9〕魯家亮：〈小議嶽麓秦簡《占夢書》44 號簡背面文字〉，武漢簡帛網，http://www.bsm.org.cn/show_article.php?id=1446，2011 年 4 月 12 日。

〔註 10〕因殘簡、闕字過多，原釋並無提供字數統計：此數字據後文釋讀所統計。

〔註 11〕參朱漢民、陳松長主編：《嶽麓書院藏秦簡（壹）》，前言。

就其餘完整簡看，其編聯處皆為乾淨，似乎符合「先編再抄」之情況；然嶽麓簡《占夢書》之文字較少，且多「分二欄書寫」，本即不易與編繩重疊。而由簡 1 至 5 中段編聯處之文字觀之，書手多為有意識地跳過編聯處之契口書寫，此或因契口本即為提醒書手保留編聯空間所致。是以嶽麓簡《占夢書》為「先編再抄」，抑或為「先抄再編」，仍待商榷。

第二節　《嶽麓書院藏秦簡（壹）·占夢書》之排序

面對保存情況較差，又缺乏傳世文獻對照之嶽麓簡《占夢書》，其編聯、綴合之難度必然相對提高。〔註 12〕故簡文字數雖少，且又屬秦系文字，探究字形及通假之難度，應該較其餘出土文獻為低，然學者於嶽麓簡《占夢書》綴合、簡的排序諸問題仍較少著墨。

一、「占夢理論」之排序

嶽麓簡《占夢書》具二種不同書寫形式，其一為「不分欄書寫」之占夢理論。此部分由於文字相連，故可推其文義及順序。除原釋之排序外，陳偉亦提出意見〔註 13〕：

簡號 討論者	1	2	3	4	5	6	備　註
原釋	1	2	3	4	5		
陳偉	2	3	4	5	1	48	本文所從。

王勇認為原釋提出的排序，「前三枚簡之間文義並不連貫，1526 號簡（城案：指簡 5）文義也未盡。」〔註 14〕簡 1 至 3 的文義，在通讀上較為滯礙，故可考慮調整簡序。

簡 1 所述為占夢所當遵守及禁止之事項，且其所稱之「時」、「日」為簡 3

〔註 12〕陳偉：〈嶽麓秦簡《占夢書》1525 號等簡的編連問題〉，武漢簡帛網，2011 年 4 月 9 日。

〔註 13〕陳偉：〈嶽麓秦簡《占夢書》1525 號等簡的編連問題〉，武漢簡帛網，2011 年 4 月 9 日。

〔註 14〕王勇：〈五行與夢占——嶽麓書院藏秦簡《占夢書》的占夢術〉，《史學集刊》，第 4 期，頁 29。

至5內容，似乎不宜提前至此；簡2所述四季之道，爲嶽麓簡《占夢書》之重點、法則，或置於篇首較爲合適。陳偉認爲：

> 在這段文字中處於前導性位置，其他文字從而展開，或與之呼應。〔註15〕

陳偉的說法，或許較爲妥當，可從。而其更認爲僅書「不占」二字，留白許多之簡48當屬此段文字：

> 1095號簡通身只在頂部書有「不占」二字，疑與1523+1522號簡相接，兩個「不占」并列，是交待不能占斷的特殊夢境。〔註16〕
>
> 1095號簡大部分空白，當在一篇或一章之末。〔註17〕

原釋置簡48於篇末，因其大部分留白之故；而魯家亮以爲簡44題有篇名。故應改簡44爲篇末，而合併簡48於簡5後。

二、「夢徵與夢占」之排序

除篇首數簡所敘之「占夢理論」外，嶽麓簡《占夢書》簡文更多爲敘述「夢徵與夢占」，但殘損過多，又因缺乏文獻相參照、「分二欄書寫」，導致各簡間文字互相隔絕，難以排序。

原釋雖已排序，但並未說明原因。可以推測其或許是以上下二欄爲別，同一欄之左右簡當記錄「意義相近之夢徵」，如簡32，上欄爲「夢以泣灑人」，下欄爲「夢見李」。簡32右爲簡31，上欄爲「夢以弱（溺）灑人」，下欄爲「夢見桃」，無論上、下欄，夢徵皆與簡32相近；簡32左爲簡33，上欄爲「夢繩」，下欄爲「夢見豆」，上欄雖與簡32不同，然下欄則相近。故應可藉由上、下欄之「夢徵」〔註18〕，爲簡文排序、分組。

〔註15〕陳偉：〈嶽麓秦簡《占夢書》1525號等簡的編連問題〉，武漢簡帛網，2011年4月9日。

〔註16〕陳偉：〈嶽麓秦簡《占夢書》1525號等簡的編連問題〉，武漢簡帛網，2011年4月9日。

〔註17〕陳偉：〈嶽麓秦簡《占夢書》1525號等簡的編連問題〉，武漢簡帛網，2011年4月9日。

〔註18〕亦可以「夢占」爲分組之依據，如簡41、42、43、44、45、46；蓋此六簡皆得「欲食」之占，故原釋以之並列。

現依此理，略爲原釋之排序分組〔註 19〕：

簡　號	分　組　原　因	備　　註
6、7	上欄：登山、登丘陵	
9、10	上欄：亡上、亡下 下欄：妻若夫必有死者、妻若女必有死者	
11、12、13	11、12 下欄：歌於宮中 11、12、13 下欄：內（納）資（夢占）	
17、18、19、20、21	17、18 上欄：產毛 18、19 下欄：蛇 19、20 上欄：燔 20、21 下欄：莔未塞（夢占）	
22、23、24、25	22、23、24 上欄：項、腹 24、25 下欄：大寒、大旱（夢占）	
30、31、32、33、34、35、36	30、31 下欄：苛憂（夢占） 31、32 上欄：灑人 31、32 下欄：亡奴婢、亡子 31、32、33、34 下欄：桃、李、豆、棗 34 上欄、35 下欄：帬被邦門、衣被邦門 35、36 下欄：知邦端（政）（夢占）	據後文考釋，簡 35 爲一簡，但書二夢徵。或許是因爲「冬以衣被邦門」一句字數過多（此句共二十四字，與字數約在十至十五字的其餘簡文，明顯不同），爲求節省空間，而往上佔及「夢見□□」句之空間。是以簡 34「冬以衣被邦門」當屬下欄之夢徵。
37、38、39、40	37、38、39、40 下欄：眾羊、虎豹、熊、蚰 38、39 下欄：見貴人、見官長（夢占）	
41、42、43、44、45、46	41、42、43、44、45、46 上欄：羊、犬、馬 41、42、43、44、45、46 上欄：欲食（夢占） 41、42、43、44、45、46 下欄：欲食（夢占）	

由表可知，嶽麓簡《占夢書》各簡文之間並非毫無關係，而原釋所排之簡序，亦確實有可信從處。但在表格之外，仍有幾簡難歸其類別，若能確立各類別之

〔註 19〕此表格以意義相近之「夢徵、「夢占」分組，然僅註明相近之「夢占」。

關係，或許亦可爲其排序。現依此理，試略調整嶽麓簡《占夢書》之簡序：

簡 號	分 組 原 因	備 註
6、7、[29]〔註20〕	上欄：登山、登丘陵、汙淵	簡29、簡6與簡7上欄之夢徵爲「汙淵」、「登丘陵」、「登高山」，屬地理之夢，或可視爲一類。
9、10、[15]	上欄：亡上、亡下、亡於上 9、10下欄：妻若夫必有死者、妻若女必有死者	簡15、簡9與簡10上欄之夢徵分別爲「亡於上」、「亡上」、「亡下」，屬親屬死爲之夢。此二簡當爲一類。
[8]、11、12、13	8、11上欄：天雨水、□雲 11、12下欄：歌於宮中 11、12、13下欄：內（納）資（夢占）	簡8與簡11上欄之夢徵分別爲「夢天雨水」、「夢見□雲」，屬天象之夢，或可視爲一類。
17、18、19、20、21	17、18上欄：產毛 18、19下欄：蛇 19、20上欄：燔 20、21下欄：莤未塞（夢占）	
25、24、23、22、26。	25、24下欄：大寒、大旱（夢占） 25、24、23上欄：腹、腹、項 23、22、26下欄：肉、身生草、引腸	簡26、簡22與簡23下欄之夢徵爲「身生草者」、「肉」、「引腸」，其中又以簡23與簡26之夢徵相近，此二簡位置或當爲左右。如此則簡22至26之順序當改爲簡25、24、23、22、26。
30、31、32、33、34、35、36	30、31下欄：苛憂（夢占） 31、32上欄：灑人 31、32下欄：亡奴婢、亡子 31、32、33、34下欄：桃、李、豆、棗 34上欄、35下欄：帬被邦門、衣被邦門 35、36下欄：知邦端（政）（夢占）	據後文考釋，簡35爲一簡而書二夢徵，因「冬以衣被邦門」句過長，爲求節省空間，而往上佔及「夢見□□」句之空間。故簡34「冬以衣被邦門」當屬下欄之夢徵。
[16]、37、38、39、40、[14]	16、37上欄：不占 16、37下欄：貑豚狐、眾羊 37、38、39、40下欄：眾羊、虎豹、熊、蚰	簡16與簡37，上欄之夢占皆爲「不占」、「不占」，屬占夢之規則；下欄之夢徵爲「貑豚狐」、「眾羊」，屬動物之夢。此二簡當爲一類。簡14與簡40，前者上欄

〔註20〕簡號加框者，爲調整後加入之簡。

	38、39 下欄：見貴人、見官長（夢占） 40 下欄、14 上欄：醜君（群）爲祟、門、行爲祟（夢占）	之夢占爲「門、行爲祟」，後者下欄之夢占爲「醜君（群）爲祟」，二者相近，雖爲不同欄位，此情則同簡 34、35 之歸納，或可視爲一類。
27、41、42、43、44、45、46	27、41 下欄：更爲棺槨、欲求衣常（裳）、欲食 41、42、43、44、45、46 上欄：羊、犬、馬 41、42、43、44、45、46 上欄：欲食（夢占） 41、42、43、44、45、46 下欄：欲食（夢占）	簡 27 爲「死者求索」之夢，然簡 41 至 46 皆爲「欲食」之占，疑簡 27 當置於簡 41 前。

依表，可推測「簡 17、36、44」當屬一完整簡的何部位。簡 17、18 屬於上欄相近，故簡 17 應缺下欄；簡 36 屬下欄相近，故簡 36 應缺上欄。簡 44 與前後簡上、下欄皆相近，無法推定所缺爲何，故從原釋。大部分簡雖得歸其類，然簡 28、47，前者無可以對應的類別，後者殘缺，故無法依此理排序。

經排序後，「占夢理論」之部分，以陳偉所排之順序「簡 2、3、4、5、1、48」；「夢徵及夢占」之部分，則以原釋排序爲主，調整部分簡之位置，大致順序未有改動，仍以簡 6 爲起始，然簡 46 僅上欄有書，其餘留白，故以之爲此篇之末簡；而其後簡 47，簡 28，皆爲無法歸納，故合併二簡於一類，存疑待考。

《嶽麓書院藏秦簡（壹）‧占夢書》總釋文（改釋）〔註 21〕

占夢理論

□□□□□□始□□之時，亟令夢先，春曰發時，夏曰陽，秋曰閉，冬曰臧。占夢之道，必順四時而豫（舍）【2】亓（其）類，毋失四時之所宜。五分日、三分日夕，吉兇（凶）有節（驗），善羛（義）有故。甲乙夢，開臧事也。丙丁夢，憂【也】。【3】戊己夢，語言也。庚辛夢，喜也。壬癸夢，生事也。甲乙夢伐木，吉。丙丁夢失火高陽，吉。戊己【夢】【5】宮事，吉。庚辛夢反山鑄鐘，

〔註 21〕此釋文引自朱漢民、陳松長主編：《嶽麓書院藏秦簡（壹）》，頁 38～44（彩色圖版）、150～173（紅外線圖版）、192～194（釋文連讀）。除依照「占夢理論、「夢徵與夢占」的內容分段，也將本文改釋、隸定之字句納入。

吉。壬癸夢行川、爲橋，吉。晦而夢【者】三年至，夜半夢者二年而至，雞鳴夢者【，一年而至。】【6】。若晝夢亟發，不得其日，以來爲日；不得其時，以來爲時；醉飽而夢雨、變氣不占。晝言而莫（暮）夢之，有▨【1】不占。【48】

夢徵與夢占（一）

春夢飛登丘陵，緣木生長燔（繁）華（花），吉。夢僞=（爲人）丈（丈／杖），勞心。【6】夢登高山及居大石上及見……。【7】【夢見】□（或□□）汙淵，有明名來者。夢井洫（溢）者，出財。【29】春夏夢亡上者，兇（凶）。夢夫妻相反負者，妻若夫必有死者。【9】夢亡下者，吉。夢身柀（疲）枯（苦），妻若女必有死者，丈夫吉。【10】秋冬夢亡於上者，吉。亡於下者，兇（凶），是謂□兇（凶）。夢爲女子，必有失也，女子兇（凶）。【15】夢天雨□，歲大襄（穰）。吏夢企匕上，亓（其）占……。【8】【夢】見□雲，有□□□□□乃弟。夢歌於宮中，乃有內（納）資。【11】夢□（？）盡〈晝〉操簦陰（蔭）於木下，有資。春憂〈夏〉夢之，禺（遇）辱。夢歌於宮中，乃有內（納）資。【12】夢歌帶軫玄（弦），有憂，不然有疾。夢有夬（喙）去（卻）魚身者，乃有內（納）資。【13】夢巢中產毛者，丈夫得資，女子得鬻。▨……。【17】【夢】□有毛者，有□也。夢蛇入人口，肓（抽）不出（肓（育），不出），丈夫爲祝，女子爲巫。【18】夢燔亓（其）席蓐，入湯中，吉。夢蛇則蜇（蜂）蠆赫（螫）之，有芮（退）者。【19】夢燔洛（絡）遂隋（墜）至手，毄（繫）囚吉。夢人謁門去者，有新萵（禱）未賽（塞）。【20】【夢】□亓（其）者，□入寒秋。夢見雞鳴者，有萵（禱）未賽（塞）。【21】▨……。夢新（薪）夫焦（樵），乃大旱。【25】【夢】市人出亓（其）腹，其中產子，男女食力傅死。夢見□，亓（其）爲大寒。【24】【夢】（潰）亓（其）腹，見其亓（其）肺肝賜（腸）胃者，必有親去之。夢見肉，憂腸。【23】夢見項者，有親道遠所來者。夢身生草者，死溝渠中。【22】夢亡亓（其）鉤帶備（服）掇（綴）好器，必去亓（其）所愛。夢引腸，必弟兄相去也。【26】夢乘周〈舟〉船，爲遠行。夢見大、反兵、黍粟，亓（其）占自當也。【28】▨□□中有五□爲。▨……。【47】

夢徵與夢占（二）

□□□□□□爲大壽。夢見五幣，皆爲苛憂。【30】夢以弱（溺）灑人，得亓（其）亡奴婢。夢見桃，爲有苛憂。【31】夢以泣灑人，得亓（其）亡子。夢見李，爲復故吏。【32】夢繩外刖（劓）爲外憂，內刖（劓）爲中憂。夢見豆，不出三日家（嫁）。【33】女子而夢以亓（其）帬被（披）邦門及游渡江河，亓（其）占大貴人。夢見棗，得君子好言。【34】夢見□□□□□□及市，乃有雨。冬以衣被（披）邦門、市門、城門，貴人知邦端（政），賤人爲笥，女子爲邦巫。【35】夢伐鼓聲必長。衆有司必知邦端（政）。【36】夢一腊（臘）五變氣，不占。夢見貕、豚、狐生（腥）喿（臊），在丈夫娶妻，女子家（嫁）。【16】【夢】亓（其）兵卒不占。夢見衆羊，有行千里。【37】【夢】入井冓（溝）中及沒淵，居室而毋戶，坉死，大吉。夢見虎、豹者，見貴人。【38】夢衣新衣，乃傷於兵。夢見熊者，見官長。【39】夢見飲酒，不出三日必有雨。夢見蚰者，魄君（群）爲祟。【40】夢見□樂將發，故憂未已，新憂有（又）發，門、行爲祟。·夏夢之，禺（遇）辱。【14】

夢徵與夢占（三）

☐……。夢死者復起，更爲官（棺）郭（槨）。死者食，欲求衣常（裳）。【27】夢見羊者，傷（殤／禓）欲食。夢見豕者，明欲食。【41】【夢】見犬者，行欲食。夢見汲者，癘（厲／癘）、租（詛）欲食。【42】【夢】見□，竈欲食。夢見斬足者，天関（闕）欲食。【43】☐……。夢見彭者，兵死、傷（殤／禓）欲食。【44】【夢見】□□，大父欲食。夢見貴人者，（陘）欲食。【45】【夢】見馬者，父欲食。【46】

第三節　「占夢理論」釋讀

此節內容說明嶽麓簡《占夢書》之「占夢理論」，其中略提及四時、五行之占夢原理，範圍由簡 1 至簡 5、以及簡 48，共六簡。茲錄釋文如下〔註 22〕：

□□□□□□始□□之時，亟令夢先，春曰發時，夏曰陽，秋曰閉，冬曰臧。占夢之道，必順四時而豫（舍）【2】亓（其）類，毋失四時之所宜。五分日、

〔註 22〕此釋文經簡序調整，並依據後文結論修正字形、句讀，以此作爲各釋讀字句之標題。

三分日夕，吉兇（凶）有節（驗），善羛（義）有故。甲乙夢，開臧事也。丙丁夢，憂【也】。【3】戊己夢，語言也。庚辛夢，喜也。壬癸夢，生事也。甲乙夢伐木，吉。丙丁夢失火高陽，吉。戊己【夢】【4】宮事，吉。庚辛夢（？）山鑄鐘，吉。壬癸夢行川、爲橋，吉。晦而夢【者】三年至，夜半夢者二年而至，雞鳴夢者【，一年而至。】【5】。若晝夢亟發，不得其日，以來爲日；不得其時，以來爲時；醉飽而夢雨、變氣不占。晝言而莫（暮）夢之，有☑【1】不占。【48】

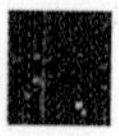

□□□□□□□$_{1}$始□□之時（2）〔註23〕

1. 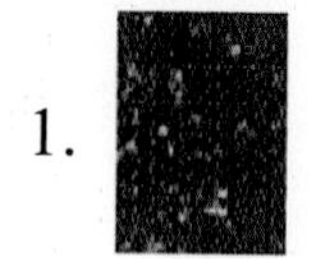

復旦讀書會認爲：

通過觀察原簡紅外線圖版，「始」上一字似可釋爲「夢」。〔註24〕

從圖版看，此字與嶽麓簡《占夢書》諸「夢」字相比，略有差異。試以簡1之三個「夢」字爲例：

字形	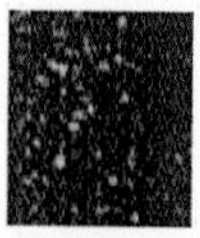		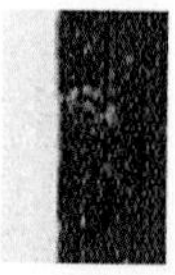
隸定	嶽麓《占》簡1	嶽麓《占》簡1	嶽麓《占》簡1

除第二字外，第一、第三字皆有殘缺，但不影響隸定。第一字之「皿」部件，右邊有殘，但左邊仍屬清楚，其上之「卝」旁，亦勉強可識；「冖」的右半部則與「夕」字的右上混合。第三字上半部幾乎殘損，然「冖」與「夕」清楚可見。

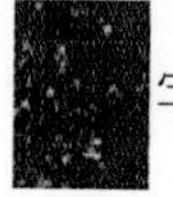字，復旦讀書會當以上半部的部件與「夢」字的「卝」相同，

〔註23〕此處以（）提示簡數。每簡眞正的完結處則以【】表示。

〔註24〕復旦大學出土文獻與古文字研究中心研究生讀書會：〈讀《嶽麓書院藏秦簡（壹）》〉，復旦網，http://www.gwz.fudan.edu.cn/SrcShow.asp?Src_ID=1416，2011年2月28日。

而隸爲「夢」。然透過圖版，部件的右邊完全看不到殘筆，無法確定是否爲「卝」。其下之「冖」與「夕」亦完全無法分辨。故隸此字爲「夢」字，有待商榷。暫從原釋。

此句殘字甚多，正確字形及解釋尚待更進一步研究。

亟令夢先（2）

此句當隸爲「亟令夢先」，原意爲「以夢徵爲占卜之最優先依據」。然而從後文皆強調「時日」以及「季節」看，如果此句強調「夢」，那麼前句「□□□□□□□始□□之時」或許就是「亟令夢先」的原因與說明。

春曰發[1]時，夏曰陽，秋曰閉，冬曰臧[2]（2）

1. 發

原釋認爲：

> 王符《潛夫論・夢列》：「春夢發生，夏夢高明，秋冬夢熟藏。此謂應時之夢也。」據此，簡文中的「春曰發時」當是「發生」之誤。〔註25〕

「發生」、「高明」、「熟」、「藏」實爲夢之性質，爲萬物對應於四時的「不同形態」，故王符以此爲「應時之夢」；而簡文則以「發」、「陽」、「熟」、「藏」爲四時之「別稱」不同。

原釋又指出：

> 從文例上看，「時」也可能是衍文。〔註26〕

「時」字僅出現在「春」字下，其餘三季無，確實突兀，所以原釋以爲有「衍文」之可能；然亦不能排除書手漏抄，或者刻意省略的可能性。

簡文並非「發生」、「高明」、「熟」、「藏」爲夢之性質；而是以「發」、「陽」、「閉」、「臧」作爲農業社會作物生長歷程的概念，或許仍應理解爲四季之代稱爲佳。

〔註25〕朱漢民、陳松長主編：《嶽麓書院藏秦簡（壹）》，頁151。

〔註26〕朱漢民、陳松長主編：《嶽麓書院藏秦簡（壹）》，頁151。

2. 臧

此字應訓爲「藏」。「藏」字从「臧」得聲。「臧」字，《說文》「善也」〔註27〕，段注云：「凡物善者必隱於內也。以从艸之藏字爲臧匿字始於漢末，改易經典，不可從也。」可知段注認爲「臧」應爲「藏匿」之本字，是在漢末才改爲「藏」字使用。而此簡用字，亦可證明段注之正確性。

此句當隸爲「春日發時，夏日陽，秋日閉，冬日臧（藏）」，原意爲「春季可稱爲發時，夏季稱爲陽時，秋祭稱爲閉時，冬稱季爲藏時」。

占夢之道（2）

此句當隸爲「占夢之道」，原意爲「占夢之道理、原則」。

必順四時而豫（舍）1【2】亓（其）類2，毋失四時之所宜（3）

1. 豫（舍）

原釋認爲：

> 「備」也。《淮南子·說山訓》：「巧者善度，知者善豫。」高誘注：「豫，備也。」〔註28〕

陳偉則認爲「豫」字恐當讀爲「與」：

> 《左傳》僖公二十四年：「即聾，從昧，與頑，用嚚，奸之大者也。」孔穎達疏：「即、從、與，是依就之意也。」《國語·齊語》「桓公知天下諸侯多與己也」，韋昭注：「與，從也。」《淮南子·墜形》「與月盛衰」，高誘注：「與，猶隨也。」其義與「順」相近。〔註29〕

「豫」、「與」二字於古音可以通讀，但「豫」需要先假借爲「與」，而後才可以訓爲「順」，過程複雜。

袁瑩則認爲「豫」字應讀爲「敘」。「豫」從「予」聲，「敘」從「余」聲，「予」及「予」聲字與「余」及「余」聲字，傳世文獻、出土文字中，相通之

〔註27〕〔清〕段玉裁著：《說文解字注》（臺北，藝文印書館，2005年10月），頁119。

〔註28〕朱漢民、陳松長主編：《嶽麓書院藏秦簡（壹）》，頁151。

〔註29〕陳偉：〈嶽麓秦簡《占夢書》1525號等簡的編連問題〉，武漢簡帛網，http://www.bsm.org.cn/show_article.php?id=1440，2011年4月9日。

例極多。〔註30〕而「敘」應訓爲「順」：

> 意思爲順的「敘」在古書中與「序」多混用無別。「敘」與「序」古音相同，都是邪母魚部，兩字當是通假關係。《說文·攴部》：「敘，次弟也。」又《說文·廣部》：「序，東西牆也。」可見，在意思爲順的「敘」和「序」中，「敘」應爲本字，「序」應爲假借字。《書·堯典》「百揆時敘」，《康誥》「惟時敘」、「曰時敘」，王引之《經義述聞》：「時敘者，承敘也。承敘者，承順也。」《國語·周語》「周旋序順」，王引之《經義述聞》：「『周旋序順』者，序亦順也。《爾雅》曰『順，敘也』。《大戴禮·保傅》篇曰『言語不序』，《周語》上篇曰『時序其德』，《楚語》曰『奔走承序』，序皆謂順也。」〔註31〕

袁瑩認爲「予」與「余」二字常相通使用，而「豫」從「予」聲、「敘」字從「余」聲，是以「豫」、「敘」二字應可通假；「敘」又可釋作「順」，故相通的「豫」字應亦可假爲「順」字，過程極爲複雜。但從「序」、「敘」、「順」之角度思考，大抵正確。陳偉認爲：

> 說實話，寫作時，曾在豫、預、與三字中推敲、篩選，「與」字中尚曾考慮訓爲「用」，但未能想到讀爲「序」。……尊說讀爲「序」，講作「依次序排列」，是在拙說之外提示的又一種可能，還是具有更加確切的立論根據。〔註32〕

ljltom 則認爲：

> 《漢書·陸賈傳》記載陳平與陸賈之間的對話，其中陸賈云「天下安，注意相；天下危，注意將。將相和，則士豫附；士豫附，天下雖有變，則權不分。」其中「士豫附」的「豫」，顏師古注爲「素也」，胡三省在《資治通鑒》中此條下注曰：「余謂豫，順也」。另王先謙

〔註30〕參袁瑩：〈嶽麓秦簡《占夢書》補釋二則〉，復旦網，http://www.gwz.fudan.edu.cn/SrcShow.asp?Src_ID=1686#_edn4，2011年10月23日。

〔註31〕袁瑩：〈嶽麓秦簡《占夢書》補釋二則〉，復旦網，2011年10月23日。

〔註32〕參苦行僧：〈關於《占夢書》中的「豫」字〉之跟帖，武漢簡帛網，http://www.bsm.org.cn/bbs/read.php?tid=2670&fpage=4，2011年4月9日。

《補注》對顏注也有批評，但其將「豫」理解爲「樂也」。〔註 33〕

又舉例：

《周易・說卦》：「豫必有隨」，注曰「順以動者，眾之所隨」。似也可以參考。〔註 34〕

ljltom 的說法，使「豫」字可直接訓作「順」，又省去了通假之複雜，較陳偉、袁瑩之說法更佳。魯家亮雖同意陳偉之說〔註 35〕，卻也提出：

「豫」或可理解爲「變化、變動」，《鶡冠子・泰錄》：「百化隨而變，終始從而豫。」俞樾注曰：「豫，暇豫也。豫，亦變也。《荀子・儒效篇》『仲尼將爲司寇，魯之鬻牛馬者不豫賈』、《淮南子・覽冥篇》『黃帝治天下，市不豫賈』、《史記・循吏傳》『子產爲相，市不豫賈』，凡言『不豫賈者』皆謂不變其價值也，而解者多以『凡事豫則立』之『豫』說之，殊失其解」。〔註 36〕

訓「豫」爲「變」，似與前述陳偉之說相悖。然簡文以「而」字作爲轉折連接，或許從「與『順』義相反的角度，考察『豫』之字義的方式才是正確的」。

「豫」字除作「變」義，解爲與「順」相反外，尚可假爲「舍」字，出土文獻，有例如下：

上博簡《周易・頤》：「初九：𩲃（舍）尒（爾）需（靈）龜，觀我敚（微）頤，凶。」〔註 37〕

上博簡《仲弓》：「舉（舉）而（爾）所智（知），而（爾）所不智（知），人亓（其）𩲃（舍）之者？」〔註 38〕

〔註 33〕參苦行僧：〈關於《占夢書》中的「豫」字〉之跟帖，武漢簡帛網，2011 年 4 月 9 日。

〔註 34〕參苦行僧：〈關於《占夢書》中的「豫」字〉之跟帖，武漢簡帛網，2011 年 4 月 9 日。

〔註 35〕魯家亮：〈嶽麓秦簡《占夢書》「必順四時而豫其類」補議〉，武漢簡帛網，http://www.bsm.org.cn/show_article.php?id=1442，2011 年 4 月 10 日。

〔註 36〕魯家亮：〈讀嶽麓秦簡《占夢書》筆記（一）〉，武漢簡帛網，http://www.bsm.org.cn/show_article.php?id=1429，2011 年 4 月 1 日。

〔註 37〕馬承源主編：《上海博物館藏戰國楚竹書（三）》（上海，上海古籍出版社，2003 年 12 月），頁 169。

〔註 38〕馬承源主編：《上海博物館藏戰國楚竹書（三）》，頁 270。

> 上博簡《曹沫之陣》：「不知於邦，不可以出豫（舍）：不和於豫（舍），不可以出戦（陣）：不和於戦（陣），不可以戰。」〔註39〕

「豫」與「舍」旁字相通之例，又可見於上博簡《容成氏》：

> 墨（禹）乃迵（通）泒（伊）、洛，並里〈廛〉（瀍）、干（澗），東豉（注）之河，於是於（乎）敘（豫）州訂（始）可尻（處）也。〔註40〕

簡文以「敘」字假借爲「豫」，表示地名。

郭店簡《老子甲》「夜（豫）唇（乎）奴（若）冬涉川」〔註41〕，王弼本、傅奕本「夜」字皆作「豫」。上博簡《恆先》「舉（舉）天下之爲也，無夜（舍）也，無與也，而能自爲也」〔註42〕，「夜」字通「舍」，作「捨棄」之義。

郭店簡、上博簡分別以「夜」字假借「豫」、「舍」二字，可知此三字於音韻上確實有關係，其中又以「豫」、「舍」二字最爲密切。簡文「豫」字若通假爲「舍」，釋爲「捨棄」。

2. 類

原釋無說。

魯家亮認爲此與《禮記·月令》「凡舉大事，毋逆大數，必順其時，慎因其類」〔註43〕，以及《呂氏春秋·仲秋紀》「凡舉事無逆天數，必順其時，乃因其類」〔註44〕，意義相同：

> 「其類」的「類」均當作「法式、法則」理解。〔註45〕

〔註39〕陳劍：〈上博竹書〈曹沫之陳〉新編釋文〉，簡帛研究網，http://www.jianbo.org/admin3/2005/chenjian001.htm，2005年2月12日。

〔註40〕馬承源主編：《上海博物館藏戰國楚竹書（二）》（上海，上海古籍出版社，2002年12月），頁270～271。

〔註41〕荊門市博物館：《郭店楚墓竹簡》（北京：文物出版社，1998年5月），頁111。

〔註42〕馬承源主編：《上海博物館藏戰國楚竹書（三）》，頁297。

〔註43〕〔清〕阮元用文選樓藏本校勘嘉慶二十年重刊宋本：《十三經注疏附校勘記·禮記》（京都，中文出版社，1972年9月），頁2973。

〔註44〕〔戰國〕呂不韋編，陳奇猷校注：《呂氏春秋》（臺北，華正書局，1988年8月），頁422。

〔註45〕魯家亮：〈嶽麓秦簡《占夢書》「必順四時而豫其類」補議〉，武漢簡帛網，2011年

《禮記》鄭注云：「順其陰陽之時，謹愼因其事類，不可煩亂妄爲」，「事」指「興土功、合諸侯、舉兵眾也」，說明這些事務，都必須符合陰陽四時，才能施行。但「類」字未必是「法則」之義，以「類」爲這些事務的「類別」亦可。用於此簡，則指下文所區分之夢徵類別。

原釋讀爲「必順四時而豫。亓（其）類，毋失四時之所宜」。陳偉認爲：

> 「四時」指春、夏、秋、冬，「其類」則當指發、陽、閉、藏。如此連讀，不僅「必順四時而豫其類」成爲完整的一句，而且下句「毋失四時之所宜」也彼此呼應。〔註46〕

改讀爲「必順四時而豫亓（其）類，毋失四時之所宜」爲佳。。

「豫」字不論讀爲「與」，或假爲「序」，訓爲「順」，於音韻、字例上皆有例可證。但簡文「豫」字應讀爲「舍」，作「捨棄」爲是。

簡文以「四時」、「類」兩者對舉，後述「毋失四時之所宜」，並未論及「類」之重要性。此處似乎涉及占夢理論價值的判斷，認爲「在占夢之程序中，以『四時』最爲重要；與『四時』相比，夢徵類別的重要性較低」，故簡文強調「毋失四時之所宜」，而無說明「類」字的意義。

嶽麓簡《占夢書》認爲「四時」與「類」二者，當取前者，故以「而」字作爲轉折；且簡文已有「順」字，於「順」字外，如果又將「豫」字訓爲「順」，似乎多此一舉，故「豫」字或許釋爲「舍」較佳。

此句當隸爲「必順四時而豫（舍）【2】亓（其）類，毋失四時之所宜」，原意爲「（占夢的道理、原則）必須要合乎四時，而捨棄其夢徵之分類，切勿違背各時節所適宜之占」；又或意爲「（占夢的道理、原則）必須要合乎四時，而變更其占卜的方式，切勿違背各時節所適宜之占卜方式」。

五分日$_1$，三分日夕$_2$（3）

1. 五分日

原釋認爲：

4月10日。

〔註46〕陳偉：〈嶽麓秦簡《占夢書》1525號等簡的編連問題〉，武漢簡帛網，2011年4月9日。

> 或是日分五段之義。《隋書・天文志》：「晝有朝、有禺、有中、有晡、有夕。」〔註47〕

陳偉認爲：

> 「五分日」恐怕是指天干而言。〔註48〕

嶽麓簡《占夢書》一再將夢占結果按照甲乙、丙丁、戊己、庚辛、壬癸敘述，故當以陳偉的說法較貼近原文。

尹灣漢簡《刑德行時》將一日分爲「甲乙」至「壬癸」五個時段，配合各種「屬性」〔註49〕而成的時段表，用以表示當日各時段之吉凶。〔註50〕

簡文此處之「五分日」是將每日以天干代稱，兩日合一而占卜其夢；並非用天干分一日的時辰。

2. 三分日夕

原釋認爲：

> 將一夜分成三段。下文有「晦而夢三年至，夜半夢者二年而至，雞鳴夢者」可證。〔註51〕

原釋可從。又「日夕」本指晝夜，睡虎地《日書》中，便有說明十二個月中白晝、黑夜時段的分劃。陳偉認爲：

> 這裏說「日夕」，可能偏指于夕，也就是整理者已經指出的晦、夜半和鷄鳴。〔註52〕

〔註47〕朱漢民、陳松長主編：《嶽麓書院藏秦簡（壹）》，頁152。

〔註48〕陳偉：〈嶽麓秦簡《占夢書》1525號等簡的編連問題〉，武漢簡帛網，2011年4月9日。

〔註49〕《尹灣漢簡・形德行時》將一日依序分爲「端」、「德」、「刑」、「罰」、「令」五時，其中「端」、「令」、「德」爲吉時，「刑」與「罰」爲凶時。

〔註50〕此占的使用方法是：先在時段表中找到所要占測日的時段的屬性，然後便可在占辭中得出結果。參張顯成、周羣麗：《尹灣漢墓簡牘校理》（天津，天津古籍出版社，2011年3月），頁136。

〔註51〕朱漢民、陳松長主編：《嶽麓書院藏秦簡（壹）》，頁152。

〔註52〕陳偉：〈嶽麓秦簡《占夢書》1525號等簡的編連問題〉，武漢簡帛網，2011年4月9日。

此說可信。古人並無白日睡覺之習慣，故鮮少於白日作夢；所占之夢，仍以夜晚睡眠時產生爲主；此亦符應了前述「晝夢」或爲白日作夢之重要性（因稀少而具重要占卜價値）。

簡文雖稱「日夕」，實則僅指「夕」，彭慧賢根據大量秦系出土文獻，歸納各項紀日時稱，認爲：

> 「夕」亦稱爲「日夕時」或「夕日」。〔註53〕

是以「日夕」字，即古人用以稱「夕」、傍晚的紀日時稱，即指下文「晦」、「夜半」、「雞鳴」所區分時段。

此句當隸爲「五分日，三分日夕」，原意爲「以天干區分『日』，而以『晦』、『夜半』、『雞鳴』區分『夜』」。

吉兇（凶）1有節2，善羛（義）3有故（3）

1. 兇（凶）

原釋隸爲「凶」字，據圖版應改隸爲「兇」字，作「凶」字用。

2. 節

原釋無說。疑讀如字，而訓爲「驗」。

「驗」字，爲「徵驗」之義。如《荀子·性惡》曰：

> 善言古者，必有節於今；善言天者，必有徵於人。〔註54〕

又如《禮記·禮器》「無節於內者，觀物弗之察矣」〔註55〕，鄭注云：「節猶驗也。」故簡文「節」字當訓爲「驗」，意指占夢的吉凶福禍最後都會有應驗，與後文「善羛有故」相互對照。

3. 羛（義）

原釋認爲：

〔註53〕彭慧賢：《殷商至秦代出土文獻中的紀日時稱研究》（臺南，成功大學博士學位論文，2012年6月），頁246。

〔註54〕李滌生：《荀子集釋》（臺北，臺灣學生書局，1979年2月），頁549。

〔註55〕〔清〕阮元用文選樓藏本校勘嘉慶二十年重刊宋本：《十三經注疏附校勘記·禮記》，頁3115。

《字彙補·羊部》：「羛與義同。」「義」通俄，奸邪也。《廣雅·釋詁》：「俄，邪也。」《左傳·文公十八年》：「掩義隱賊，好行兇德。」俞樾《群經平議》：「義，賊也。皆不善之事，故掩蓋之隱避之也。」〔註 56〕

原釋可從。「羛」字應假爲「義」，表「不善」之義。如俞樾曰：「學者但知『義』爲仁義之義，而不知古書『義』字有作姦邪解者。」〔註 57〕

此句當隸爲「吉兇（凶）有節（驗），善羛（義）有故」，原意爲「（占夢之結果）吉凶之發生是能徵驗的，而結果的好壞是有原因的」。

甲乙 $_1$ 夢，開臧 $_2$ 事也（3）

1. 甲乙

原釋認爲：

或指春季。《禮記·月令》：「孟春之月，日在營室，昏參中，旦尾中。其日甲乙。」又，「甲乙」或指日干，《睡虎地秦簡·日書》：「甲乙夢被黑裘衣寇（冠），喜，入水中及谷，得也。丙丁夢口，喜也，木金得也。戊己夢黑，吉，得喜也。庚辛夢青黑，喜也，木水得也。壬癸夢日，喜也，金得也。」下文的「丙丁」、「戊己」、「庚辛」、「壬癸」等干支的意思都同此。〔註 58〕

簡文「甲乙」、「丙丁」、「戊己」、「庚辛」、「壬癸」，即前文所謂「五分日」，並非原釋所說之「春季」。季節有四，若以五分，則顯不均；而簡文後又有「春夢」、「夏夢」、「秋冬夢」之語句，是知此處「甲乙」實非用於季節，當用於日干支。

2. 臧

原釋隸爲「贓」字。此字與簡 2「臧」字相同：

〔註 56〕朱漢民、陳松長主編：《嶽麓書院藏秦簡（壹）》，頁 152。

〔註 57〕〔清〕俞樾：《群經平議》，續修《四庫全書》編纂委員會編：《續修四庫全書》（上海，上海古籍出版社，2002 年 3 月），頁 413。

〔註 58〕朱漢民、陳松長主編：《嶽麓書院藏秦簡（壹）》，頁 152。

字形		
隸定	嶽麓《占》簡 2	嶽麓《占》簡 3

除第一字「爿」旁稍模糊外，二字中間之「臣」旁以及右邊之「戈」旁皆相同，應可隸爲同字。

此字若隸爲「臧」，當用作本義，釋爲「善」，與簡 2 的「臧」字釋爲「藏匿」不同。

此句的斷讀方式有二種：其一爲「甲乙，夢開臧事也」，其二爲「甲乙夢，開臧事也」；前者謂「若於甲、乙爲天干之日作夢，則會夢到善事」，後者謂「在以甲、乙爲天干之日所作的夢，當有善事」。二種段讀，當以後者爲是。因夢的內容無法自我控制，亦無法藉睡眠之時段而改變。簡文意在說明「占夢理論」，故此處應該是用來提醒使用《占夢書》者必須注意天干日與所占卜結果之關係。

故此句當隸爲「甲乙夢，開臧事也」，原意爲「在以甲、乙爲天干之日所作的夢，當有善事」。

丙丁夢，憂【也】1【3】

1. 也

原彩色圖版處並未有「也」字，然釋文處有「也」字圖版，今據釋文增補。

此句當隸爲「丙丁夢，憂【也】」，原意爲「在以丙、丁爲天干之日所作的夢，當有憂事」。

戊己夢，語言1也（4）

1. 語言

原釋認爲：

> 指言語，猶口舌也。《放馬灘秦簡·日書乙種》：「此日行，卅里遇言語。」《周家台秦簡》：「占約結，有後言語。」〔註 59〕

此或同睡虎地《日書》「丙丁夢口，喜也」句。蓋「語言」當從「口」出，兩者

〔註 59〕朱漢民、陳松長主編：《嶽麓書院藏秦簡（壹）》，頁 153。

相關。簡文並未說明「語言」之好壞，然原釋以爲即「口舌」，似作爲凶兆。

對照嶽麓簡《占夢書》簡34「夢見棗，得君子好言」，此爲「好言」之占，是知嶽麓簡《占夢書》於夢占所得到之語言好壞，具一定判斷；故「語言」一詞應爲中性詞彙。

此句當隸爲「戊己夢，語言也」，原意爲「在以戊、己爲天干之日所作的夢，當有語言、口舌一類的事情發生」。

「語言」、「口」二者之關係，多爲負面義，王充《論衡·言毒》曰：

> 故火爲言，言爲小人。小人爲妖，由口舌。口舌之徵，由人感天，故五事二曰言。言之咎徵，僭恆暘若。僭者奢麗，故蝮蛇多文。文起於陽，故若致文。暘若則言從，故時有詩妖。〔註60〕

王充所言與簡文相近，其以「火」化爲「言」，「言」又化爲「小人」，「小人」後化爲「妖」，故《尚書·洪範》「五事」以「言」爲第二，符應五行之火。

庚辛夢，喜也（4）

此句當隸爲「庚辛夢，喜也」，原意爲「在以庚、辛爲天干之日所作的夢，當有喜事」。

壬癸夢，生事[1]也（4）

1. 生事

原釋認爲：

> 發生事端。《逸周書·周祝》：「故忌而不得是生事，故欲而不得是生詐。」孔晁注：「生是謂變也。」〔註61〕

原釋可從。發生事端，表示與「預期的情況不符」，多帶有負面意義。

此句當隸爲「壬癸夢，生事也」，原意爲「在以壬、癸爲天干之日所作的夢，表示將發生事端」。

甲乙夢伐木[1]，吉（4）

1. 伐木

〔註60〕〔漢〕王充，黃暉撰：《論衡校釋》（北京，中華書局，1990年2月），頁958。

〔註61〕朱漢民、陳松長主編：《嶽麓書院藏秦簡（壹）》，頁153。

原釋認爲：

指與木有關的活動。木在五行上屬春。〔註62〕

五行之木，對應至四季則爲「春」，然簡文「伐木」與「木」意義相反，「伐木」爲破壞性行爲，似無法單純歸納爲「木」。

先秦時期，春季禁止伐木活動，《禮記‧月令》云：

是月也，命樂正入學習舞。乃修祭典。命祀山林川澤，犧牲毋用牝。禁止伐木。〔註63〕

《管子‧禁藏》亦云：

當春三月，萩室熯造，鑽燧易火，杼井易水，所以去茲毒也。舉春祭，塞久禱，以魚爲牲，以糱爲酒，相召，所以屬親戚也，毋殺畜生，毋拊卵，毋伐木，毋夭英，毋拊竿，所以息百長也。〔註64〕

《呂氏春秋‧孟春紀》「是月也，命樂正入學習舞。乃修祭典，命祀山林川澤，犧牲無用牝。禁止伐木，無覆巢」〔註65〕，所載與《禮記》大致相同。先秦時期春季禁止伐木，是因春天爲「施生之時」〔註66〕，故禁止砍罰木材、傷害尚處柔弱的生物。這是初步的保育觀念。

反之，適合伐木之時期當爲冬季，故《禮記‧月令》曰：「日短至，則伐木，取竹箭。」〔註67〕是知原釋以「伐木」爲「木」，進而以「甲乙」爲「春季」的看法有誤；簡文「甲乙」仍當指天干爲宜，而「甲乙」爲春之象徵，故「伐木」爲五行之木。

此句可隸爲「甲乙夢伐木，吉」，原意爲「在甲、乙日夢見伐木，則爲吉兆」。

〔註62〕朱漢民、陳松長主編：《嶽麓書院藏秦簡（壹）》，頁153。

〔註63〕〔清〕阮元用文選樓藏本校勘嘉慶二十年重刊宋本：《十三經注疏附校勘記‧禮記》，頁2935。

〔註64〕李勉註譯：《管子》（臺灣，商務印書館，1990年），頁291。

〔註65〕〔戰國〕呂不韋編，陳奇猷校注：《呂氏春秋》，頁2。

〔註66〕〔清〕阮元用文選樓藏本校勘嘉慶二十年重刊宋本：《十三經注疏附校勘記‧禮記》，頁2935。

〔註67〕〔清〕阮元用文選樓藏本校勘嘉慶二十年重刊宋本：《十三經注疏附校勘記‧禮記》，頁345。

簡文以甲、乙日夢伐木爲吉兆，此因嶽麓簡《占夢書》以「五分日」區分作夢之日，簡文以甲、乙爲時間，當時人們「以天干配合五行，進行占卜」的行爲，或許與當時禮制有關。《呂氏春秋》、《禮記》以「甲乙」爲「孟春」、「仲春」、「季春」之日，高誘注云：「甲乙，木日也。」鄭注云：「春時萬物皆解孚甲，自乙軋而出。」《疏》亦以鄭玄爲是。然孫希旦曰：

> 愚謂日以十干循環爲名，十干分屬五行，而甲乙爲木，故日之值甲乙者屬於春。〔註68〕

「天干分屬五行」與嶽麓簡《占夢書》之「五分日」相同，或許〈占夢書〉的五行、時日觀念與《禮記》、《呂氏春秋》有關。

「伐木」於先秦時期，爲春季禁止之行爲，然而於象徵春季的甲、乙日夢見「伐木」則爲吉兆，兩者似不相符。然占夢方式中有「以反爲正」之「反說」，即《莊子・齊物論》所云「夢飲酒者，旦而哭泣，夢哭泣者，旦而田獵」〔註69〕。

簡文似爲「反說」，以象徵春季的甲、乙日夢見春季禁止伐木爲吉；或者如原釋以較廣泛之眼光，認爲「『伐木』指與木有關之活動」，象徵春季，而與秦漢春季禁伐之律令無關。

敦煌殘卷有類似的夢例，如「夢見伐樹，所求皆得」（S.2222 號、P.3685 號林木章、P.3105 號草木部）〔註70〕，亦以伐樹爲吉兆。若樹木自然斷裂，則爲凶，如「夢見折樹，損兄弟」（P.3908 號山林草木章）〔註71〕、又若指定樹木之類別，則夢占亦有所改變，如「夢見砍竹者，主口舌」（P.3908 號山林草木章）〔註72〕、「夢見竹箏者，憂事起」（P.3908 號山林草木章）〔註73〕等，此以「伐竹」爲凶兆，可能爲後世占夢書之發展，爲嶽麓簡《占夢書》所不及。

〔註68〕〔清〕孫希旦撰，沈嘯寰、王星賢點校：《禮記集解》（北京，中華書局，1989），頁403。

〔註69〕〔清〕郭慶藩撰，王孝魚點校：《莊子集釋》（北京，中華書局，1995年），頁104。

〔註70〕鄭炳林：《敦煌寫本解夢書校錄研究》（北京，民族出版社，2005年1月），頁316。

〔註71〕鄭炳林：《敦煌寫本解夢書校錄研究》，頁316。

〔註72〕鄭炳林：《敦煌寫本解夢書校錄研究》，頁316。

〔註73〕鄭炳林：《敦煌寫本解夢書校錄研究》，頁316。

丙丁夢失火高陽 1，吉（4）

1. 高陽

原釋認爲：

> 指高而向陽之地。《孫子·地形》：「通形者，先居高陽，利糧道，以戰則利。」張預注：「居高而陽。」《後漢書·馮衍傳上》：「鑿巖石而爲室兮，託高陽以養仙。」〔註 74〕

原釋可從。《後漢書·馮衍傳》注云：「託高明之處以養神仙」〔註 75〕，其用法與《孫子》相同。

然「高陽」古多用爲「帝王名」，如《左傳·文公十八年》「昔高陽氏有才子八人。蒼舒、隤敳、檮戭、大臨、尨降、庭堅、仲容、叔達」〔註 76〕；《史記·五帝本紀》「帝顓頊高陽者，黃帝之孫而昌意之子也」，《索隱》云：「高陽者，所興地名也。」又有用爲「地名」者，如《史記·酈生陸賈列傳》「吾高陽酒徒也，非儒人也」〔註 77〕。如嶽麓簡《占夢書》，將「高陽」用指「地形」之用法頗爲稀少。

此句當隸爲「丙丁夢失火高陽，吉」，原意爲「在丙、丁日夢見在高且向陽處失火，則爲吉兆」。

簡文屬五行之火，敦煌殘卷亦載單純失火之夢，如「夢見火舍，有喜事」（S.620 號水篇）〔註 78〕、「夢見戴火，富貴」（S.620 號火篇）〔註 79〕，皆爲吉兆。又如「夢見火從地出，憂病」（S.620 號火篇）〔註 80〕、「夢見火從地出，必得病」（P.3105 號地部）〔註 81〕。此二夢徵，敦煌殘卷分屬火、地二類，是知此

〔註 74〕朱漢民、陳松長主編：《嶽麓書院藏秦簡（壹）》，頁 153。

〔註 75〕〔劉宋〕范曄撰，〔唐〕李賢等注，〔晉〕司馬彪補志：《後漢書》（臺北，鼎文書局，1981 年），頁 1000。

〔註 76〕〔清〕阮元用文選樓藏本校勘嘉慶二十年重刊宋本：《十三經注疏附校勘記·左傳》（京都，中文出版社，1972 年 9 月），頁 73。

〔註 77〕〔漢〕司馬遷撰：《史記》（北京，中華書局，2009 年 6 月），頁 2704。

〔註 78〕鄭炳林：《敦煌寫本解夢書校錄研究》，頁 320。

〔註 79〕鄭炳林：《敦煌寫本解夢書校錄研究》，頁 320。

〔註 80〕鄭炳林：《敦煌寫本解夢書校錄研究》，頁 320。

〔註 81〕鄭炳林：《敦煌寫本解夢書校錄研究》，頁 320。

類「土地失火」之夢，並非僅與「火」相關。

《夢林玄解·烟火》云：

> 山上大火起吉。其占曰：「山上有火，《易》卦爲旅，旅，羈旅也。商賈夢此，客邸興發；官宦夢此，祿官高遷，凡事尊光之象。」〔註82〕

此理或與嶽麓簡《占夢書》相同。

自古「高地」、「登高」之夢，必得吉兆，「夢見居高山，富貴」（P.3281號、S.2222號雜事章、ДX.1327號）〔註83〕、「夢見上高處，富貴」（P.3281號地理章）〔註84〕、「夢見坐高樓山岩石」（S.2222號林木章）〔註85〕等，諸多夢徵皆爲吉兆。

《夢林玄解·山水》云：

> 山行大吉。其占曰：「履高山，居高位，亨通尊貴之象也。在易爲艮，止而不動，動極歸靜，夢此者握大權，獲大利，享大福富貴佳祥。山亦地屬，貴顯之徵，天下名山五千三百七十，名地六萬四千百十六里，或出銅出鐵出金出錫出寶，天地所以均有無，通萬物者也，謂之地骨。凡形於夢寐之中者，居高登達，後學以意測之。」〔註86〕

故凡夢「居高登達」，皆爲吉兆，其理或與嶽麓簡《占夢書》「夢失火高陽」、簡6「夢飛登丘陵」以及簡7「夢登高山及居大石」相同。

嶽麓簡《占夢書》於《周易》卦象之沿用，雖未若《夢林玄解》徹底、清晰，然藉由比較各種占夢書，則可見端倪，知嶽麓簡《占夢書》之占夢術原理並非空穴來風，恐有所本。

戊己【夢】【4】宮事$_1$，吉（5）

1. 宮事

原釋認爲：

〔註82〕〔宋〕邵雍撰：《夢林玄解》，明崇禎刻本，頁50。

〔註83〕鄭炳林：《敦煌寫本解夢書校錄研究》，頁315。

〔註84〕鄭炳林：《敦煌寫本解夢書校錄研究》，頁315。

〔註85〕鄭炳林：《敦煌寫本解夢書校錄研究》，頁316。

〔註86〕〔宋〕邵雍撰：《夢林玄解》，頁57。

指古代婦女在家庭中承擔的女工、養蠶及其他室內勞作等。《大戴禮記·夏小正》：「執養宮事。執，操也；養，長也。」王聘珍《解詁》：「宮，蠶室也。事謂蠶事。」按，從五行的角度來考慮，戊己應該是夢與土有關的事，因此頗疑「宮事」當是建築宮室之類的土木之事。〔註 87〕

「宮事」一詞見《儀禮·士昏禮》「父送女，命之曰：『戒之敬之，夙夜毋違命！』母施衿結帨，曰：『勉之敬之，夙夜無違宮事！』」〔註 88〕《疏》云：「則姑命婦之事，若內宰職云：『后教六宮婦人，稱宮政也。』」用法同於《大戴禮記》。

嶽麓簡《占夢書》以「伐木」、「失火」、「鏄鐘」、「行川」爲五行的象徵。簡文「宮事」或許指「建築工程」之類事項，但可借指「房舍宅第」。《黃帝素問靈樞經·淫邪發夢》「（厥氣）客于脾則夢見丘陵大澤，壞屋風雨」〔註 89〕，以丘陵、大澤、房舍爲脾臟之徵，而「脾臟」屬五行之土，故「房舍宅第」亦同。

此句當隸爲「戊己【夢】【4】宮事，吉」，原意爲「在戊、己日夢見建築工程之類的事情，則爲吉兆」。

營建土木，多爲吉兆，如「夢見新起屋宇，大富」（P.3908 號莊園田宅章）〔註 90〕、「夢見起新舍，吉；入者，得財」（S.620 號屋宅篇）〔註 91〕；亦有作爲凶兆的夢例，如「夢見大人建宅，吉；病人，凶」（P.3908 號莊園田宅章）〔註 92〕，但僅爲少數。

古人既然以建宅爲吉，便可知以宅毀爲凶，如「夢見屋舍破壞者，大凶」（P.3908 號莊園田宅章）〔註 93〕、「夢見屋倒者，主疾病」（P.3908 號莊園田

〔註 87〕朱漢民、陳松長主編：《嶽麓書院藏秦簡（壹）》，頁 153。

〔註 88〕〔清〕阮元用文選樓藏本校勘嘉慶二十年重刊宋本：《十三經注疏附校勘記·儀禮》（京都，中文出版社，1972 年 9 月），頁 2095。

〔註 89〕〔唐〕王冰注：《黃帝素問靈樞經》，四部叢刊景明趙府居敬堂本，頁 50。

〔註 90〕鄭炳林：《敦煌寫本解夢書校錄研究》，頁 328。

〔註 91〕鄭炳林：《敦煌寫本解夢書校錄研究》，頁 328。

〔註 92〕鄭炳林：《敦煌寫本解夢書校錄研究》，頁 328。

〔註 93〕鄭炳林：《敦煌寫本解夢書校錄研究》，頁 328。

宅章）〔註 94〕。

《夢林玄解・第宅》云：

> 起建大廈大吉。其占曰：「夫人以天地爲棟宇，屋舍爲褌衣，或以天地爲體膚，屋舍爲臟腑。夜夢堂高屋廣，主去病改過；夢遷舍徙居，主業更事易。不論貧賤富貴，凡夢建造大屋者，主功成名就，興隆昌泰也。」〔註 95〕

由「不論貧賤富貴，凡夢建造大屋者，主功成名就，興隆昌泰也」可知「夢營建土木」之吉利也。

庚辛夢反[1]山鑄[2]鐘，吉（5）

1. 反

此字圖版作 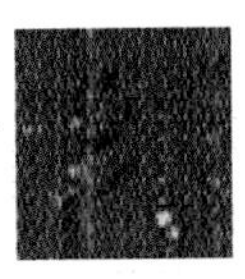 ，原釋無說。

陳偉釋爲「即」字，假爲「次」，並無解釋。〔註 96〕魯家亮認爲：

> 疑是「分」字殘文。〔註 97〕

嶽麓簡《占夢書》有「分」字如下：

字形		
出處	嶽麓《占》簡 3	嶽麓《占》簡 3

細察圖版，此字與嶽麓簡《占夢書》簡 3 的兩個「分」字稍有不同，前者右上部分往下轉折，似不如後兩字比例不同；而所从「八」旁之捺筆亦不如後兩字往下、外出。故隸此字爲「分」，仍有爭議。

魯家亮於注中補充說：「另可參《秦漢魏晉篆隸字形表》『分』下諸形」，但其所收錄的「分」字，實與簡文「分」字不相似：

〔註 94〕鄭炳林：《敦煌寫本解夢書校錄研究》，頁 328。

〔註 95〕〔宋〕邵雍撰：《夢林玄解》，頁 425～426。

〔註 96〕陳偉：〈嶽麓秦簡《占夢書》1525 號等簡的編連問題〉，武漢簡帛網，2011 年 4 月 9 日。

〔註 97〕魯家亮：〈讀嶽麓秦簡《占夢書》筆記（一）〉，武漢簡帛網，2011 年 4 月 1 日。

字形					
出處	泰山刻石	嶧山碑	馬王堆《老子甲》後古佚書簡 360	馬王堆《天文雜占》簡 1	馬王堆《縱橫家書》142
字形					
出處	馬王堆《老子乙》前古佚書簡 26 下	《新量斗》	《居延漢簡甲》簡 1639	《汝陰侯木竹簡》	

上引「分」字與簡文「分」字有極大差別。此簡「分」字所从之「八」與「刀」有筆畫連合之現象，反與「」（《石門頌》）、「」（《北海相景君銘》）接近〔註 98〕。

高一致認爲：

> 字形左似爲兩筆而中間殘損，其右殘筆上部似有一橫、下部似爲一撇一捺交叉且亦有殘損，此字或當釋爲「攻」；睡虎地秦簡《編年記》中「攻」字形習作「」，可與相參。「攻山」可解爲開采礦山。《漢書·貢禹傳》：「攻山取銅鐵，一歲功十萬人已上。」「攻山」與「鑄（？）鐘」於簡文文意上似亦恰合。〔註 99〕

「攻山」與「鑄鐘」爲動詞性質應可相信，但「攻」字左邊與此字形不同，難以辨認。

新出的《北京大學藏西漢竹書簡（參）》收錄《陰陽家言》一篇，其簡 7「反山求金鐵」一句，原整理者認爲：

> 銀雀山漢簡《人君不善之應》亦有「人君好垂（埵）盧（爐）橐，抗金盧，反山破石」句。「反山求金鐵」，指將山上的土石翻覆過來，尋找和發掘礦石。〔註 100〕

〔註 98〕然《北海相景君銘》所拓字，其「八」、「刀」的接縫未密，可能是拓圖之誤差導致；但就其筆勢看，「八」旁之上筆與「刀」旁相連，與《占夢書》、《石門頌》「分」字相同，視爲相同字形較佳。

〔註 99〕高一致：〈讀嶽麓秦簡《占夢書》筆記四則〉，武漢簡帛網，http://www.bsm.org.cn/show_article.php?id=1505，2011 年 7 月 8 日。

〔註 100〕北京大學出土文獻研究所編：《北京大學藏西漢竹書（參）》（上海，上海古籍出版

《陰陽家言》「反山求金鐵」與《人君不善之應》「反山破石」皆是挖掘山土，尋找礦石的意思。由此看，嶽麓簡《占夢書》此字也很可能是反字。其圖版如下：

彩色圖版〔註101〕	紅外線圖版〔註102〕

兩圖版殘存之筆畫不同，此現象也出現在「鑄」字。「反」字的右下筆畫，在彩色圖版中筆跡「往下」，殘存筆畫較多，而在紅外線圖版則只剩下「偏右」的筆跡，造成「反」所从的「又」無法辨認，故被認爲是「分」、「攻」。又此字左邊有一豎筆痕跡，應是「厂」字殘留筆畫。「反」字見於嶽麓簡，字形如下：

《爲吏治官》6	《占夢書》9	《占夢書》28

或如秦漢簡中的反字，如：

秦陶瓦 1261	秦陶壺蓋 1474	睡虎地《日書乙》簡 1087	雲夢 11 號木牘
《銀雀山漢簡》簡 172	《銀雀山漢簡》簡 451	《銀雀山漢簡》簡 564	《銀雀山漢簡》簡 766

社，2015 年 9 月），頁 231～232。

〔註101〕朱漢民、陳松長主編：《嶽麓書院藏秦簡（壹）》，頁 39。

〔註102〕朱漢民、陳松長主編：《嶽麓書院藏秦簡（壹）》，頁 155。

字例甚多，但差異不大。此字雖殘，但根據剩餘的筆畫，應可將其現復原爲，即「反」字。「反」，《說文》「反，覆也。」即翻轉、翻覆的意思，《孟子·公孫丑上》「以齊王，由反手也」〔註 103〕，趙歧注：「孟子言以齊國之大，而行王道，其易若反手耳。」

「反」與「翻」通的用例，如中國古代常用的注音方式「反切」，也可稱「反」或「翻」，如《正字通·又部》：「反，韻書反切字音作翻切，義同。」

簡文「反山」應指「翻山」，用法同北大漢簡《陰陽家言》「反山求金鐵」，皆爲翻轉山石尋找礦物的意思。

2. 鑄

原釋隸爲「鑄」字。方勇認爲此字應隸爲「鏄」〔註 104〕，並舉金文、秦文字爲例。金文「鏄」字常作：

字形			
出處	《黏鏄》	《邾公孫班鏄》	《鑞鏄戈》

秦系文字之「傅」字常作：

字形			
出處	睡虎地《編年》簡 82	睡虎地《法律》簡 33	《關沮秦簡》簡 318

同用「尃」旁之「薄」字與「縛」在秦簡中常作：

〔註 103〕十三經注疏整理委員會整理：《十三經注疏·孟子》（北京，北京大學出版社，2000 年 12 月），頁 83。

〔註 104〕方勇：〈讀嶽麓秦簡劄記（三）〉，武漢簡帛網，http://www.bsm.org.cn/show_article.php?id=1456，2011 年 4 月 16 日。

字形			
出處	《里耶秦簡》J1166 正 5	睡虎地《法律》簡 81	睡虎地《封》簡 42

從以上字例，可以發現從金文、秦簡的「鏄」、「傳」諸字，从「専」的偏旁，底下都有一「寸」字。然而此字作

彩色圖版〔註 105〕	紅外線圖版〔註 106〕
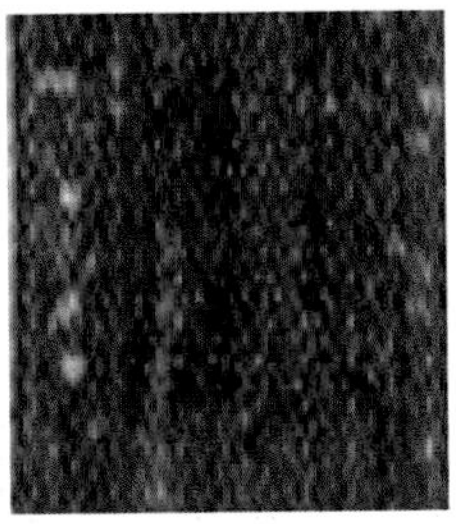	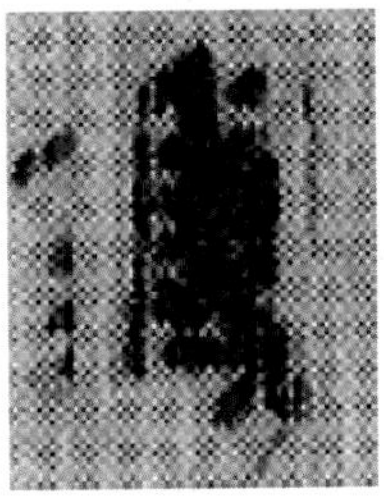

此字从「金」旁，但右半部字形底下从「火」，即「火」旁，而非「寸」旁。需要注意的是，字形的「火」旁可見於彩色圖版，但在紅外線圖版中，卻變得十分模糊，火旁的右半筆畫甚至殘缺，反而近於「寸」。這或許是學者認爲此字爲「鏄」的根據。但因爲簡文的右半筆畫非常模糊，也無法完整確認此字的形體，茲錄秦漢簡中的「鑄」字如下：

睡虎地《日書甲》簡 13 背	張家山漢簡《二年律令》簡 201	張家山漢簡《二年律令》簡 206	張家山漢簡《二年律令》簡 208

睡虎地《日書甲》的「鑄」字，與張家山漢簡相比，只少了上部的「𡈼」，但《占夢書》此字右上的 ，似乎就是此部件，但因中間過於模糊，也無法肯定。但就所从的「火」旁來看，此字還是隸爲「鑄」字較好。

〔註 105〕朱漢民、陳松長主編：《嶽麓書院藏秦簡（壹）》，頁 39。

〔註 106〕朱漢民、陳松長主編：《嶽麓書院藏秦簡（壹）》，頁 155。

【釋義】

此句當隸爲「庚辛夢反山鑄鐘，吉。」或當意爲「在庚、辛日夢見翻覆山石，尋找礦物，用來鑄鐘一類金屬器，則爲吉兆」。

「鎛、鐘」之夢，甚少，宋·邵雍《夢林玄解·樂器》曰：

> 求名者夢之，聲聞于遐邇，大吉無疑；求利者夢之，所獲即大，從僥倖中來，不可以再往；病人夢之，殊爲不美。……夢鐘在地所居有旺氣；夢鐘在架，名必驚人，利亦得價；夢鐘破者，音信無聞；夢鑄鐘者，作事誠實。〔註107〕

以「鐘」爲吉兆，是因爲夢者的需求與狀況不同，所以夢占有別。《夢林玄解》於此，未如同嶽麓簡《占夢書》以五行解之，這或許是因爲嶽麓簡《占夢書》之五行夢占體系較爲完整，後世占夢書對於此類夢徵並非使用五行占卜。

壬癸夢行川$_1$爲橋$_2$，吉（5）

1. 行川

高一致認爲：

> 「行川」，或指巡視河流。《吳越春秋·越王無餘外傳》：「〔禹〕登宛委山，發金簡之書。案金簡玉字，得通水之理，復返歸嶽，乘四載以行川。」〔註108〕

高一致解禹之「行川」爲「巡視河流」，然簡文「夢者」未必如禹之身分，是否有「巡視河流」之舉亦未可知，且《吳越春秋》以「巡視」爲重，蓋因禹得通水之理，故欲以此治水，與五行之關係較少。

「行川」亦有可能如字面讀，直解爲「渡水過河」，如謝靈運〈撰征賦〉：「陶逸豫於京甸，違險難於行川。」〔註109〕

若解簡文爲「渡水過河」，其要在於「渡水」，與五行之「水」關係較深，可與前述簡文相應。

〔註107〕〔宋〕邵雍撰：《夢林玄解》，頁414。

〔註108〕高一致：〈讀嶽麓秦簡《占夢書》筆記四則〉，武漢簡帛網，2011年7月8日。

〔註109〕〔清〕嚴可均校輯：《全上古三代秦漢三國六朝文》（北京，中華書局，1991年），頁2603～2。

2. 爲橋

高一致認爲:

我們認爲「行川」、「爲橋」似爲兩項內容,可斷讀開。〔註110〕

其以「爲橋」指「修造橋樑」,又如《魏書》「編舟爲橋」〔註111〕、「以柱爲橋」〔註112〕、「橫水爲橋」〔註113〕;又如《陳書》「編箄爲橋」〔註114〕、《新五代史》「以三腳木爲橋」〔註115〕。

而高一致以兩詞分別斷讀的說法,可從。

釋義

此句可以隸爲「壬癸夢行川、爲橋,吉」,原意爲「在壬、癸日夢見渡水、造橋,則爲吉兆」〔註116〕。

晦$_{1}$而夢【者】$_{2}$,三年至$_{3}$(5)

1. 晦

原釋認爲:

日暮。《周易·隨卦》:「君子以向晦入宴息。」〔註117〕

王勇認爲:

晦做時辰名此爲首見,……當指入夜後的最初一段時辰。〔註118〕

原釋及王勇的說法皆可信從。

「晦」字,《說文》:「月盡也。」〔註119〕段注云:「引申爲凡光盡之稱。」

〔註110〕高一致:〈讀嶽麓秦簡《占夢書》筆記四則〉,武漢簡帛網,2011年7月8日。

〔註111〕〔北齊〕魏收撰:《魏書》(臺北,鼎文書局,1980年),頁1470。

〔註112〕〔北齊〕魏收撰:《魏書》,頁1477。

〔註113〕〔北齊〕魏收撰:《魏書》,頁1637。

〔註114〕〔隋〕姚察,〔唐〕魏徵,姚思廉合撰:《陳書》(臺北,鼎文書局,1980年),頁184。

〔註115〕〔宋〕歐陽修撰,〔宋〕徐無黨注:《新五代史》(臺北,鼎文書局,1980年),頁592。

〔註116〕「渡水之夢」可參嶽麓簡34「游渡江河」之解。

〔註117〕朱漢民、陳松長主編:《嶽麓書院藏秦簡(壹)》,頁153。

〔註118〕王勇:〈五行與夢占——嶽麓書院藏秦簡《占夢書》的占夢術〉,《史學集刊》,第4期(2010年7月),頁30。

〔註119〕〔清〕段玉裁著:《說文解字注》,頁305。

依照段注所言，「晦」字有「夜晚」之義，指白晝光盡，夜晚開始之時。《國語．魯語》「明而動，晦而休，無日以怠」〔註 120〕，用法同。「晦」字當用爲夜晚、黃昏之義。

2. 【者】

此句「夢」字後無「者」字，與後二句不同；但從文義上看，後二句較此句更完備充足，故依彼例，此可增補「者」字。

3. 三年至

簡文「三年至」應與「二年而至」以及後文所補的「一年而至」意義相似。「至」字，應指「到來」之義。

作夢時段有「晦」、「夜半」、「雞鳴」之不同，故導致「三年」、「二年」，以及「一年」之差異。然而夢是睡眠當下所生，未有「年」之差異，故此種差異，或表「夢占」之實現時間。王勇認爲：

> 簡文的意思爲在晦時做夢，夢兆會在三年內應驗；在夜半時做夢，夢兆會在兩年內應驗；在雞鳴時做夢，夢兆會在一年內應驗。〔註 121〕

夢占之吉凶，當非立即應驗，須於「夢到後」、「占卜後」，方有可能發生，而這過程應要一段時間，故簡文「三年至」應指「夢占結果」的實現（徵驗）時間。

此處再次說明嶽麓簡《占夢書》對於「時間」之重視。「時間」不僅影響夢占之準確性（「必順四時而豫（舍）亓（其）類」）、夢占之結果（「甲乙夢，開臧事也」），更影響此吉凶之實現時間（「三年至」）。

簡文的「晦」、「夜半」、「雞鳴」，應非指「夢境內之時間」。夢境內之時間並非皆爲夜晚，夜晚作夢者，也有可能夢見白晝的事物。故簡文「晦」、「夜半」、「雞鳴」三者用指「夢者作夢之時間」。

然「夢者於睡眠時，是否明瞭所作之夢，當發生於睡眠過程中之何時？」人雖處於睡眠，其大腦仍持續活動，但夢者自身卻無法察知時間，故未能得知

〔註 120〕上海師範大學古籍整理組校點：《國語》（上海，上海古籍出版社，1978 年），頁 205。

〔註 121〕王勇：〈五行與夢占——嶽麓書院藏秦簡《占夢書》的占夢術〉，《史學集刊》，第 4 期（2010 年 7 月），頁 30。

「夢」是發生於何時。

簡文或以「睡眠時間」等同「作夢時間」，因睡眠之無知覺性，使人認爲「在何時睡眠，便於何時作夢」，故以二者相等。

頗疑古人分夜晚爲三個時段，即「晦」、「夜半」、「雞鳴」，各時段爲始，至下一時段前所作之夢，皆概括在起始時段內，如：於「夜半」至「雞鳴」前時段間睡眠者，其夢當屬「夜半」之時。

此句可隸爲「晦而夢【者】，三年至」，原意爲「在夜晚剛開始時睡眠所作的夢，其占卜之結果當在三年內實現」。

夜半夢者，二年而至（5）

此句可隸爲「夜半夢者，二年而至」，原意爲「在夜半剛開始時睡眠所作的夢，其占卜之結果當在二年內實現」。

雞鳴夢者【5】【，一年而至】

原釋無說。疑此簡有缺。2009 年 6 月於湖南大學嶽麓書院主辦之「《嶽麓書院藏秦簡》（第一卷）國際研讀會」，葉山提出：

> 1526 號簡「雞鳴夢者」後應有「一年而至」一類文字。〔註 122〕

此說可從。陳偉亦認爲：「這是我們推測 1526 號簡之後有缺簡的理由。」〔註 123〕故此簡後應補「一年而至」。

此句可隸爲「雞鳴夢者【，一年而至】」，原意爲「在雞鳴剛開始時睡眠所作的夢，其占卜之結果當在一年內實現」。

若晝夢 1 亟發 2，不得其日 3，以來爲日 4；不得亓（其）時 5，以來爲時（1）

1 晝夢

原釋指出：

〔註 122〕參陳偉：〈嶽麓秦簡《占夢書》1525 號等簡的編連問題〉，武漢簡帛網，2011 年 4 月 9 日。

〔註 123〕陳偉：〈嶽麓秦簡《占夢書》1525 號等簡的編連問題〉，武漢簡帛網，2011 年 4 月 9 日。

> 即白日夢。《周禮・春官》:「占夢，掌其歲時，觀天地之會，辨陰陽之氣。以日月星辰，占六夢之吉凶。一曰正夢、二曰噩夢、三曰思夢、四曰寤夢、五曰喜夢、六曰懼夢。」其中「寤夢」與「晝夢」相類。〔註124〕

「寤夢」，《周禮》鄭注云：「覺時至而夢之。」《疏》云：「以其字爲覺寤字，故知覺寤時道之，睡而夢也。」

「寤」字，《說文》「寐覺而有言曰寤。从㝱省，吾聲。一曰晝見而夜㝱也」〔註125〕，段注云：「蓋亦《周禮》寤夢之說。」是知「寤」即爲「夢」，於睡眠時產生，內容有可能是白日所見所遇，但因「覺寤」不分日夜，原釋既以「『寤夢』與『晝夢』相類」，不應又言「晝夢」爲白日夢。

「晝夢」可能指「白晝覺晤而夢」，強調「覺晤」之特性。

「寤」即「夢」，爲人睡眠時產生之狀態，宋・戴侗曰：「寤寐與夢皆因寢而有者也。」〔註126〕以「寤寐」與「夢」皆爲「寢」而致之心理現象。

「寢」字，《說文》「病臥也」〔註127〕。〈高唐賦〉「楚先王晝寢」，李注引鄭玄云：「寢，臥息也。」《論語・公冶長》曰：

> 宰予晝寢。子曰：「朽木不可雕也，糞土之牆不可杇也，於予與何誅？」〔註128〕

宰予並未生病，卻「晝寢」，是以孔子認爲宰予怠惰偷懶，故無法教導。可見「寢」字的臥睡之義。

「寐」字，《說文》「臥也」〔註129〕，段注云：「俗所謂睡著也。〈周南〉毛傳曰：『寐，寢也。』」。可知「寐」、「寢」其實皆爲「睡眠」之義。

簡文之「晝夢」，即「白晝覺晤而夢」，指「白日因發生之事物而有所覺晤

〔註124〕朱漢民、陳松長主編：《嶽麓書院藏秦簡（壹）》，頁151。

〔註125〕〔清〕段玉裁著：《說文解字注》，頁351。

〔註126〕〔宋〕戴侗：《六書故》，清文淵閣四庫全書本，頁436。

〔註127〕〔清〕段玉裁著：《說文解字注》，頁351。

〔註128〕〔清〕阮元用文選樓藏本校勘嘉慶二十年重刊宋本：《十三經注疏附校勘記・論語》（京都，中文出版社，1972年9月），頁5371。

〔註129〕〔清〕段玉裁著：《說文解字注》，頁351。

之夢」。

「晝寤而夢」屬正常管道（睡眠）而生之「夢」，而「白日夢」則屬於「幻想」。弗洛伊德認爲「夢」與「白日夢」，各具不同性質。其指出夢之第一共性是：

> 夢基本上是由意象思維，而且隨著睡眠的到來，我們可以看到自主活動相應地變得困難，而非自主念頭所孳生，所有這些非自主念頭變成意象群。無力去作那類我們感覺有意去作的觀念活動以及意象的湧現。〔註130〕

更認爲夢的第二共性則是：

> 夢主要以視覺形象進行思維，但也並非毫無例外，它們也用聽覺意象，並且也在更小的程度上用其他感覺意象。〔註131〕

「白日夢」爲「空想（想像的產物）」，而由空想而致之「夢」，並不具有上述兩種特徵，程地宇指出「『白日夢』與睡眠的關係已與它們的名字相矛盾」〔註132〕，斯言甚是。

缺乏幻覺之歷程，以及熟睡，故白日夢雖生動，然絕不同於幻覺之經歷，此即不符合夢的第二共性。是知「白日夢」與「晝夢」當由兩種不同心理狀態產生。

故「晝夢」指「白天因發生之事物而有所覺晤之夢」，與普通睡眠產生的夢，或者「白日夢」不同。

2. 亟發

高一致引楊樹達對「亟」的說法〔註133〕，並補充說：

> 《左傳‧成公十六年》：「吾先君之亟戰也，有故。」杜預注：「亟，數也。」《漢書‧刑法志》：「師旅亟動，百姓罷敝。」顏師古注：「亟，

〔註130〕〔奧地利〕弗洛伊德著，呂俊、高申春、侯向群譯：《夢的解析》，頁106。

〔註131〕〔奧地利〕弗洛伊德著，呂俊、高申春、侯向群譯：《夢的解析》，頁106。

〔註132〕程地宇：〈高唐夢非白日夢——關于晝寢、晝夢與白日夢的文化解讀〉，《重慶社會科學》，2006年第1期，頁29。

〔註133〕楊樹達認爲「表數副詞，表數之類，屢也，數也」。參楊樹達：《詞詮》（上海，上海古籍出版社，2006年12月），頁123。

屢也。」楊說可從，「亟」當作「屢次」、「一再」解。「晝夢亟發」即一再做白日夢。〔註 134〕

「晝夢」指「白天因發生之事物而有所覺寤之夢」，其實與「寤夢」相同，但其強調白天。

如果以「屢次」解釋「亟發」，則「這些屢次產生之夢是否相同」？如果相同，當然可以「不得亓（其）日，以來爲日」，以之後作相同夢的時間占卜；如果不同，則如何「以來爲日」？莫非要一一爲這些不同之夢求占嗎？而此不同之夢，又何須以相同時間爲占卜時間？故高一致的說法有待商榷。

「亟發」應爲「快速發生」之意。「亟」字，《說文》「敏疾也」〔註 135〕。「發」字，《說文》「䠶發也。」〔註 136〕「亟發」又作「極發」，《墨子・襍守》曰：

隊有急，極發其近者往佐，其次襲其處。〔註 137〕

王引之云：「古字極與亟通，極發即亟發也。」又《莊子・盜跖》「亟去走歸」〔註 138〕，釋文云：「亟，急也，本或作極。」《荀子・賦》「出入甚極」、「反覆甚極」〔註 139〕，楊注云：「極，讀爲亟，急也。」《淮南子・精神》「隨其天貲，而安之不極」〔註 140〕，高注云：「亟，急也。」

簡文「亟」字當用爲本義，《說文》段注云「疾者，本無其字，依聲託事之字也，後人以捷當之。」又云《詩經》「棘人欒欒」、「我是用棘」之「棘」字、《禮記》「匪革其猶」之「革」字，「亦亟之假借字也」。是以「亟」本有「急」、「疾」之義，亦不必以「極」爲本字。

3. 不得其日

此段文字之意義，原釋指出：

〔註 134〕高一致：〈嶽麓秦簡《占夢書》補釋四則〉，武漢簡帛網，http://www.bsm.org.cn/show_article.php?id=1430#_edn2，2011 年 4 月 2 日。

〔註 135〕〔清〕段玉裁著：《說文解字注》，頁 687。

〔註 136〕〔清〕段玉裁著：《說文解字注》，頁 647。

〔註 137〕〔清〕孫詒讓著，孫以楷點校：《墨子閒詁》（臺北，華正書局，1987 年），頁 581。

〔註 138〕〔清〕郭慶藩撰，王孝魚點校：《莊子集釋》，頁 1000。

〔註 139〕李滌生著：《荀子集釋》（臺北，學生書局，1979 年），頁 590、594。

〔註 140〕〔漢〕劉安，劉文典撰：《淮南子》（北京，中華書局，1989 年），頁 224。

即不知道作夢的具體日子。〔註 141〕

此解稍嫌模糊。原釋所指之「具體日子」，應指作夢當下之時間（即後文所指的「日」及「時」）。陳偉認爲：

1523 號簡抄寫的「不得其日」、「不得其時」，「日」當指「五分日」之日，「時」則應是指「三分日夕」的分劃。〔註 142〕

此處所指的「日」，必然不是指前文的「天干」所記之「甲乙」、「丙丁」等；後文所指的「時」，也非指前文之「晦」、「夜半」以及「雞鳴」。如果同意陳偉的說法，那就表示「晝夢」也可以利用「三分日夕」、「五分日」的占卜方式；但既然「晝夢」是白天所發生的夢，怎麼能以「晦」、「夜半」與「雞鳴」這三個夜晚的紀日時稱指明作夢時間？所以「日」、「時」當然不會是「三分日夕」、「五分日」的指稱，而是常用的日與時。

4. 以來爲日

原釋指出：

即以前來占夢的日子爲準。〔註 143〕

此說可從。

5. 不得亓（其）時

原釋作「其」。復旦讀書會認爲：

《占夢書》簡 1「不得其時」、簡 24「其中產子」、簡 26「夢亡其鉤帶」、「必去其所愛」、簡 34「以其帬被邦門」、「其占大貴人」中的「其」字，都應當釋爲「亓」後括注爲「其」。本篇竹簡「其」與「亓」並見，因此有必要在釋文中將這兩個字加以區分。〔註 144〕

此說正確。由圖版看，釋文應採「嚴式隸定」，方能明瞭字義，況嶽麓簡《占夢

〔註 141〕朱漢民、陳松長主編：《嶽麓書院藏秦簡（壹）》，頁 151。

〔註 142〕陳偉：〈嶽麓秦簡《占夢書》1525 號等簡的編連問題〉，武漢簡帛網，2011 年 4 月 9 日。

〔註 143〕朱漢民、陳松長主編：《嶽麓書院藏秦簡（壹）》，頁 151。

〔註 144〕復旦大學出土文獻與古文字研究中心研究生讀書會：〈讀《嶽麓書院藏秦簡（壹）》〉，復旦網，2011 年 2 月 28 日。

書》「其」、「亓」二字皆有，應明分二者。故依照讀書會的意見，將嶽麓簡《占夢書》中圖版作「亓」者，而原釋作爲「其」者，皆改爲「亓（其）」。

此句可隸爲「若晝夢亟發，不得其日，以來爲日；不得亓（其）時，以來爲時」，原意爲「如果白日所作之夢，是因爲已發生之事物導致快速產生者，若不知道作夢之時辰、日子，則以前來占夢之日、時，當作夢之時辰、日子」。

受發生事物之影響，於白日作夢，可見其速度之快，「晝夢亟發」或即爲此義。如此快速產生之夢徵，無疑反映了夢者的心理狀態、想法，必是占卜之重要依據。

簡文凸顯「日期」於「占夢」之重要，顯示嶽麓簡《占夢書》之占夢方式並不單以「夢徵」爲主；「作夢當下之時間」亦即占卜之參考因素。

前文述及的「三分日夕」、「五分日」，或許並不適用於「晝夢」。由此簡的「亟發」一詞，可以得知「晝夢」的稀有及重要，它應該不是在正常的占夢體系中。是以嶽麓簡《占夢書》首先說明正常產生的夢，需要以「三分日夕」、「五分日」爲這些夢區別時間，進而占卜。復次，才說明非正常管道產生的夢，要「不得其日，以來爲日；不得亓（其）時，以來爲時」。

醉飽而夢雨、變氣 1 不占（1）

1. 變氣

原釋無說。凡國棟認爲：

> 變氣指奇異的雲氣。《漢書・天文志》：「迅雷風祅，怪雲變氣，此皆陰陽之精，其本在地，而上發於天者也。」〔註 145〕

《莊子・逍遙遊》「若夫乘天地之正，而御六氣之辯」〔註 146〕，郭慶藩云：「辯讀爲變，與正對文。辯、變，古字通。」「六氣」概念由來已久，《左傳・昭公元年》「天有六氣，降生五味」〔註 147〕、「六氣曰：『陰、陽、風、雨、晦、明』也。」

〔註 145〕凡國棟：〈嶽麓秦簡《占夢書》校讀六則〉，武漢簡帛網，http://www.bsm.org.cn/show_article.php?id=1435，2011 年 4 月 8 日。

〔註 146〕〔清〕郭慶藩撰，王孝魚點校：《莊子集釋》，頁 17。

〔註 147〕〔清〕阮元用文選樓藏本校勘嘉慶二十年重刊宋本：《十三經注疏附校勘記・左傳》，頁 708。

「變氣」即指「陰、陽、風、雨、晦、明」的不正常狀態，似乎不止如凡國棟所指「奇異的雲氣」，只是因爲「雲」的改變最顯著，易爲人所察覺。《漢書・天文志》載：

> 永始二年二月癸未夜，東方有赤色，大三四圍，長二三丈，索索如樹，南方有大四五圍，下行十餘丈，皆不至地滅。占曰：「東方客之變氣，狀如樹木，以此知四方欲動者。」〔註148〕

文中詳記此氣之「顏色」、「範圍」，甚至「形狀」，各種天象，僅「雲」符合此些特質。《後漢書・董卓傳》「使變氣上蒸，妖賊蜂起」〔註149〕，與此相同。

簡文「變氣」，應指不正常的氣候現象。

原釋讀爲「醉飽而夢、雨、變氣不占」，非是。凡國棟認爲：「整理者原在『夢』字下斷讀，似不妥。今改從上讀。」〔註150〕可從。此句可隸爲「醉飽而夢雨、變氣不占」，原意爲「酒足飯飽後，若夢見雨或不正常的氣候現象，不占卜此夢」。

古人認爲六氣「分爲四時，序爲五節」，「過則爲菑」，「陰淫寒疾，陽淫熱疾，風淫末疾，雨淫腹疾，晦淫惑疾，明淫心疾」，若「六氣」異常，則導致人體有疾。

然而夢見「雨」、「變氣」，卻不進行占卜的最大原因，可能是由「醉飽」所導致。人體在正常睡眠狀態下，五臟六腑的活動有其正常機制，若受外部刺激或內部疾病影響，此機制將受到干擾，所以夢有其生理之原因和特徵，即王符「十夢」中的「感夢」〔註151〕、「時夢」〔註152〕、「病夢」〔註153〕。

〔註148〕〔漢〕班固撰，〔唐〕顏師古注：《漢書》（北京，中華書局，2007年10月），頁1311。

〔註149〕〔劉宋〕范曄撰，〔唐〕李賢等注，〔晉〕司馬彪補志：《後漢書》，頁2323。

〔註150〕凡國棟：〈嶽麓秦簡《占夢書》校讀六則〉，武漢簡帛網，2011年4月8日。

〔註151〕感夢者，王符云：「陰雨之夢，使人厭迷；陽旱之夢，使人亂離；大寒之夢，使人怨悲；大風之夢，使人飄飛。此謂感氣之夢也。」參〔東漢〕王符撰，〔清〕汪繼培箋：《潛夫論箋校正》，頁315。

〔註152〕時夢者，王符云：「春夢發生，夏夢高明，秋冬夢熟藏。此謂應時之夢也。」參〔東漢〕王符撰，〔清〕汪繼培箋：《潛夫論箋校正》，頁315。

〔註153〕病夢者，王符云：「陰病夢寒，陽病夢熱，內病夢亂，外病夢發，百病之夢，或散或集。此謂〔病」氣之夢也。」參〔東漢〕王符撰，〔清〕汪繼培箋：《潛夫論箋

王符雖區分此三夢的成因，但推究其本，「天氣」、「四時」、「疾病」皆由氣而致。「病夢」條，汪繼培按曰：

〈素問舉痛論〉云：「黃帝曰：『余知百病生於氣也。』」《論衡·訂鬼篇》云：「病篤者氣盛。」〔註154〕

疾病由氣所生，過多或者過少的氣對人體皆有壞處。六氣「淫而有疾」，即是此意。

「醉飽而夢」，是非正常睡眠機制下而產生的夢，所以不占。「醉飽」以致人體內部不協調，故夢「雨」和「變氣」，如：

睡夢中要小便，到處找廁所找不到，憋得差點打熬不住，醒來才知原來正是小便急得發慌；睡夢中腹內飢餓，見到食物大嚼一番，醒來發現正值飢腸轆轆；睡夢中一腳踩進水裡，冷徹心骨，俄而醒來始悟雙腳原來露在被頭外面；睡夢中胸悶驚恐，好像被大石所壓，想叫又叫不出，醒來原來是自己的雙手緊緊壓在胸口上。〔註155〕

醉飽而睡，就生理言，爲消化不良的狀態，容易影響夢的產生、內容。〔註156〕故黃庭堅〈謫居黔南十首〉曰：

渴人多夢飲，飢人多夢餐。如何春來夢，合眼到東川。〔註157〕

此與明·王廷相以「魄識之感」說明夢之成因相近：

校正》，頁315。

〔註154〕〔漢〕王符撰，〔清〕汪繼培箋：《潛夫論箋校正》，頁173。

〔註155〕丕謨、姜玉珍：《夢與生活》（北京，新華書店，1993年6月），頁6。

〔註156〕弗洛伊德認爲：「如果我們要讓一個有文化的非專業人員對夢的問題產生興趣，並因此問他夢的來源是甚麼，那麼我們一定會發現他對回答這類問題是有信心的。他馬上會想到，對夢的構成影響最大的是消化方面的障礙或困難，『夢來自消化不良』。——由於身體的姿勢不當或睡眠中發生的一些細微小事。他們從未想過，即使把這些因素都考慮進去，也總還是有些事情有待解釋。」我們的消化、排泄和性器官的興奮狀態，對夢會產生影響並作爲一種夢的來源的看法已得到普遍的承認和支持。」弗洛伊德在「消化」、「排泄」、「性器官」三者之中，雖特重「性器官」對夢之影響，然亦認爲「消化」同樣會造成影響——即便夢境看起來與其無關。參〔奧地利〕弗洛伊德著，呂俊、高申春、侯向群譯：《夢的解析》，頁275～276。

〔註157〕〔宋〕蔡正孫編：《詩林廣記》，清文淵閣四庫全書本，頁141。

> 何謂魄識之感？五臟百骸皆具知覺，故氣清而暢則（夢）天遊，肥滯而濁則（夢）身飛揚也而復墮；心豁淨則（夢）遊廣漠之野；心煩迫則（夢）蹋躋冥竇；而（夢）迷蛇之擾我以帶系，（夢）雷之震於耳也以鼓入；饑則（夢）取，飽則（夢）與；熱則（夢）火，寒則（夢）水。推此類也，五臟魄識之感著也。〔註 158〕

王廷相「魄識之感」，較《黃帝內經》「淫邪發夢」〔註 159〕、王符《潛夫論・夢列》「感夢」、「時夢」、「病夢」，更爲發展，涉及層面較廣。簡文「醉飽而夢」或與此同。蓋因睡前飽食、飲酒，容易導致「消化不良」或者「排泄感」，故夢「雨」、「變氣」等或與之有關；此類夢徵既非疾病、亦非天氣所致，故古人以爲無占卜的必要。

晝言而莫（暮）夢之（1）

此句可隸爲「晝言而莫（暮）夢之」，原意爲「白日所說的，夜晚便夢見它」。

與前述「晝夢」有別，此指夜晚夢見白天所談說的。「言」字，無疑是特別強調思考，明・王廷相以「思念之感」稱之：

> 何謂思念之感？道非聖人思擾莫能絕也，故首尾一事，在未寐之前則爲思，既寐之後爲夢。是夢即思也，思即夢也。凡舊之所履，晝之所爲，入夢也爲緣習之感。〔註 160〕

「舊之所履」、「晝之所爲」與簡文「晝言」同義，皆以夢爲人於睡眠時，有感於睡眠前對事物之思念或思考而生。這種現象，常見於日常生活，故云：「日有所思，夜有所夢」。睡眠時間以外「思考」的作用，也會影響夢的產生。

王廷相於說明「因衍」時，也認爲：

> 談怪變而（夢）鬼神罔象作，見臺榭而（夢）天闕王宮至。〔註 161〕

除解釋「未嘗所見，未嘗所聞」之「夢徵」如何產生外，也稍稍觸及夢的成因。劉文英、曹田玉認爲：

〔註 158〕〔明〕王廷相著：《雅述》，明嘉靖十七年謝鎰刻本，頁 22～23。

〔註 159〕〔唐〕王冰注：《黃帝素問靈樞經》，頁 50。

〔註 160〕〔明〕王廷相著：《雅述》，頁 23。

〔註 161〕〔明〕王廷相著：《雅述》，頁 23。

> 白天「談怪變」，當然耳有所聞；……白天「見臺榭」，當然目有視察。……歸根到底，離不開人的肉體，離不開人的知覺印象，離不開視覺世界。〔註162〕

無論「夢徵」是否爲夢者所見聞過，夢的產生原因仍在現實世界，不過產生的途徑有所差異罷了。

簡文「晝言而莫（暮）夢之」，強調夢者白天的「思考」行爲，影響了夜晚的夢。

有▨【1】

此句僅存一「有」字，無法解讀。

不占。【48】

此句可隸爲「不占」，原意爲「不進行占卜」。

第四節　「夢徵與夢占（一）」釋讀

此節討論「夢徵與夢占」，範圍由簡6至簡47。茲錄釋文如下：

春夢飛登丘陵，緣木生長燔（繁）華（花），吉。夢僞=（爲人）丈（丈／杖），勞心。【6】夢登高山及居大石上及見……。【7】【夢見】□（或□□）汙淵，有明名來者。夢井洫（溢）者，出財。【29】春夏夢亡上者，兇（凶）。夢夫妻相反負者，妻若夫必有死者。【9】夢亡下者，吉。夢身柀（疲）枯（苦），妻若女必有死者，丈夫吉。【10】秋冬夢亡於上者，吉。亡於下者，兇（凶），是謂□兇（凶）。夢爲女子，必有失也，女子兇（凶）。【15】夢天雨□，歲大襄（穰）。吏夢企匕上，亓（其）占……。【8】【夢】見□雲，有□□□□□乃弟。夢歌於宮中，乃有內（納）資。【11】夢□▇（？）晝〈書〉操簦陰（蔭）於木下，有資。春憂〈夏〉夢之，禺（遇）辱。夢歌於宮中，乃有內（納）資。【12】夢歌帶軫玄（弦），有憂，不然有疾。夢有夬（喙）去（卻）魚身者，乃有內（納）資。【13】夢巢中產毛者，丈夫得資，女子得鬻。▨……。【17】【夢】□有毛者，有□也。夢蛇入人口，肓（抽）不出（肓（育），不

〔註162〕劉文英、曹田玉著：《夢與中國文化》（北京，人民出版社，2003年10月），頁307～308。

出），丈夫爲祝，女子爲巫。【18】夢燔亓（其）席蓐，入湯中，吉。夢蛇則蚉（蜂）蠆赫（螫）之，有芮（退）者。【19】夢燔洛（絡）遂隋（墜）至手，毄（繫）囚吉。夢人謁門去者，有新禱（禱）未賽（塞）。【20】【夢】□亓（其）者，□入寒秋。夢見雞鳴者，有禱（禱）未賽（塞）。【21】☑……。夢新（薪）夫焦（樵），乃大旱。【25】【夢】市人出亓（其）腹，其中產子，男女食力傅死。夢見□，亓（其）爲大寒。【24】【夢】■（潰）亓（其）腹，見其亓（其）胇肝賜（腸）胃者，必有親去之。夢見肉，憂腸。【23】夢見項者，有親道遠所來者。夢身生草者，死溝渠中。【22】夢亡亓（其）鉤帶備（服）掇（綴）好器，必去亓（其）所愛。夢引腸，必弟兄相去也。【26】夢乘周〈舟〉船，爲遠行。夢見大、反兵、黍粟，亓（其）占自當也。【28】☑□□中有五□爲。☑……。【47】

春，夢₁飛登丘陵，緣木生長燔（繁）華（花），吉。（6）

1. 春夢

原釋認爲：

> 按這裡的「春夢」與下面的「春夏夢」、「夏夢」、「秋冬夢」似可對應前面簡中所說的「占夢之道，必順四時而豫亓（其）類，毋失四時之所宜」中的「四時」之夢占。〔註163〕

原釋可從。然此簡的「春」字與前述簡文之「甲乙夢」有別，前者指「四季」，後者則指「時日」。

必須注意的是，嶽麓簡《占夢書》雖然重視「四季」、「時日」在占卜方式上的決定性，但簡文中提到四季、時日的次數十分稀少，即便有，次數也極不平均，可能因缺簡所致，尚待更多材料方可辨明。

魯家亮認爲：

> 「緣」可引申爲「邊緣」之意，簡文重新句讀爲：「春夢飛登丘陵緣，木生長燔（繁）華，吉。」〔註164〕

〔註163〕朱漢民、陳松長主編：《嶽麓書院藏秦簡（壹）》，頁154。

〔註164〕魯家亮：〈嶽麓秦簡〈占夢書〉拾零之二〉，甘肅省第二屆簡牘學國際學術研討會，2011年8月25～26日，頁809。

「緣」字雖有「邊緣」之義，然無與「陵」字合用之例，若以之爲此句斷讀依據，仍待商榷。譚競男認爲：

整理者將「緣木」和「生長燔（繁）華」連讀，句意不明。〔註 165〕

「緣木」與「生長燔（繁）華」連讀，並非句意不明，故其又提出：「依整理者原句讀，『緣』可以理解爲沿著」，可見其對於兩句之連讀與否尚無定見。

「緣」字有「沿著」之義，如《荀子·議兵》「限之以鄧林，緣之以方城」〔註 166〕、揚雄〈羽獵賦〉「被陵緣岅，窮夐極遠者，相與列乎高原之上」〔註 167〕。然而「緣」字更有「攀爬」之義，《史記·司馬相如列傳》「其上則有赤猨蠷蝚，鵷雛孔鸞，騰遠射干」〔註 168〕，注引《漢書音義》云：「騰遠，鳥名。射干，似狐，能緣木。」此「緣木」非僅具「沿著」之義，實指動、植物之「攀爬」行爲。

許多植物皆有攀附高大樹木生長之習性，此點古人已有深刻認知〔註 169〕。矮小植物「攀爬」樹木生長之情景，當符合春季蓬勃發展之生命力。除「攀爬」義外，高一致認爲：

或者「緣」爲「木」的修飾詞。「緣木」可理解爲廢木、枯木。〔註 170〕

藉由「廢木」、「枯木」等壞死植物生長繁華，表達春季之生命以及夢境之怪誕，於情可通，但是「緣木」作爲「廢木」、「枯木」之用，於文獻中無徵，不敢苟同。

有別於原釋、魯家亮之斷讀，譚競男提出：

簡文可讀爲「春夢飛登丘陵、緣木、生長燔（繁）華」，指春天夢見「飛登丘陵」、「緣木」、「生長燔（繁）華」這三件事，吉。其中「緣

〔註 165〕譚競男：〈嶽麓書院藏秦簡《占夢書》拾遺〉，武漢簡帛網，http://www.bsm.org.cn/show_article.php?id=1547，2011 年 9 月 15 日。

〔註 166〕李滌生著：《荀子集釋》，頁 331。

〔註 167〕〔清〕嚴可均校輯：《全上古秦漢三國六朝文》，頁 405～2。

〔註 168〕〔漢〕司馬遷撰：《史記》，頁 3007。

〔註 169〕如《資治通鑑·漢記》載：「初，王恢之討東越也，使番陽令唐蒙風曉南越。南越食蒙以蜀枸醬」，其注引顏師古曰：「枸者，緣木而生，非樹也。」即將緣木而生之植物與受攀爬之植物有區別。參〔宋〕司馬光編著，〔元〕胡三省音註標點，資治通鑑小組校點：《資治通鑑》（北京，古籍出版社，1956 年），頁 587～588。

〔註 170〕高一致：《嶽麓書院藏秦簡（壹）集釋》，武漢大學 2011 年碩士學位論文，頁 73。

> 木」可以直接理解爲攀爬樹木。與《楚辭·九章·思美人》:「令薜荔以爲理兮，憚舉趾而緣木。」用法同。其中「飛登丘陵」、「緣木」的主體可以是夢者，也可以是夢象，「生長燔（繁）華」是夢象，所見之景。〔註171〕

「生長燔（繁）華」當爲夢中所見之景，然其主體爲何？夢者於夢中所見，何者屬於「生長燔（繁）華」？無論何種斷讀，皆需解決此問題。

簡文「華」字，或可讀爲「花」，爲「花朵」之義；合以原釋之斷讀（「緣木生長燔（繁）華」），當可指攀爬樹木，以及此木生長繁盛之花朵。

此句可隸爲「春，夢飛登丘陵，緣木生長燔（繁）華（花），吉」，原意爲「在春季夢見飛翔而登於丘陵之上，看見攀爬樹木生長之繁盛花朵，是吉利的」。

夢僞=（爲人）$_1$丈（丈／杖）$_2$，勞心。【6】

1. 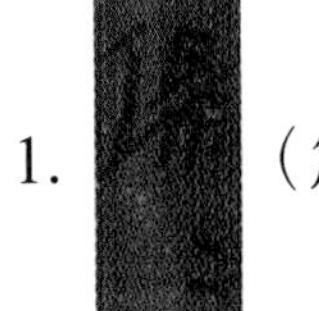（爲人）

原釋認爲：

> 右下有合文符號，可釋爲「人爲」。《説郛》卷一0九下輯錄的《占夢書》殘卷第十五條記載:「丈尺爲人正長短。夢得丈，欲正人也。」又，或讀此合文作「爲人」，而「丈」則讀爲「杖」。〔註172〕

此字又可見於睡虎地簡：

字形		
出處	睡虎地《日甲》簡25背	睡虎地《日甲》簡35背

睡虎地簡例字，張守中隸爲「僞爲」〔註173〕。此字可隸爲「爲人」或「人爲」，

〔註171〕譚競男：〈嶽麓書院藏秦簡《占夢書》拾遺〉，武漢簡帛網，2011年9月15日。

〔註172〕朱漢民、陳松長主編：《嶽麓書院藏秦簡（壹）》，頁154。

〔註173〕張守中撰集：《睡虎地秦簡文字編》（北京，文物出版社，1994年2月），頁226。

此隸爲「爲人」。〔註 174〕

2. 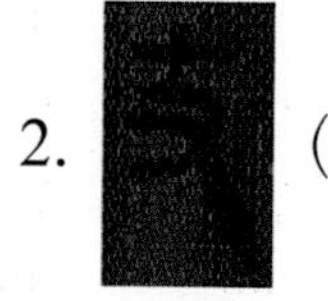（丈／杖）

「丈」字，甲金文所無，戰國文字作：

字形				
出處	郭店《六德》簡 7	上博《周易》簡 7	上博《周易》簡 16	上博《周易》簡 16

以郭店簡「丈」字寫法較近於嶽麓簡《占夢書》此字。上博簡之「丈」字，整理者濮茅左認爲：

> 「丈人」，老人、貴族之稱，馬王堆漢墓帛書《周易》作「大人」；《周易集解》引崔憬曰：「《子夏傳》作『大人』，竝王者之師也。」又引陸績曰：「丈人者，聖人也。」〔註 175〕

上博簡「丈」字皆用作「丈人」、「丈夫」，並未單獨使用。

「丈」字，《說文》「丈，十尺也。从又持十」〔註 176〕。許慎以爲「周制八寸爲尺，十尺爲丈，人長八尺，故曰丈夫。」〔註 177〕以「丈」是周代量制，如《左傳·昭公三十二年》「己丑，士彌牟營成周，計丈數，揣高卑，度厚薄，仞溝洫，物土方，議遠邇，量事期，計徒庸，慮財用，書餱糧，以令役於諸侯」〔註 178〕，此即以「丈」爲營造城郭之量數。簡文「丈」字可能即原釋所云，用作「丈尺」。

「丈」字亦可讀爲「杖」，因「杖」爲後起字，故文獻多以「丈」爲「杖」，上舉郭店簡「丈」字即爲其例，裘錫圭認爲：

〔註 174〕詳後文說明。

〔註 175〕馬承源主編：《上海博物館藏戰國楚竹書（三）》，頁 145。

〔註 176〕〔清〕段玉裁著：《說文解字注》，頁 81。

〔註 177〕〔清〕段玉裁著：《說文解字注》，頁 504。

〔註 178〕〔清〕阮元用文選樓藏本校勘嘉慶二十年重刊宋本：《十三經注疏附校勘記·左傳》，頁 4619。

> 「布實丈」當讀爲「布絰，杖」。「實」「絰」古音相近。《禮記·檀弓上》：「絰也者，實也。」據《儀禮·喪服》，服父及君之喪，「斬衰裳，苴絰，杖……。」簡文作「布絰」，與《喪服》不同。〔註 179〕

裘錫圭以郭店簡「丈」字讀爲「杖」，表喪禮所用之器具，或可同於嶽麓簡「丈」字之義

郭店簡《六德》以「丈」爲「杖」，爲「儀式之器」，作「喪禮」之用。此處嶽麓簡「丈」字雖未必作爲「喪禮」之稱，亦可隸爲「杖」，用爲「儀式之器」。

簡文「」合文，可釋爲「人爲」、「爲人」；而「丈」可作爲「丈尺」、「儀式之器」解。原釋雖以「爲人」與「杖」連讀，然而「人爲杖」亦可解釋爲「人製作杖」，字句也能通順解讀。故此句有四種組合方式：

1. 夢人爲丈
2. 夢人爲丈（杖）
3. 夢爲人丈
4. 夢爲人丈（杖）

其中「人爲」與「爲人」之差異在於夢境主語之不同，前者爲夢「某人」爲「丈」；後者爲「夢者」爲人「丈」。如此，則 1 或當意爲「夢見某人製作丈尺」；2 或當意爲「夢見某人製作儀式之器」；3 或當意爲「夢見夢者爲人製作丈尺」；4 或當意爲「夢見夢者爲人製作儀式之器」。

以上四解皆符合夢占結果「勞心」，因製作「丈尺」與「儀式之器」皆有勞廢心神之意義，只是與「人製作杖」相比，「爲人製作杖」更能凸顯夢者於夢中的主導性，或許更有可能導致勞心的占卜結果。

故此句可隸爲「夢僞=（爲人）丈（丈／杖），勞心」，原意爲「夢見爲人製作丈尺或儀式之器物，將憂勞心思」。

夢登高山及居大石上及見□□……。【7】

此句可隸爲「夢登高山及居大石上及見□□……」，原意爲「夢見登上了高山並在大石上看見了某些事物」。

〔註 179〕荊門市博物館：《郭店楚墓竹簡》，頁 189。

由於簡文有缺，無法得知夢者所見的事物，亦無法得知此夢占結果之吉凶。但由嶽麓簡《占夢書》重視時節之夢看，此簡「登高山」、「居大石」之夢徵與簡 6「春夢飛登丘陵」類似，故占卜結果相似之可能性極大。

【夢見】[1]□（或□□）汙淵[2]，有明名[3]來者。（29）

1. 夢見

此簡上部殘缺。原釋認為上缺「夢見」二字，故補之。然細察此簡與前後簡之長度，「汙淵」二字上可能缺二至四字：

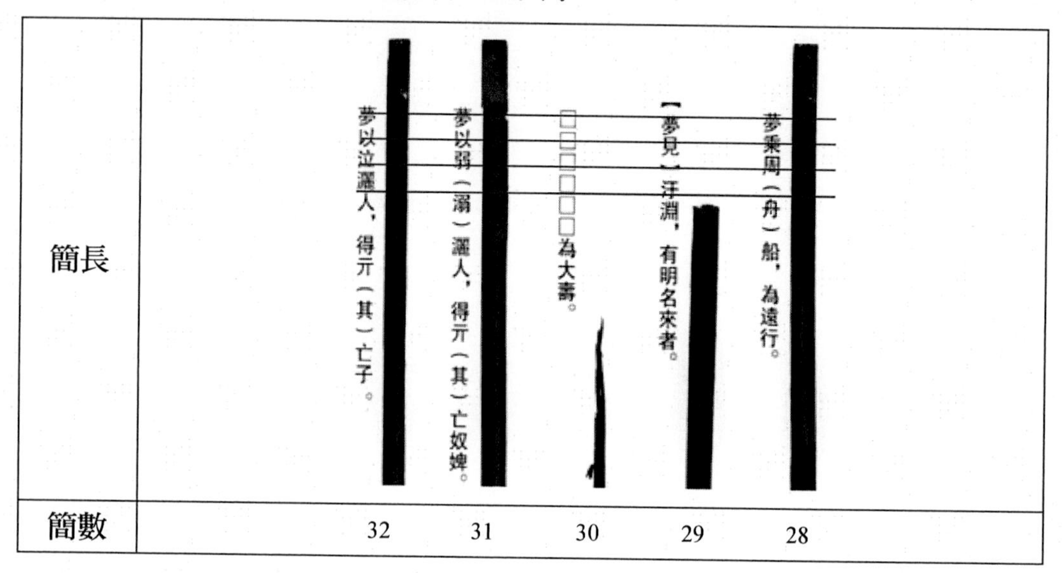

簡 28、31，於本簡相對應之「汙」字上，各書寫了三個字；簡 30 上部殘缺更甚，以致無法判別字數〔註 180〕；簡 32 於本簡相對應之「汙」字上，亦書寫了三個字，但其「灑」字形體過長，壓縮其後「人」字空間，故應當視為書寫三或四個字。

原釋增補「夢見」二字可從，然仍有空間書寫夢徵，故「汙淵」二字上應為為三、四字缺。

2. 汙淵

「淵」字，《說文》:「回水也。从水，象形。左右岸也，中象水皃。」〔註 181〕義為「深水、深潭」，如《史記・屈原賈生傳》:「適長沙，觀屈原所自

〔註 180〕若依此圖版，則簡 30 似不如原釋所補六字之缺，可能有七至八字缺。

〔註 181〕〔清〕段玉裁著：《說文解字注》，頁 555。

沉淵，未嘗不垂涕，想見其爲人。」〔註 182〕

簡文「汙淵」當指骯髒之水潭。

3. 明名

原釋認爲：

> 猶盛名也。《管子・五輔》：「古之聖王所以取明名、廣譽、厚功、大業顯於天下，不忘於後世，非得人者，未之嘗聞。」〔註 183〕

又如《韓非子・說疑》：「以其身爲壑谷鬴洧之卑，主有明名廣譽於國，而身不難受壑谷鬴洧之卑」〔註 184〕，皆表示「盛名」之義。但從後文「來者」看，此簡「明名」可能「有盛名之人」，與簡文「汙淵」對舉，一者爲髒惡，一者爲美善。

此句可隸爲「【夢見】□（或□□）汙淵，有明名來者」，原意爲「夢見某於骯髒之水潭，將有盛名者來」。

夢井洫（溢）$_1$者，出財$_2$。【29】

1. 洫（溢）

原釋認爲：

> 田間的水溝。《左傳・襄公十年》：「子駟爲田洫。」杜預注：「洫，田畔溝也。」〔註 185〕

原釋以爲「洫」字，當作名詞用。「洫」字，《說文》：「十里爲成。成閒廣八尺、深八尺謂之洫。」〔註 186〕

陳劍引銀雀山漢簡《孫子兵法・形》「勝兵如以洫稱朱」之原注〔註 187〕，

〔註 182〕〔漢〕司馬遷撰：《史記》，頁 2503。

〔註 183〕朱漢民、陳松長主編：《嶽麓書院藏秦簡（壹）》，頁 164。

〔註 184〕〔戰國〕韓非子撰，陳奇猷校注：《韓非子集釋》（北京，中華書局，1958 年），頁 918。

〔註 185〕朱漢民、陳松長主編：《嶽麓書院藏秦簡（壹）》，頁 164。

〔註 186〕〔清〕段玉裁著：《說文解字注》，頁 559。

〔註 187〕其注云：「十一家本作『故勝兵若以鎰稱銖』。漢代文字多以『洫』爲『溢』（馬王堆帛書、武威簡本《儀禮》皆如此）。疑此字本從『皿』從水，乃『益』字之異體，因

以爲秦漢簡中的「洫」字大多當作爲「溢」字，嶽麓簡《占夢書》同，亦以爲動詞用。〔註188〕尹灣漢簡《神烏傅》之「洫」字亦作爲「溢」字使用，裘錫圭認爲：

> 洫，此處實用作「溢」字簡體，字形與溝洫之「洫」相混。漢代人往往以「洫」爲「溢」，《禮記・中庸》：「是以聲名洋溢乎中國，施及蠻貊。」〔註189〕

裘錫圭文中所指「漢代人往往以『洫』爲『溢』」的現象可見於《秦漢魏晉篆隸字形表》「溢」字條；該書雖以「洫」字爲漢寫法、「溢」字爲漢魏晉寫法（亦收《孟孝琚碑》之「洫」字）爲分別的道理，但二字使用之時期並非截然有別，毫不相涉。是以裘錫圭以「洫」字爲「溢」字之說可信。

「洫」字雖可作「溢」字用，然原釋之說法亦不可輕棄。陳劍以爲：

> 簡文是說夢見「井」與「溝洫」，兩者實不倫；該夢象與「出財」之占之間的關係，亦頗難明瞭。〔註190〕

以「不倫」論證夢徵，可商。夢境本就怪誕難測，即使就占夢書的占卜規範、吉凶而言，也無法證夢徵必定要合乎現實。而且古人多以「土地」爲財富的象徵，「土地」與「出財」當有一定關係。〔註191〕

由夢境的離奇性看，或許以「洫」字解作「溢」或更佳。「夢井溝」與「夢井溢」相比，因動詞之用，後者當較爲生動，更具夢之怪異性。故此從陳劍說法，視爲「動詞」。

2. 出財

陳劍認爲：

與溝洫之『洫』字形近，遂至混而不分。《莊子・齊物論》『以其老洫也』，《釋文》云『老洫本亦作溢，同。音逸。』簡文『洫』（溢）借爲『鎰』。」參銀雀山漢墓竹簡整理小組編：《銀雀山漢墓竹簡（壹）》（北京，文物出版社，1985年9月），頁9。

〔註188〕陳劍：〈嶽麓簡《占夢書》校讀札記三則〉，復旦網，http://www.gwz.fudan.edu.cn/SrcShow.asp?Src_ID=1677，2011年10月5日。

〔註189〕裘錫圭：〈神烏傅（賦）初探〉，連雲港市博物館、中國文物研究所編：《尹灣漢墓簡牘綜論》（北京，文物出版社，1999年2月），頁3。

〔註190〕陳劍：〈嶽麓簡《占夢書》校讀札記三則〉，復旦網，2011年10月5日。

〔註191〕若以「反說」觀之，則夢土地，得「喪失財物」之占，亦可。

《占夢書》簡文的邏輯，係以井中之水漫出流走與家中之財將散出，二者相類比聯繫。〔註192〕

是說可從。簡文「出財」當與嶽麓簡《占夢書》簡12、13之「內（納）資」相對言。「內（納）資」指「進財納貨」，故此簡「出財」當指「喪失財物」。

此句可隸爲「夢井洫（溢）者，出財」，原意爲「夢見井水溢出的人，將喪失財物」。

春夏夢亡上者，兇（凶）。(9)

此句可隸爲「春夏夢亡上者，兇（凶）」，原意爲「春、夏季節中，夢見年長者死亡之人，必將有凶事發生」。

夢夫妻相反負 1 者，妻若夫必有死者。【9】

1. 負

「負」字，《說文》「恃也，从人守貝有所恃也。一曰受貸不償」，〔註193〕如《左傳·襄公十四年》「昔秦人負恃其眾，貪于土地，逐我諸戎」〔註194〕。「負」、「恃」合用，可知二字互通。

「恃」字，《說文》:「賴也，从心，寺聲。」〔註195〕故「恃」有「依賴」之義，其下段注引《韓詩》云:「恃，負也。」同於《左傳》之用。

「負」字，《說文》有二種說法，二者之差別在於「價値判斷」與否。前者作爲「依賴」、「依靠」之義，《左傳》雖以「負恃」形容佔據戎狄土地之秦人勢力，然其價値判斷之依據仍在後文之「貪」、「逐」行爲。范宣子與姜戎氏之對談，亦是針對秦人強驅已族、佔領土地之行爲而論。是知「負恃」對於二人針對秦人的佔據行爲，並無價値判斷之用。又《孟子·盡心下》「虎負嵎，莫之敢攖」〔註196〕，所用「負」字，當指虎據地而動，可見「負」作爲「依賴」用，

〔註192〕陳劍:〈嶽麓簡《占夢書》校讀札記三則〉，復旦網，2011年10月5日。

〔註193〕〔清〕段玉裁著:《說文解字注》，頁283。

〔註194〕〔清〕阮元用文選樓藏本校勘嘉慶二十年重刊宋本:《十三經注疏附校勘記·左傳》，頁4244。

〔註195〕〔清〕段玉裁著:《說文解字注》，頁510。

〔註196〕〔清〕阮元用文選樓藏本校勘嘉慶二十年重刊宋本:《十三經注疏附校勘記·孟子》，頁6033。

亦無涉於對馮婦舉止之價值判斷。〔註197〕

「負」字，《說文》另有「受貸不償」之義。「貸」字，《說文》：「施也」〔註198〕；「償」字，《說文》：「還也」〔註199〕。故「受貸不償」當解爲「接受施與，而無所償還」，故段注云：「凡以背任物曰負，因之凡背德忘恩曰負」。由背負重物，引申出背德忘恩之義，「價值判斷」明顯可見。

「負」字，亦見上博簡《周易》：

> 上九，楑（睽）佤（孤），見豕價（負）𡍮（塗）。〔註200〕
>
> 六晶（三），價（負）虞輮（乘），至（致）寇（寇）至。〔註201〕

第一例之「負」字，義同於《孟子・盡心下》之「負」字，皆作爲「依賴」用；然第二例之「負」字，則指「小人背德」。馬王堆《周易・繫辭上》有相關文字：

> 【子曰：爲《易》者，亓知盜】乎？《易》曰：「負【且承，致寇】之事也者，小人之事也。乘者，君子之器也，小人而乘君子之順，盜思奪之矣。上曼下暴，盜思伐之！曼暴謀盜，思奪之〔註202〕。」《易》曰：「負且乘，致寇至。」盜之撓也。〔註203〕

〔註197〕文後「眾皆悅之，其爲士者笑之。」當爲士者訕笑馮婦不明「可爲則從，不可則止」之理，故〈疏〉曰：「言善見用得其時也，非時逆指，猶若馮婦搏虎，無已必有害也。」

〔註198〕〔清〕段玉裁著：《說文解字注》，頁282。

〔註199〕〔清〕段玉裁著：《說文解字注》，頁378。

〔註200〕馬承源主編：《上海博物館藏戰國楚竹書（三）》，頁181～182。

〔註201〕馬承源主編：《上海博物館藏戰國楚竹書（三）》，頁186～187。

〔註202〕此處《上博三・周易》所引《馬王堆漢墓帛書》作「曼暴謀，盜思奪之」，與廖明春《馬王堆帛書《周易》經傳釋文》斷讀爲「曼暴謀盜，思奪之」（頁23。）不同。王化平《帛書《易傳》研究》雖斷讀爲「曼暴謀，盜思奪之」（頁52。），但亦指出「帛書最後一句的『盜思奪之』，『盜』可能應從上讀，而『思奪之』三字可能也是涉上而衍，其底本可能是『冶容誨淫』，與通行本相同。」從前二句作「盜思奪之」、「盜思伐之」，此句「盜思奪之」抄錯的可能性極大，故從廖明春所斷讀爲是。

〔註203〕廖明春：《馬王堆帛書《周易》經傳釋文》（上海，上海古籍出版社，1995年），頁23。

今本《周易・繫辭上》大抵與此同，僅些許文字有異，不礙釋讀。〔註 204〕

《周易・象傳》曰：「『負且乘』，亦可醜也，自我致戎，又誰咎也。」此明「負」字具道德批判之義，同《說文》「負」字第二義，形容小人背德忘義、自不量力而招致禍害。

簡文「負」字當從《說文》「受貸不償」之義爲佳，此因簡文具吉凶的占卜，夢徵如果有「道德」的價值判斷，似乎較爲合理。考量「夢」的神秘性質，「負」字若作「背負」用，亦無不可。但如此則使「相互負」一句難以通解，反而不如「相負」、「互負」之語意通順。故若以「背德」理解「負」字涵義，則「相互負」，便可解爲「相互背德」。

此句可隸爲「夢夫妻相反負者，妻若夫必有死者」，原意爲「夢見夫妻二人相互背德忘恩，妻子與丈夫之間必有一人將會死去」。

夢亡下者，吉。（10）

此句可隸爲「夢亡下者，吉」，原意爲「夢見年幼者死亡，必將有吉事發生」。

夢身柀（疲）枯（苦）[1]，妻若女必有死者，丈夫吉。【10】

1. 柀（疲）枯（苦）

原釋認爲：

> 一部分。睡虎地秦簡《秦律十八種・司空》：「其日爲備而柀入錢者，許之。」偏枯，偏癱也，半身不遂之義。《莊子・盜蹠》：「禹偏枯。」成玄英疏：「治水勤勞，風櫛雨沐，致偏枯之疾，半身不遂也。」〔註 205〕

「柀」字，《說文》「黏也。从木皮聲」〔註 206〕，然「黏」非黏稠之義，段注

〔註 204〕子曰：「作《易》者，其知盜乎？《易》曰：『負且乘，致寇至。』負也者，小人之事也。乘也者，君子之器也。小人而乘君子之器，盜思奪之矣！上慢下暴，盜思伐之矣！慢藏誨盜，冶容誨淫，《易》曰：「負且乘，致寇至。」盜之招也。」參〔清〕阮元用文選樓藏本校勘嘉慶二十年重刊宋本：《十三經注疏附校勘記・周易》（京都，中文出版社，1972 年 9 月），頁 164。

〔註 205〕朱漢民、陳松長主編：《嶽麓書院藏秦簡（壹）》，頁 155。

〔註 206〕〔清〕段玉裁著：《說文解字注》，頁 244。

云：「《爾雅》正『櫷』爲『黏』」、「即今之杉木也。『黏』與『杉』爲正俗字」。是《說文》以「柀」爲樹木名稱，與原釋將「柀」字釋爲副詞「部分地」，用法不同。

原釋說法，實從睡虎地秦簡《秦律十八種》之注釋而來。睡虎地秦墓竹簡整理小組認爲「其日爲備而柀入錢者，許之」〔註207〕句，意爲「勞役日數未滿而能一部分以現金繳償的，可以允許」。其以「部分地」解釋其簡之「柀」字，雖能通解簡文，然缺乏說明；且睡虎地簡中，諸「柀」字用法不一，原釋僅以「一部分」爲解，有待商榷。

「柀」字可以通假爲「疲」。「柀」字，《說文》：「勞也。从疒皮聲。」〔註208〕「柀」屬「幫紐歌部」，「疲」屬「並紐歌部」，兩字疊韻，幫並旁紐，當可通假。睡虎地簡《日書甲》「正月以朔，多雨，歲善而柀不產，有兵。」王輝以「柀」讀爲「疲」，爲「病困」之義。〔註209〕

「枯」字，《說文》：「槁也。从木古聲。」〔註210〕「苦」字，《說文》：「大苦，苓也。从艸古聲。」〔註211〕「枯」、「苦」二字，皆屬「溪紐魚部」，爲雙聲疊韻，可通。《璽彙》「枯成臣」（《璽彙》4049）、「枯成戍」（《璽彙》4050）等，皆以「枯」爲「苦」，爲姓氏之用；帛書《六十四卦·節》「枯（苦）節不可貞」〔註212〕、「尙（上）六，枯（苦）節貞凶，悔亡」〔註213〕，「枯」字，今本作「苦」。

簡文「柀枯」，或可假爲「疲苦」，指疲勞匱乏狀。

此句可隸爲「夢身柀（疲）枯（苦），妻若女必有死者，丈夫吉」，原意爲「夢見身體疲勞匱乏，妻子或女兒將死亡，丈夫則吉利」。

〔註207〕《雲夢睡虎地秦墓》編寫組：《睡虎地秦墓竹簡》（北京，文物出版社，1981年9月），頁362～364。

〔註208〕〔清〕段玉裁著：《說文解字注》，頁355。

〔註209〕王輝編著：《古文字通假字典》（北京，中華書局，2008年2月），569。

〔註210〕〔清〕段玉裁著：《說文解字注》，頁254。

〔註211〕〔清〕段玉裁著：《說文解字注》，頁27。

〔註212〕張政烺：《論易叢稿》（北京，中華書局，2012年4月），頁103。

〔註213〕張政烺：《論易叢稿》，頁104。

秋冬夢亡於上者，吉。亡於下者，兇（凶），是謂□[1]兇（凶）。（15）

1. 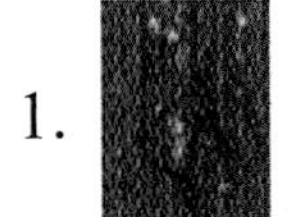

頗疑此字當隸爲「大」字，然左上的「點」與左下的「捺」並不清楚，故從原釋，存之待考。

此句可隸爲「秋冬夢亡於上者，吉。亡於下者，兇（凶），是謂□兇（凶）」，原意爲「秋、冬季節中，夢見年長者死亡之人，必將有吉事發生，夢見年幼者死亡，必將有凶事發生，此爲□凶」。

夢爲[1]女[2]子，必有失也，女子兇（凶）。【15】

1. 爲

高一致認爲：

> 「爲」可訓爲變爲、成爲，表示某種形態、狀態或身份改變。此類用法習見。《詩經·小雅·十月之交》：「高岸爲谷，深岸爲陵。」《史記·孫子吳起列傳》：「若君子不修德，則舟中之人盡爲敵國。」《抱朴子·遐覽》：「含笑即爲婦人，蹙面即爲老翁，距地即爲小兒，執杖即成林木。」〔註214〕

此說可從。

2. 女

原釋隸爲「婢」字。復旦讀書會指出：

> 紅外線（城案：原作「綫」，今改。）圖版中「子」上一字筆劃模糊，不能辨識。但在彩色圖版中可以看出此字是十分清楚地寫作「女」字的，因此此句當改釋作「女子兇」。〔註215〕

此說可從，「婢」字應該改隸爲「女」字。

〔註214〕高一致：〈嶽麓秦簡《占夢書》補釋四則〉，武漢簡帛網，2011年4月2日。

〔註215〕復旦大學出土文獻與古文字研究中心研究生讀書會：〈讀《嶽麓書院藏秦簡（壹）》〉，復旦網，2011年2月28日。

此句可隸爲「夢爲女子，必有失也，女子兇（凶）」，原意爲「夢見化身爲女子，必有過失，因爲女子是凶兆的象徵」。

夢天雨□[1]，歲大襄（穰）[2]。（8）

1. 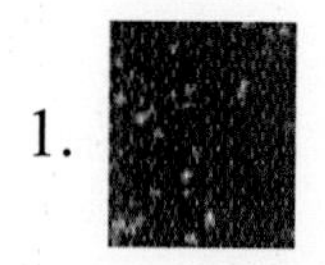

原釋無說，然於此簡彩色圖版處隸此字爲「水」〔註 216〕。戰國文字，「水」字寫法如下：

字形					
隸定	郭店《太一》簡 1	郭店《唐虞》簡 10	上博《魯邦大旱》簡 4	秦陶 1610 瓦書	石鼓吾水
字形					
隸定	睡虎地《日乙》簡 80	睡虎地《法律》簡 121			

「水」的楚系文字寫法雖與秦系文字不同，但兩者與甲、金文的「水」字寫法，確實是一脈相承。

由圖可知，「水」字筆畫有其獨特的彎曲性質，如「秦陶 1610 瓦書」，其以中間「 」爲主體，左上、右上的兩筆畫，與主體上半部的彎曲方向相同；左下、右下的兩筆畫，與主體下半部的彎曲方向相同。但不論寫法爲何，「水」字之整體結構，上下左右筆畫的長短分配皆相當平均，大致以左上、右上兩畫相等，而左下、右下兩畫相等；主體未必相連（如睡虎地簡《法律》例字），但亦符合筆畫平均的特性。

嶽麓簡此字頗有殘缺，從剩餘筆畫看，此字與「水」的秦系寫法仍有異處，或不從原釋所隸。

〔註 216〕朱漢民、陳松長主編：《嶽麓書院藏秦簡（壹）》，頁 39。

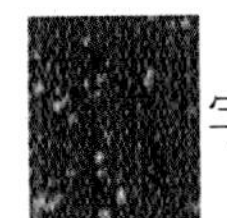字，隱約可見三筆，然彎曲程度不一：左方一筆，由右上往右下彎曲，下半雖殘，但仍可辨析；中間一筆，起筆處略低於左右兩筆，然亦爲由上往左下彎曲，觀殘筆墨跡，筆畫或延伸至右方一筆下；右方一筆長度最短，起筆正中，筆畫往右下彎曲。可知此字與「水」字的基本特徵並不相符，不應隸爲「水」。

從文義看，「雨」即爲「水」的一種型態，簡文既言「天雨」，何須更言「水」？頗有疑問。

方勇認爲簡文此字或可改隸爲「風」，並舉以下字例爲證：

字形				
隸定	睡虎地《日乙》簡 1071	睡虎地《效律》42·8	睡虎地《秦律》簡 2·7	睡虎地《日甲》簡 64 背

並曰：

> 通過比較，可以看到，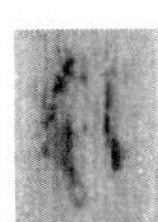形和以上的諸「風」字形同，其應爲「風」字。又典籍中「風」、「雨」常聯言，如《書·洪範》：「月之從星，則以風雨。」《詩經·鄭風·風雨》「風雨淒淒，雞鳴喈喈。」《荀子》：「積土成山，風雨興焉。」簡文「雨風」和「風雨」應屬同義，只是字詞前後位置不同而已。〔註 217〕

細察圖版，字與上述「風」字確有不同。秦簡的「風」字，其「几」的右部筆畫皆向右突出，而左部筆畫則多稍微偏左；雖亦有無偏者，如（睡虎地簡《日甲》簡 79），然僅少數。

簡文此字，其中間一豎筆，與「風」字的「虫」旁不同，末筆未見往右上彎曲之形，反有往右下的趨勢，與例字不同。

方勇認爲「『雨風』和『風雨』應屬同義，只是字詞前後位置不同而已」，但「天雨風」的用法，於文獻無徵；「雨風」一詞未見於秦漢典籍中，反而多出

〔註 217〕方勇：〈讀嶽麓秦簡劄記（三）〉，武漢簡帛網，http://www.bsm.org.cn/show_article.php?id=1456，2011 年 4 月 16 日。

現於唐宋之後，如《藝文類聚·總載山》「影帶臨峯鶴·形隨雜雨風」，〔註218〕皆以「雨風」爲「風」、「雨」的合稱。

簡文若欲表達風雨，因爲風、雨皆屬一般自然現象，不用刻意表現與「天」之關係，只要用「夢風雨」即可。既然言「天雨某」，則「雨某」一事，與日常所見之降雨現象不同，可能非「常態」，所以要將其因歸結於「天」，認爲是「天」之所爲。「天雨某」一句，可能以「天」字作爲主體。

簡文此字之隸定，仍有待商榷。頗疑此字或當作名詞，爲天可「雨」、「降下」之物。

2. 襄（穰）

「襄」字，甲骨文皆用於地名，字作「[illegible]」（《合集》27988），張秉權認爲：

> 在卜辭均爲地名，於地望則未詳，但從卜辭看來，似在大河一帶，而與射或相近。〔註219〕

于省吾認爲：

> 它（城按：指「[illegible]」字）是㲽字的初文，它和從衣的襄字古通用，隸變作襄。〔註220〕

「㲽」與「襄」於甲骨文中爲同一字，皆爲「地名」；降至《說文》則有「解衣而耕」〔註221〕之義。段注云：「此襄字所以从衣之本義，惟見於漢令也，引申之爲除去」，又以爲「襄，除也」、「凡云攘地、攘夷皆襄之假借字也」。

原釋假借此字爲「穰」。「穰」字，从禾，襄聲，爲襄之後起字，《說文》「黍梨已治者」〔註222〕，段注云：「已治去其箬皮也。」又謂：「〈周頌〉傳曰：『穰穰，眾也。』此假借也。」此簡「穰」字，可能爲段注所謂之假借義，

〔註218〕〔唐〕歐陽詢撰，汪紹楹校：《藝文類聚》（上海，上海古籍出版社，1999 年），頁 125。

〔註219〕于省吾主編：《甲骨文字詁林》（北京，中華書局，1999 年 12 月），第一冊，頁 68。

〔註220〕于省吾主編：《甲骨文字詁林》，第一冊，頁 69。

〔註221〕〔清〕段玉裁著：《說文解字注》，頁 398。

〔註222〕〔清〕段玉裁著：《說文解字注》，頁 398。

表「農作豐收」，故《管子‧國蓄》曰：「歲有凶穰，故穀有貴賤。」〔註223〕

此句可隸爲「夢天雨□，歲大襄（穰）」，原意爲「夢見天降下了某物，今年農作必然豐收」。

然簡文有損，無法確知天降何物，但此夢既云「歲大穰」，則爲吉夢無誤。

吏夢 1 企 2 匕 3 上，亓（其）占□……。【8】

1. 吏夢

原釋認爲：

> 或是「夢吏」之誤倒。簡文當讀爲：「夢吏企匕上」。〔註224〕

「吏夢」字，強調夢者的身分、地位，可知此夢由「吏」所作；「夢吏」，則強調夢境，明夢者於夢中所見「吏之行爲」。是否有誤倒之嫌，與嶽麓簡《占夢書》設定之夢者身分有關。遍檢嶽麓簡《占夢書》之夢者，頗疑其設定夢者身分爲中下階層之人，而所占多有求官、見官長之事，故此簡可能爲「吏夢」，不必以之爲倒文。

嶽麓簡《占夢書》約共48簡，除1至5簡說明夢占之原理、方法外，其餘諸簡，字句雖有殘缺，大抵是敘述夢境及其占卜結果，諸簡大多以「夢」、「夢見」爲首，說明夢境。是知嶽麓簡《占夢書》強調「夢者」之身分，反重於「夢徵」，，如簡中所載各種「夢徵」：「夢夫妻」、「夢人」、「夢市人」等。

嶽麓簡《占夢書》簡34：「女子而夢以其帬被邦門及游渡江河，其占大貴人」，明夢者爲女子，並未省去；而「其占……」一句，亦頗類此簡形式。

「其占」一詞，僅見於此簡與簡 34，兩相比較，此簡有夢者之身分定位問題，簡34則無（但卻與嶽麓簡《占夢書》之常例不同，反刻意說明夢者的身分），或可認爲，此簡與簡 34 簡皆說明夢者之身分，故皆用「其占」表示占卜的結果。

綜合上說，「吏夢」一詞，或無誤倒之過，當以簡文爲是。

2. 企

原釋認爲：

〔註223〕李勉註譯：《管子》，頁1013。

〔註224〕朱漢民、陳松長主編：《嶽麓書院藏秦簡（壹）》，頁154。

站立。又「企」有企望、希求之義。〔註 225〕

企字，甲骨文作「」（《合集》19661）、金文《癸企爵》作「」（《集成》8680），爲人名、地名之用。企字，《說文》：「舉踵也。从人止。古文企从足。」〔註 226〕簡文此字寫法與小篆同。段注云：「从人止，取人延竦之意。」《漢書·高帝紀》曰：

（韓）信對曰：「項羽背約而王君王於南鄭，是遷也。吏卒皆山東之人，日夜企而望歸。〔註 227〕

顏師古注云：「企謂舉足而竦身。」指士卒墊足跳躍貌，表期待之意。段注又云：「企或作跂」、「《方言》：跂，登也」。是「企」亦有「登」之義。

簡文有「上」一字，表示方位、地點，若「企」字作企望、企求之用，則文義難解，故當以段注「企或作跂」，用作「登」，或如原釋解爲「站立」亦可。

2. 匕

原釋認爲：

箭鏃。《左傳·昭公二十六年》：「匕入者三寸」。杜預注：「匕，矢鏃也」。「匕」或讀爲「比」，考校、核查也。《漢書·石奮傳》：「是以切比閭里，知吏姦邪。」顏師古注：「比，校考也。」又，「匕」或是「亡」字之訛誤。「匕上」猶簡文中之「亡上」、「亡於上」也。〔註 228〕

嶽麓簡《占夢書》簡 9，有一「亡」字，其寫法與此簡「匕」字清晰可分：

字形		
隸定	匕	亡

〔註 225〕朱漢民、陳松長主編：《嶽麓書院藏秦簡（壹）》，頁 154。

〔註 226〕〔清〕段玉裁著：《說文解字注》，頁 369。

〔註 227〕〔漢〕班固撰，〔唐〕顏師古注：《漢書》，頁 30。

〔註 228〕朱漢民、陳松長主編：《嶽麓書院藏秦簡（壹）》，頁 154。

二字右上筆畫之寫法明顯不同，難以用「訛誤」解釋。故原釋以此簡「匕」字訛誤之說，應屬錯誤。

「匕」字，《說文》：「相與比敘也。从反人。亦所呂用比取飯，一名柶。」〔註229〕《廣雅‧釋器》「柶，匕也」〔註230〕，《方言》謂「匕謂之匙」〔註231〕，《說文》段注云：「即今之飯匙也」、又云：「按禮經匕有二，匕飯、匕黍之匕蓋小，經不多見，其所以別出牲體之匕，十七篇中屢見」、「（牲體之匕）蓋大於飯匙，其形製略如飯匙，故亦名匕」。是知段玉裁認爲古代匕有二分，一爲飯匙之匕，一爲牲體之匕。

新石器時代中期之仰韶文化遺址已出土「曲柄淺斗」，狀如今日所用飯匙之「匕匙」。然考古學家在許多原始遺址中發現，匕形匙一般爲長條狀，末端有比較薄之邊口，而數量上，匕形匙遠多於勺形匙。

匕形、勺形匙即段玉裁之「飯匙之匕、牲體之匕」。「牲體之匕」用於古代「載鼎食」之禮，故鄭玄云：「匕之用途，則在鼎中取食，然後加之於俎。」《釋義》則以爲「匕，器名。形似勺而稍淺，其首銳而薄，可以取飯，亦可叉肉。」是知古代匕匙爲一鋒利之器具。薛培認爲：

> 今日匕首之形大概就是從古代的匕形匙「牲匕」之形發展演變而來的。〔註232〕

此則假設古代「匕匙」演變至「匕首」的過程。蘇培認爲取食用的匕匙，由於短小尖銳、便於攜帶，除「防身禦敵」外，更能用於「行刺殺人」，故製作了形似於匕的武器。而爲了方便持取，則加上圓形、方形之把柄，「因其首正像匕覆蓋著的淺斗，因而『匕首』之名也就應運而生了」。此說或許受到朱駿聲之影響，蓋朱氏《說文通訓定聲》曰：

> 匕，古人取飯載牲之具，其首必銳而薄，可扱亦可刺。故矢鏃曰匕，劍曰匕首。〔註233〕

〔註229〕〔清〕段玉裁著：《說文解字注》，頁388。

〔註230〕〔清〕王念孫撰：《廣雅疏證》，清嘉慶元年刻本，頁400～401。

〔註231〕〔漢〕揚雄撰，〔晉〕郭璞注：《方言》，四部叢刊景宋本，頁36。

〔註232〕蘇培：〈「匕首」考釋〉《現代語文》，2009年1期，，頁149～150。

〔註233〕〔清〕朱駿聲撰：《說文通訓定聲》，清道光二十八年刻本，頁1069。

隨著詞語的使用，「匕首」一詞逐漸取代了「匕」，多用指「武器」，但「匕」仍被用作爲取食用具（儘管是少見的），如明·馮夢龍《智囊補》「吾觀食者皆以右手持匕，而汝獨以左」、〔註 234〕清·陳夢雷《絕交書》「見耿逆而來矣，不孝方食，駭懣，投匕而起」〔註 235〕，皆爲此義。

簡文「匕」字，釋爲武器的「矢鏃」、「匕首」，或用具的「飯匙」，皆可。由於簡文殘缺，無法以夢占推求正確夢徵，但以嶽麓簡《占夢書》之特性爲慮，此字或當釋爲「武器」爲佳。

立於「匕首、矢鏃」之上，與立於「飯匙」之上，以前者較符合嶽麓簡《占夢書》所具吉凶災難之徵，而此夢徵亦較特殊，容易受注目而被記錄。

此句可隸爲「吏夢企匕上，亓（其）占□……」，原意爲「官吏夢見站立在匕首一類的武器上，此夢占爲……」。

由於簡文有缺，故無法得知此夢的占卜結果究竟如何。若與簡文形制相似的簡 34 相比，此簡「其占」之後，恐未必爲單純之「吉凶」，而有可能與簡 34 使用「大貴人」相同，改以「某身分、人物」表示此夢之占卜結果。

【夢】見□雲，有□□□□□乃弟。(11)

簡文殘缺，無法得知其夢徵與夢占。但由簡文「雲」字，或以其爲「天候」之夢爲佳。

夢歌於宮 1 中，乃有內（納）資 2。【11】

1. 宮

「宮」字，《說文》：「室也。」〔註 236〕《爾雅·釋宮》：「宮謂之室，室謂之宮。」〔註 237〕郭注云：「皆所以通古今之異語，明同實而兩名。」段玉裁則云：

> 宮言其外之圍繞，室言其內。析言則殊，統言不別也。

〔註 234〕〔明〕馮夢龍輯：《智囊補》，明積秀堂刻本，頁 131。

〔註 235〕〔清〕陳夢雷撰：《松鶴山房詩文集》，清康熙銅活字印本，頁 284。

〔註 236〕〔清〕段玉裁著：《說文解字注》，頁 346。

〔註 237〕〔清〕阮元用文選樓藏本校勘嘉慶二十年重刊宋本：《十三經注疏附校勘記·爾雅》（京都，中文出版社，1972 年 9 月），頁 5644。

「宮」字所指的範圍較大，「室」字較小，但皆爲帝王的宮殿。簡文「宮」字，爲「宮殿」之義。

2. 內（納）資

原釋認爲：

> 「內」可讀爲「納」。「資」，《說文・貝部》：「資，貨也」。「內資」猶納貨進財也。〔註 238〕

「納」字，《說文》：「絲溼納納也。从糸內聲。」〔註 239〕「納」本指絲繻溼貌，段注云：「古多叚納爲內字，內者，入也。」段注可商，《師旂鼎》「𡧊（其）又（有）內（納）于師旂」（《總集》1298）、《鄂侯馭方鼎》「內（納）壺于王，乃𩚁（祼）之」（《總集》1299）等器銘，皆以「內」字爲「納」字之假借，可明「納」爲「內」之後起字。

「內」字，《說文》「入也。从冂入。自外而入也」〔註 240〕；「入」字，《說文》「內也。象從上俱下也」〔註 241〕。是知「內」、「入」二字屬於互訓。「內」字既然可假借爲「納」，則「入」字亦可，《頌鼎》「冊佩𠂤（以）出，反（返）入（納）堇（瑾）章（璋）」（《總集》1319）、《頌簋蓋》「入（納）堇（瑾）章（璋），頌敢對揚天子不（丕）顯魯休」（《總集》2848）等器銘，皆以「入」爲「納」。

「納」字既可通「內」、「入」，則可從原釋，作「納貨進財」之義。

「納資」一詞亦見於傳世文獻，然其義與「納貨進財」相反，用指「繳納」。南朝・宋明帝〈與劉勔張興世蕭道成詔暴吳喜罪〉曰：

> 因公行私。迫脅在所。入官之物。侵竊過半。納資請託。不知厭已。〔註 242〕

此云吳喜爲官貪得無厭，動輒繳納財物、請託賄賂。又如《魏書・蠕蠕傳》「尋封阿那瓌朔方郡公、蠕蠕王，賜以衣冕，加之軺蓋，祿從、儀衛，同于

〔註 238〕朱漢民、陳松長主編：《嶽麓書院藏秦簡（壹）》，頁 155。

〔註 239〕〔清〕段玉裁著：《說文解字注》，頁 652。

〔註 240〕〔清〕段玉裁著：《說文解字注》，頁 226。

〔註 241〕〔清〕段玉裁著：《說文解字注》，頁 226。

〔註 242〕〔清〕嚴可均校輯：《全上古三代秦漢三國六朝文》，頁 2487～2。

戚藩」〔註 243〕，其校云：

> 「邺」或「恤」屢見南朝史籍。南齊書卷三四虞玩之傳稱「將位既眾，舉恤爲祿」。祿邺即差使庶民向貴族或官納資代役，作爲俸祿的一種形式。這裏本作「邺」或「恤」，後人不解，改「邺」爲「從」。

「納資」亦可作「繳納」、「交出」之用，與此簡有別。

此句可隸爲「夢歌於宮中，乃有內（納）資」，原意爲「夢見於宮殿內歌唱，當進財納貨」。

夢$_1$□$_2$（？）$_3$盡〈晝〉$_4$操簦$_5$陰（蔭）於木下，有資。春憂〈夏〉$_6$夢之，禺（遇）$_7$辱。（12）

1. 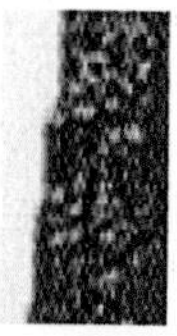

此字嚴重殘缺，僅存右部淺筆可見。疑此字爲「夢」字。從字形上看，「夢」字多見於嶽麓秦簡《占夢書》，其寫法大抵相同：

字形				
出處	嶽麓·《占》簡 1	嶽麓·《占》簡 2	嶽麓·《占》簡 3	嶽麓·《占》簡 3
字形	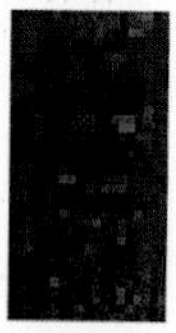	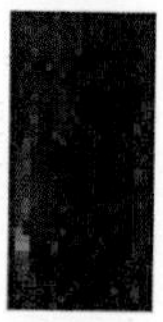		
出處	嶽麓·《占》簡 4	嶽麓·《占》簡 5	嶽麓·《占》簡 5	

部分「夢」字筆畫雖略嫌模糊（如簡 2），然與他字相對照，仍知其爲「夢」字無誤。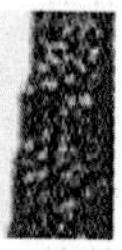一字嚴重殘缺，其上部依稀可見「夢」字之「艸」部件；

〔註 243〕〔北齊〕魏收撰：《魏書》（臺北，鼎文書局，1980 年），頁 2299～2300。

部件，上方似爲「夢」字所从之「皿」；中間或爲「冖」之部位殘損，僅存右邊由上往下之勾筆，然下方「夕」字明顯可見。

藉放大之圖版 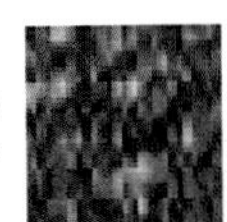，「夕」字除中間一點不可見外，其外輪廓至爲清晰。是知此字應可隸爲「夢」字。

從文句判斷，嶽麓簡《占夢書》約共四十八枚簡，其中記載夢徵的文句絕大多以「夢」、「夢見」爲始；部分簡文也與此簡相同，缺少了起始文字，面對此種狀況，原釋則多以「夢」字補之，如簡 11 補爲「【夢】見□雲」、簡 18 補爲「【夢】□產毛者」等。

故隸此字爲「夢」字可矣。

2. 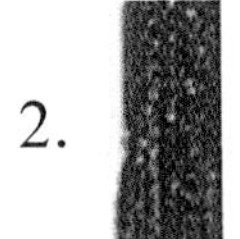

此字也有殘損。「夢」字之後可接一「見」字，但  部件與嶽麓簡《占夢書》諸「見」字不同，可知此字不是「見」字。存而待考。

3. 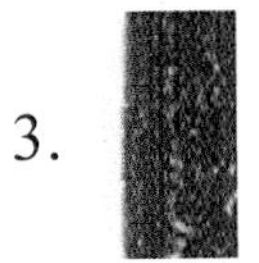

原釋隸爲「叟」而無說。葉湄《《嶽麓書院藏秦簡（壹）》文字編》則漏收此字。〔註 244〕

此字筆畫殘損，貼圖待考。

4. 盡〈晝〉

原釋認爲：

> 「盡」或是「晝」之形訛。〔註 245〕

「盡」字，《說文》：「器中空也。从皿。𦘒聲。」〔註 246〕「𦘒」字，《說文》：

〔註 244〕葉湄：《《嶽麓書院藏秦簡（壹）》文字編》（廣州，中山大學碩士學位論文，2012 年 5 月）。

〔註 245〕朱漢民、陳松長主編：《嶽麓書院藏秦簡（壹）》，頁 156。

「火之餘木也。从火聿聲。」〔註 247〕許慎以爲「盡」字與「𤇾」字同，皆从「聿」得聲，然徐鉉云：「聿非聲，疑从𦘔省。」

徐鉉所說較貼合字音。「𦘔」字，《說文》：「聿飾也。從（城案：應爲「从」。）聿。从彡。俗語呂書好爲𦘔。」〔註 248〕故「𤇾」字，應爲从火𦘔，𦘔省聲。表以火燒𦘔之灰燼，爲會意字。後加「皿」字，引申爲「器中空」。

「盡」字各體字形如下：

字形				
出處	《合集》3520	《合集》3251 正	《中山王譽方壺》（《集成》9735）	《商鞅量》（《集成》9735）
字形				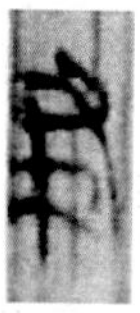
出處	《郭店《緇衣》簡 13	《郭店《性自命出》簡 43	《郭店《語叢一》簡 90	上博《性情論》簡 36
字形			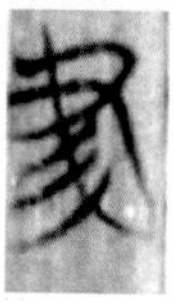	
出處	上博《容成氏》簡 49	包山《卜筮祭禱》簡 197	包山《卜筮祭禱》簡 204	新蔡《甲二》簡 10
字形				
出處	始皇詔權一	秦陶 1608 量	放馬灘地圖	泰山刻石
字形				
出處	睡虎地《日乙》簡 197	睡虎地《法律》簡 81	睡虎地《法律》簡 136	嶽麓《爲吏》簡 22

〔註 246〕〔清〕段玉裁著：《說文解字注》，頁 214。

〔註 247〕〔清〕段玉裁著：《說文解字注》，頁 488。

〔註 248〕〔清〕段玉裁著：《說文解字注》，頁 118。

楚、秦兩系的「盡」字寫法大相逕庭，前者形體較簡單，省去金文的「皿」部件；後者改曲爲直，爲標準隸書，而其字形承襲甲骨文而來，保留「灬」的寫法及「皿」字部件。

「晝」字，《說文》「日之出入。與夜爲介。从畫省。从日」〔註 249〕；「畫」字，《說文》：「介也。从聿。象田四介。聿所吕畫之」〔註 250〕；「聿」字，《說文》：「所吕畫也。楚謂之聿。吳謂之不律。燕謂之弗。从聿一」〔註 251〕，段注云：「各本作一聲，今正，此从聿而象所書之牘也。」是知段玉裁從許慎說，而不以「聿」爲「聿」之聲符。此與「盡」字相同。

「晝」的各體字形如下：

字形				
出處	《合集》22942	《譴簋》（《集成》4317）	上博《曹沫》簡 10	上博《三德》簡 19
字形				
出處	《九店》簡 60	《九店》簡 71	睡虎地《日乙》簡 159	睡虎地《封》簡 95
字形				
出處	嶽麓《占》簡 1	嶽麓《占》簡 1		

由字例看，楚系文字的寫法雖較爲草率，但與甲金文的「晝」字較爲相似（尤其與《譴簋》寫法最近）；秦系文字雖保留了「聿」、「日」兩個部件，卻也在「聿」、「日」之間增添了一從右上往左下的斜筆，以及在「日」下增一橫畫。顯得字體與甲金、楚系文字不同，與現代寫法相似。

「盡」、「晝」二字，於甲金文時期清楚可分，因前者的「皿」與後者的「日」不容易相混；而楚系文字，省去「盡」字的「皿」部件（「晝」字之「日」

〔註 249〕〔清〕段玉裁著：《說文解字注》，頁 118。

〔註 250〕〔清〕段玉裁著：《說文解字注》，頁 118。

〔註 251〕〔清〕段玉裁著：《說文解字注》，頁 118。

則未省）、「皿」字部件，使二字截然有分。觀秦系文字，簡文字墨跡稍淡，然可見其上「聿」字的右半部，與同出於嶽麓簡《占夢書》的字（《嶽麓·爲吏》簡22）相比，其形體較不公整。兩相對照，可見本簡此字之「皿」及「皿」部件。故此字應從原釋隸爲「盡」字，但視爲「晝」之訛字。

5. 簦

原釋認爲：

> 《說文·竹部》：「笠蓋也。」段玉裁注：「笠而有柄如蓋也，猶今之雨繖也。」〔註252〕

「繖」字，爲一種遮蔽雨水或陽光的用具。《集韻·緩韻》：「繖，傘」〔註253〕。《左傳·定公四年》「祝、宗、卜、史，備物、典策，官司、彝器」〔註254〕，《疏》云：「備物，國之職，物之備也，當謂國君威儀之物，若今繖扇之屬。」此處「繖扇」應爲儀式用器物，用於「賜魯」也。作爲儀式性的「繖」，逐漸演變成一般性的器具，如《晉書·王雅傳》：「將拜，遇雨，請以繖入。」〔註255〕此處「繖」爲避雨用，已與《左傳》不同。

簡文「簦」字，應釋爲「雨繖」，而非「笠蓋」。無論「簦」字作「笠蓋」，抑或是「雨繖」，與此簡「盡」字皆無法連貫意義；若從原釋以「盡」爲「晝」字之誤，則釋「簦」爲「雨繖」，解爲「白晝撐傘」，文義通順。〔註256〕

6. 夏

原釋隸爲「憂」，假爲「夏」字，作「季節」用。

〔註252〕朱漢民、陳松長主編：《嶽麓書院藏秦簡（壹）》，頁156。

〔註253〕〔宋〕丁度撰：《集韻》，清文淵閣四庫全書本，頁335。

〔註254〕〔清〕阮元用文選樓藏本校勘嘉慶二十年重刊宋本：《十三經注疏附校勘記·左傳》，頁4633。

〔註255〕〔唐〕房玄齡等撰：《晉書》，頁2180。

〔註256〕釋「簦」爲「笠蓋」，解爲「白晝戴笠」，相較於「白晝撐傘」似乎較不突兀，也無法凸顯「晝」字特性。

「憂」字，見於《無憂作父丁卣》「無憂乍（作）父丁彝」（《總集》5376）、《毛公鼎》「康能四或（國），俗（欲）我弗乍（作）先王憂」（《總集》1332A、1332B。）、《𡖊蚉壺》「大奎（去）型（刑）罰，以憂氒（厥）民之」（《總集》5803A）、《中山王嚳鼎》「𠭯（以）惪（憂）炏憥（勞）邦家」（《總集》1331）。除《無憂作父丁卣》之「憂」字爲人名外，其餘三器之「憂」字皆爲「憂慮」之義，未有假爲「夏」也。

「夏」字，甲骨文作（商・戩・5・13）、（商・林・2・26・7），其義爲「朝代名、姓氏、國族名」〔註257〕。金文「夏」字，多作爲名字，《秦公鎛》「夏，曰：余雖小子，穆穆帥秉明德」（《總集》7212）、《邳伯罍》「不（邳）白（伯）夏子自乍（作）隮罍」（《青全》10：98右）等；亦有作爲月份，《鄂君啓車節》「䫺（夏）𡱂之月、乙亥之日」〔註258〕。遍檢「夏」字，實無與「憂」字相通之例，故原釋之說未妥。

嶽麓簡諸多「憂」字，其形體大抵相同：

字形					
出處	《爲吏》簡31	《占》簡3	《占》簡14	《占》簡14	《占》簡23
字形					
出處	《占》簡30	《占》簡31	《占》簡33	《占》簡33	

「夏」字則較少：

字形				
出處	《爲吏》簡60	《占》簡2	《占》簡9	《占》簡14

〔註257〕季旭昇師：《說文新證》（福州，福建人民出版社，2010年12月），頁481。

〔註258〕秦曆建亥，楚曆建寅，故秦國之二月，爲楚國之五月，銘文「䫺（夏）𡱂之月」爲楚之五月。參曾憲通：〈楚月名新探——兼論昭固墓竹簡的年代問題〉《古文字研究》，第五輯（北京，中華書局，1981年5月），頁303～304。

「憂」、「夏」二字差別僅在中間的「心」部。細看「憂」的例字，其「心」與「夂」部件常有共筆之現象，如 （《爲吏》簡 31）、 （《占》簡 14）、（《占》簡 30）。加之「心」字三點書寫不清，進而造成筆畫混淆之現象，如（《占》簡 31）所从「心」字的三點幾乎不可見。所幸，此字「心」字的「乚」筆畫勾勒較深，與「夂」分別，否則難以辨認。

考慮到「心」與「夂」共筆，及「心」字的書寫方式，則「夏」字圖版雖較「憂」字模糊，但還是可以判別，如 （《爲吏》簡 60）、 （《占》簡 2）、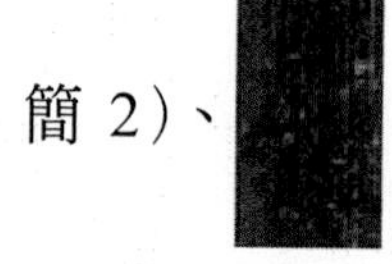（《占》簡 14）三字，所从的「百」、「夂」緊密連結，與「憂」字多一「心」部件之情況不同。惟有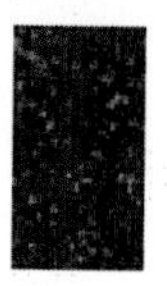（《占》簡 9）一字，字形中間完全殘缺，難以判斷，然「百」、「夂」連結處左右兩邊所存的空間極細微（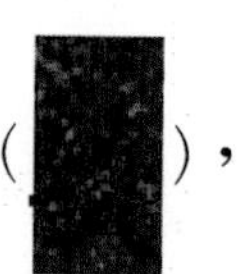），可推測其中間殘缺處之空間應不足容納一「心」字。

除字形外，依其上下簡文亦可判別其字義，如（《爲吏》簡 60）簡文爲「家室冬～居田」、（《占》簡 2）簡文爲「春日發時，～日陽，秋日閉」、（《占》簡 9）簡文爲「春～夢亡上者」，釋爲「夏」字較順、（《占》簡 14）前有作爲段落起訖之墨塊，其前段爲敘述「春季夢之占」，故視此段爲敘述「夏季夢之占」應是可行的。

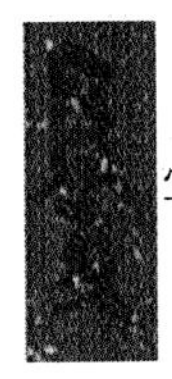字，其所从「百」、「夊」間有一個「心」字，應可隸爲「憂」字。〔註259〕

但「春憂夢之」一句，形式甚怪，而「憂夢」二字除此簡外，亦未見於嶽麓簡《占夢書》。隸定此字爲「憂」，固然正確，但亦可能與「夏」字訛混，應視嶽麓簡《占夢書》的「憂」字使用方可決定。嶽麓簡《占夢書》各「憂」字所用如下：

簡　號	簡　　　文
3	丙丁夢，憂也。
13	夢歌帶軫玄（弦），有憂
14	故憂未已，新憂有（又）發
23	夢見肉，憂腸。
30	夢見五幣，皆爲苛憂。
31	夢見桃，爲有苛憂。
33	夢繩外刖（劓）爲外憂，內刖（劓）爲中憂。

嶽麓簡《占夢書》的「憂」字，除簡23外，皆爲「憂患」、「憂慮」之義，用爲名詞；簡23之「憂」字，則爲動詞，作「憂慮」用。

「憂夢」一詞的用法與上述例證不同。雖近似於簡23「憂腸」，但「憂腸」具有對「夢見肉」一事的吉凶判別，「憂夢」則無。簡文「□□（？）盡操簦陰（蔭）於木下」的吉凶判斷有二處，分別爲「有資」及「辱」。「春憂夢之」一句，似乎是用於說明「辱」的結果。

嶽麓簡《占夢書》簡14「夏夢之，禺（遇）辱」句，與此簡相近，除「憂」、「夏」之別外，僅「春」字的有無不同。當以「憂」字爲「夏」字之誤，用以補充於此簡於春夏二季夢到的占卜結果。

7. 禺（遇）

原釋認爲：

讀爲寓，寄寓也。《說文通訓定聲·需部》禺，假借爲寓。又，「禺」

〔註259〕季旭昇師認爲此「憂」字可能爲「變體字」。當待後續進一步研究。

或讀爲「遇」。〔註260〕

「禺」字，《說文》：「母猴屬。頭佀鬼。从甶。从禸」〔註261〕；「寓」字，《說文》：「寄也。从宀禺聲」〔註262〕，段注云：「《史記》曰木禺、龍禺者，寓之叚借也。」是知「禺」可假爲「寓」字。

「遇」字，《說文》：「逢也。从辵禺聲」。上博簡《三德》「天命孔明，女（如）反之，必禺（遇）凶央（殃）」〔註263〕。簡文以「禺」假爲「遇」字。〔註264〕可知不論「禺」字讀爲「寓」或「遇」，皆有例可證。

此字若假爲「寓」字，解釋爲「此夢帶有羞辱、恥辱之義」。然傳世文獻並無「寓辱」一詞之記載；若假爲「遇」字，除上博簡《三德》之例，晉·干寶《搜神記·張茂先》亦有「遇辱」一詞，探究其義，又不止是「恥辱」之義：

> 張華，字茂先，晉惠帝時爲司空。於時燕昭王墓前有一斑狐，積年能爲變幻。乃變作一書生，欲詣張公。過問墓前華表曰：「以我才貌，可得見張司空否？」華表曰：「子之妙解，無爲不可。但張公智度，恐難籠絡，出必遇辱，殆不得返。非但喪子千歲之質，亦當深誤老表。」〔註265〕

故事提到有隻妖狐恃其千年積累，希望見到張華，墓前的華表木雖然勸誡其行，但「狐不從，乃持刺謁華」。之後妖狐與張華有段機妙對答，所以張華懷疑「天下豈有此年少！若非鬼魅，則是狐狸。乃掃榻延留，留人防護」，而使得妖狐行跡畢露，最後「伐木烹狐」。故事「遇辱」一詞，或非單指恥辱，實隱含凶險災厄之義。

《搜神記》與嶽麓簡《占夢書》相比，成書年代較後，然其所載人物事蹟，可上推殷周，雖多怪力亂神的要素，但或許有史實夾雜其中，而部分用語亦可

〔註260〕朱漢民、陳松長主編：《嶽麓書院藏秦簡（壹）》，頁156。

〔註261〕〔清〕段玉裁著：《說文解字注》，頁441。

〔註262〕〔清〕段玉裁著：《說文解字注》，頁345。

〔註263〕馬承源主編：《上海博物館藏戰國楚竹書（五）》（上海，上海古籍出版社，2005年12月）頁290。

〔註264〕〔清〕段玉裁著：《說文解字注》，頁72。

〔註265〕〔晉〕干寶撰：《搜神記》，頁219。

能因襲古代，恐非空穴來風。是以簡文應可作「禺（遇）辱」。

此句可隸爲「夢□ █（？）盡〈晝〉操箁陰（蔭）於木下，有資。春〈夏〉夢之，禺（遇）辱」，原意爲「夢見某持於白日拿雨傘遮蔽於木下，則可納貨進財。如果是在春、夏二季作此夢，則當有恥辱，或凶險之事發生」。

夢歌於宮中，乃有內（納）資。【12】

此句與第 11 簡相同。此句可隸爲「夢歌於宮中，乃有內（納）資」，原意爲「夢見於宮殿內歌唱，當進財納貨」。

夢歌帶軫玄（弦）[1]，有憂，不然有疾。（13）

1. 軫玄（弦）

原釋認爲：

> 或讀爲「弦」，「軫弦」當代指絃樂器。〔註 266〕

陳偉認爲：

> 「軫」或當讀爲「袗」，「袗玄」是上下同色的玄衣玄裳。《儀禮·士冠禮》：「兄弟畢袗玄。」鄭玄注：「袗，同也。玄者，玄衣玄裳也。」《儀禮·士昏禮》：「女從者畢袗玄，纚笄，被纇黼，在其後。」鄭玄注：「袗，同也，同玄者，上下皆玄。」「帶」有披戴義。《戰國策·齊策一》：「齊地方二千里，帶甲數十萬。」〔註 267〕

此說可從。

「軫」字，《說文》：「車後橫木也。从車㐱聲」〔註 268〕，所釋似與簡文無關，然段注云：「軫从㐱，密緻之言也。《中庸》『振河海而不泄』注曰：『振猶收也。』以振與軫同音而得其義，故曰猶。」「㐱」字，《說文》：「新生羽而飛。从几。从彡」〔註 269〕，段注所謂「密緻之言」，可能由「㐱」的羽毛義而來，以鳥獸羽毛之密，引申爲言語密緻。故「軫玄（弦）」可指「密緻之弦樂」。

〔註 266〕朱漢民、陳松長主編：《嶽麓書院藏秦簡（壹）》，頁 156。

〔註 267〕陳偉：〈嶽麓秦簡《占夢書》臆說（三則）〉，武漢簡帛網，http://www.bsm.org.cn/show_article.php?id=1440，2011 年 4 月 10 日。

〔註 268〕〔清〕段玉裁著：《說文解字注》，頁 730～731。

〔註 269〕〔清〕段玉裁著：《說文解字注》，頁 112。

然「軫」也指「樂器上調整弦線的軸」，如《魏書・樂志》「中絃須施軫如琴，以軫調聲，令與黃鍾一管相合」〔註 270〕。故「軫玄（弦）」也能指「以軫調弦樂器」。

此句可隸爲「夢歌帶軫玄（弦），有憂，不然有疾」，依原釋則意爲「夢見歌聲帶有弦樂器之音，夢者當有憂慮，或有疾病」。陳偉則認爲「歌帶袗玄，是說身著玄色衣裳唱歌」〔註 271〕。若以「軫」爲「緻密」，則此句意爲「夢見歌聲帶有緻密之弦樂音，夢者當有憂慮，或有疾病」，或以此較近原釋。

以上三解，皆將「軫玄（弦）」釋爲一中性詞彙，不帶褒貶，然其夢占「有憂，不然有疾」，若視夢徵與夢占之關係爲「反說」，則稍有未安，因爲以「反說」爲占卜原理的夢例，在嶽麓簡《占夢書》並非多數。

此簡當隸爲「夢歌帶軫玄（弦），有憂，不然有疾」，原意爲「夢見在歌唱時調整弦樂器，夢者當有憂慮，或有疾病」。

夢有夬（喙）$_1$去（卻）$_2$魚$_3$身者，乃有內（納）資。【13】

1. 夬（喙）

原釋認爲：

> 或當讀爲「玦」，《說文・玉部》：「玦，玉佩也。」玦在古代是與人斷絕關係的象徵之物。《荀子・大略》：「絕人以玦，反絕以環。」〔註 272〕

方勇讀爲「喙」，認爲：

> 上古音「夬」爲見母月部，「喙」爲曉母月部。二者韻部相同，聲母關係密切。另外，《淮南子・俶眞訓》：「蠉飛蝡動，蚑行噲息。」莊逵吉校：「噲息，各本皆作『喙息』，唯藏本作『噲』。」《公羊傳・昭公二十七年經》：「邾婁快來奔。」《釋文》：「快本又作噲。」《說文》：「噲讀若快。」又《說文》：「快，喜也。從心夬聲。」所以，我們認爲「夬」、「噲」、「喙」三者音近可通。〔註 273〕

〔註 270〕〔北齊〕魏收撰：《魏書》，頁 2835。

〔註 271〕陳偉：〈嶽麓秦簡《占夢書》臆說（三則）〉。

〔註 272〕朱漢民、陳松長主編：《嶽麓書院藏秦簡（壹）》，頁 156。

〔註 273〕方勇：〈嶽麓秦簡《占夢書》補釋一則〉，復旦網，http://www.gwz.fudan.edu.cn/Src

「喙」作爲「口」之用法多見於鳥獸，如《左傳・昭公四年》「顧而見人，黑而上僂，深目而豭喙。」〔註 274〕注云：「口象豬。」《爾雅・釋畜》：「長喙，獫；短喙，猲獢。」〔註 275〕趙家棟認爲「喙」字幾乎不曾用於形容魚類之口，故爲配合後文「魚身」，「夬」字當讀爲「蛟」：

> 「夬」讀爲「蚗」，爲「蛟」之異體，《史記・龜策列傳》：「明月之珠出於江海，藏於蚌中，蚗龍伏之。」裴駰集解引徐廣曰：「許氏說淮南雲蚗龍，龍屬也。音決。」司馬貞索隱：「蚗蠪伏之。按：蚗當爲『蛟』。蠪音龍，注音決，誤也。」「去」借爲「軀」。「蛟軀魚身」指「蛟魚」，爲傳說中的人魚。蛟，通「鮫」。〔註 276〕

昨非指出趙家棟的說法有誤：

> 說「蚗」爲「蛟」之異體，則極不可信，《史記》之有作「蚗龍」者，明爲「蛟龍」之誤啊！豈能援彼以證此？〔註 277〕

「夬」字爲「蛟」的說法，非是。且以「去」字爲「軀」亦無旁證，所以趙家棟之說，尚待察考。「夬」讀爲「喙」（作爲「口」用）與「魚」字間似無相關性，無法成爲一合理詞句。

但「喙」字作爲「口」用，實有可能出現在魚之形體上。《山海經》即載「赤喙」的「文鰩魚」：

> 又西百八十里，曰泰器之山。觀水出焉，西流注于流沙。是多文鰩魚，狀如鯉魚，魚身而鳥翼，蒼文而白首，赤喙，常行西海，遊于東海，以夜飛。〔註 278〕（《西山經・泰器山》）

Show.asp?Src_ID=1682，2011 年 10 月 12 日。

〔註 274〕〔清〕阮元用文選樓藏本校勘嘉慶二十年重刊宋本：《十三經注疏附校勘記・左傳》，頁 4419。

〔註 275〕〔清〕阮元用文選樓藏本校勘嘉慶二十年重刊宋本：《十三經注疏附校勘記・爾雅》，頁 5766。

〔註 276〕趙家棟之說，參方勇：〈嶽麓秦簡《占夢書》補釋一則〉之跟帖，復旦網，2011 年 10 月 12 日。

〔註 277〕昨非之說，參方勇：〈嶽麓秦簡《占夢書》補釋一則〉之跟帖，復旦網，2011 年 10 月 12 日。

〔註 278〕袁珂：《山海經校注》（臺北，里仁書局，1982 年 8 月），頁 44。

「文鰩魚」狀似鯉魚，卻有鳥喙、鳥翅。如圖：

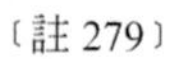
〔註 279〕

〔註 280〕

《爾雅翼》:「文鰩魚出南海，大者長尺許，有翅與尾齊；一名飛魚，群飛海上。海人候之，當有大風。」〔註 281〕《山海經》又有「赤喙」的「豪魚」：

> 又東十五里，曰渠豬之山，其上多竹。渠豬之水出焉，而南流注于河。其中是多豪魚，狀如鮪，赤喙尾赤羽，可以已白癬。〔註 282〕（《中山經・渠豬山》）

「豪魚」狀似鮪魚，卻有赤色的鳥喙、羽翼，與上舉「文鰩魚」頗類。其形如圖：

〔註 283〕

〔註 284〕

「文鰩魚」與「豪魚」既然同出《山海經》，眞實性當然不高。但卻知道「喙」字可用於「魚」身，故方勇讀「夬」爲「喙」，釋爲口，用於「魚」身的說法可信。

2. 去（卻）

〔註 279〕引自袁珂：《山海經校注》，頁 44。

〔註 280〕〔明〕蔣應鎬繪圖本。引自馬昌儀：《古本山海經圖說》（桂林，廣西師範大學出版社，2009 年 3 月），頁 187。

〔註 281〕〔宋〕羅願撰：《爾雅翼》，清文淵閣四庫全書本，頁 201。

〔註 282〕袁珂：《山海經校注》，頁 118。

〔註 283〕〔明〕蔣應鎬繪圖本。引自馬昌儀：《古本山海經圖說》，頁 555。

〔註 284〕〔清〕汪紱圖本。引自馬昌儀：《古本山海經圖說》，頁 557。

原釋認爲：

棄也。《漢書・匈奴傳上》：「得漢食物皆去之，以視不如重酪之便美也。」顏師古注：「去，棄也。」義即離棄，離開也。〔註 285〕

方勇則以爲：

「去」借爲「軀」。〔註 286〕

方勇的說法並無根據，且「軀」與「身」的意義似乎重複。而原釋雖可從，卻無法通解與「喙」、「魚」二字之關係。

「去」字可假爲「卻」。「去」字屬「溪紐魚部」，「卻」字屬「溪紐鐸部」，二者爲雙聲，且魚鐸陰入對轉，可以通假。如馬王堆帛書《去穀食氣》曰：

去穀者食石韋。〔註 287〕

「去穀」即爲「卻穀」，爲養生延壽之術。又如陸機〈漢高祖功臣頌〉曰：

（張良）託迹黃老，辭世却粒。曲逆宏達，好謀能深。〔註 288〕

「却」字爲「卻」之俗體，「卻粒」同於「卻穀」。王輝認爲：

按去古作㕁，《說文》卻作𠨚，𠫭應即㕁之譌。卻、却一字，古多用卻，今多用却。〔註 289〕

故簡文「去」字可假爲「卻」，解爲「然而」、「反而」之義。

3. 魚

原釋認爲：

當讀作「吾」。《列子・黃帝》：「姬，魚語女。」張湛注：「魚，當作吾。」〔註 290〕

原釋隸此字爲「魚」，讀爲「吾」，實則因句釋義，以便解釋字句。

〔註 285〕朱漢民、陳松長主編：《嶽麓書院藏秦簡（壹）》，頁 156。

〔註 286〕方勇：〈嶽麓秦簡《占夢書》補釋一則〉，復旦網，2011 年 10 月 12 日。

〔註 287〕魯兆麟主校、黃作陣點校：《馬王堆醫書》（瀋陽，遼寧科學技術出版社，1995 年），頁 25。

〔註 288〕〔清〕嚴可均校輯：《全上古三代秦漢三國六朝文》，頁 2021-1。

〔註 289〕王輝編著：《古文字通假字典》，頁 274。

〔註 290〕朱漢民、陳松長主編：《嶽麓書院藏秦簡（壹）》，頁 156。

陳劍認為：

（此字）明係「烏」字。秦漢文字中「烏」字作 　（張家山漢簡《二年律令》363）、 　（《二年律令》451）等，與此形極近。〔註 291〕

方勇從之，更認為烏字當指「烏鴉」。〔註 292〕事實上「魚」、「烏」二字形體並不相近，明顯的差別在於「魚」字中間有一個明顯 　，而此部件橫貫字形。「烏」字中間則由單純橫筆構成，二者差異從楚文字可窺知一二。楚文字「烏」字作 　（上博簡《弟子問》簡 4）；「魚」字則作 　（上博簡《魯邦大旱》簡 4） 　（上博簡《容成氏》簡 13） 　（上博簡《周易》簡 40）等等，差異極大，不難分辨。而楚系「魚」字「 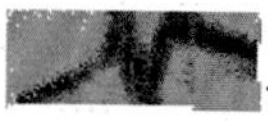　」形的連寫，在秦文字中則演變成中間的「 　」形，如：

字形				
出處	睡虎地《日乙》簡 174	睡虎地《日甲》簡 72	睡虎地《日乙》簡 59	睡虎地《秦律》簡 5
字形				
出處	《龍崗》簡 1	《關沮》簡 97		

睡虎地簡「魚」字之「 　」形，在龍崗、關沮簡中，因筆畫相混而成「田」字。「田」字之交錯筆畫與「烏」字差異極大，可作為「魚」、「烏」兩者分判之依據。此字 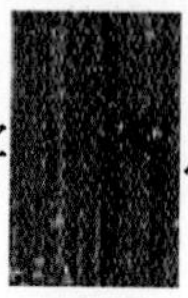　之「田」形，其右側雖有往右上混合的趨勢，然從左側可以清楚看出三橫筆向右靠攏，而非中空的「烏」字。此字與「魚」最大的差異在於

〔註 291〕陳劍：〈嶽麓簡《占夢書》校讀札記三則〉，復旦網，2011 年 10 月 5 日。

〔註 292〕方勇：〈嶽麓秦簡《占夢書》補釋一則〉，復旦網，2011 年 10 月 12 日。

「田」字下方之「巛」有缺筆之情況。使得之部位，與「烏」左下的「刀」形相同，故致二字相混。

比較秦簡「魚」、「鳥」二字，可見字形明顯有別。《睡虎地秦簡文字編》收三「鳥」字〔註293〕，分別爲：

字形			
出處	《日甲》簡 31 背	《日甲》簡 49 背	《日甲》簡 59 背

《日甲》簡 59 背之字形較爲特殊，與另兩字形有些許差異，其上半部缺一畫，反與陳劍所舉漢簡之「烏」字相似，或當改隸爲「烏」字，而非如《睡虎地秦簡文字編》錄爲「鳥」字。

簡文此字仍以隸爲「魚」字爲佳。

若從原釋，此句可隸爲「夢有夬（玦）去魚（吾）身者，乃有內資」，原意爲「夢見玉玦離開自身，則可納貨進財」。若以「反說」手法觀之，夢見損失財物，反而代表有福將至。

然陳劍雖隸爲「烏」字，但認爲：

「夬去烏身」仍義不明（原注釋疑「『夬』或當讀爲『玦』」，也難以讀通），待考。〔註294〕雖以待考作結，然可知陳劍頗疑原釋之說法。而原釋以「魚」字讀爲「吾」的看法，亦有待考察，故難以苟同原釋的釋義。〔註295〕

此簡文義難解，但若以一般民間傳說、夢占觀念配合《山海經》之「文鰩

〔註293〕張守中撰集：《睡虎地秦簡文字編》（北京，文物出版社，1994年2月），頁55。

〔註294〕陳劍：〈嶽麓簡《占夢書》校讀札記三則〉，復旦網。

〔註295〕字之說，曾於西南大學主辦「西南大學 2013 全國博士生論壇（出土文獻語言文字研究與比較文字學研究領域）」（重慶，西南大學，2013年10月18～21日。）會上，與陳劍教授討論，後採陳劍教授之說法，認爲是字下所从部件與魚字所从之「巛」不同，故難隸爲「魚」字。爲求負責，此處仍保留舊說。

魚」、「豪魚」，或許可論。

「乃有內（納）資」句，又見於嶽麓簡《占夢書》簡 11、12 中，意爲「進財納貨」，是「吉兆」，用於此簡亦可。

此句應改隸爲「夢有夬（喙）去（卻）魚身者，乃有內（納）資」，原意爲「夢見魚類卻有鳥嘴，則可納貨進財」。

夢巢$_1$中產毛$_2$者，丈夫得資，女子得鶩$_3$。（17）

1. 巢

原釋從缺不隸。譚競男認爲：

> 此字字形爲，與《占夢書》22 號簡（身）字比對，字形相近，似可釋作「身」。〔註296〕

然從圖版看，二字似有不同，即與「身」字不同。「身」字多見於嶽麓簡：

字形				
出處	嶽麓《爲吏》簡 6	嶽麓《爲吏》簡 6	嶽麓《爲吏》簡 40	嶽麓《爲吏》簡 46
字形				
出處	嶽麓《爲吏》簡 52	嶽麓《爲吏》簡 61	嶽麓《爲吏》簡 86	嶽麓《爲吏》簡 87 正〔註297〕
字形				
出處	嶽麓《占》簡 10	嶽麓《占》簡 13	嶽麓《占》簡 22	

〔註296〕譚競男：〈嶽麓書院藏秦簡《占夢書》拾遺〉，武漢簡帛網，2011 年 9 月 15 日。

〔註297〕葉涓《《嶽麓書院藏秦簡（壹）》文字編》以此字出於「簡 87」，實則爲「簡 87 正面」，今正。

「身」字於嶽麓簡《為吏治官及黔首》及《占夢書》的寫法完全不同（如起始之第一筆），前者較為簡率，後者較為圓潤，頗疑兩書應出自不同書手。而，則與所舉嶽麓簡諸「身」字不同，故譚競男所言應非。

譚競男又言：

17 號簡的字，漫漶嚴重，所謂「身」的右邊似乎還有筆劃，也許此字是從「身」之字。另，此字與望山 1 號墓 89 號簡「巢」字也很類似：（望山 1 號墓 89 號簡）。秦漢材料中「巢」有如下字形：、（馬王堆老子乙前 145 行上）。〔註 298〕

此字形確與望山簡「巢」字相似，故可從譚競男說，隸此字為「巢」字。

2. 毛

原釋認為：

指五穀蔬菜之類。《左傳·隱公三年》：「苟有明信，溪沼沚之毛、蘋蘩蘊藻之菜……可薦於鬼神，可羞於王公。」孔穎達疏：「毛即菜也。」〔註 299〕

高一致以為原釋「其說所據不詳」，認為：

《說文》：「毛，眉髮之屬及獸毛。象形。」據此可知，「毛」之本義為眉髮之屬及獸毛。先秦文獻中「毛」訓為本義者常見。《詩經·小雅·小弁》：「不屬於毛，不罹于里。」《左傳·僖公十四年》：「皮之不存，毛將安傅。」《禮記·檀弓下》：「古之侵伐者，不斬祀，不殺厲，不獲二毛。」諸處「毛」，皆作本義解。《占夢書》中兩見「毛」似當均為本義，即眉髮之屬及獸毛。〔註 300〕

此說可從。譚競男認為：

〔註 298〕譚競男：〈嶽麓書院藏秦簡《占夢書》拾遺〉，武漢簡帛網，2011 年 9 月 15 日。

〔註 299〕朱漢民、陳松長主編：《嶽麓書院藏秦簡（壹）》，頁 158。

〔註 300〕高一致：〈嶽麓秦簡《占夢書》補釋四則〉，武漢簡帛網，2011 年 4 月 2 日。

「巢中產毛」之意可以依據整理者對於《占夢書》17號簡的註釋，指巢穴中產五穀蔬菜，也可以理解爲動物巢穴中出產毛髮。尤其是後者，動物常常毛髮覆身，巢中產毛也就易於理解。〔註301〕

故簡文「毛」字，當釋本義爲佳，指「毛髮」。

2. 鬵

原釋認爲：

同「甑」，古代炊具。《爾雅・釋器》：「甑謂之鬵。」《龍龕手鑒》：「鬵，鼎鬵，上大下小釜也。」〔註302〕

夔一認爲：

炊具與資財關聯性不強，將「鬵」讀如字，訓爲「炊具甑」有些彆扭。循以上思路，頗疑「鬵」讀爲「簪」。「簪」是頭飾，往往用以指代女子全套首飾。「金錢」與「首飾」併舉，自古至今都是如此。「鬵」、「簪」同聲符，從音理上講相通並無問題。從用字角度看，「潛」、「灊」於文獻中通用無別。《尚書・禹貢》「沱潛既道」，《漢書・地理志》引作「沱灊既道」。《史記・十二諸侯年表》「吳闔閭四年，伐楚六、潛」，同書《吳太伯世家》引「潛」作「灊」。「鬵」讀爲「簪」從音韻和用字兩方面看還是比較妥帖的。〔註303〕

「鬵」讀爲「簪」，用作「髮飾」，於音韻上確實可證。「簪」字，《說文》：「首笄也。從儿，匚象形。凡兂之屬皆从兂。俗兂，从竹，从簪」〔註304〕。「笄」字，《說文》：「兂也。从竹开聲」〔註305〕，段注云：

戴氏曰：「無冠笄而冕弁有笄，笄所以貫之於其左右。是以冠無之。凡無笄者纓。」冕制，延前圓垂旒，後方，延有紐，自延左右垂，笄貫之以爲固，紘以組。自頤屈而上，左右屬之笄，垂其餘。凡冕

〔註301〕譚競男：〈嶽麓書院藏秦簡《占夢書》拾遺〉，武漢簡帛網，2011年9月15日。

〔註302〕朱漢民、陳松長主編：《嶽麓書院藏秦簡（壹）》，頁158。

〔註303〕夔一：〈讀嶽麓簡《占夢書》小札五則〉，復旦網，http://www.gwz.fudan.edu.cn/SrcShow.asp?Src_ID=1472，2011年4月19日。

〔註304〕〔清〕段玉裁著：《說文解字注》，頁410。

〔註305〕〔清〕段玉裁著：《說文解字注》，頁193。

弁笄，有笄者紘。記曰：「天子冕而朱紘，諸侯冕而青紘。」

「笄」作爲「髮飾」之用，見於古代典儀，然非女子專屬，《儀禮‧士冠禮》便記載冠禮需使用「笄」：

皮弁笄，爵弁笄，緇組紘，纁邊，同篋。櫛實於簞。蒲筵二，在南。側尊一甒醴，在服北。有篚實勺、觶、角柶。脯醢，南上。爵弁、皮弁、緇布冠各一匴，執以待於西坫南，南面，東上。賓升則東面。〔註 306〕

「既冠」而後，「櫛，設笄。賓盥、正纚如初，降二等，受皮弁，右執項，左執前，進、祝、加之如初，復位。」以「鬵」爲「簪」，與「資」相對，借指女性物品，有待商榷。

然原釋所指的「資財」與「炊具」，二者並非毫無關係。高一致認爲：

古代家庭女子操持家務，與鬵、甑、竈等炊具的聯繫是很緊密的。《東觀漢記‧周澤傳》：「（澤）爲澠池令，奉公克己，妻子自親竈釜。」周澤爲澠池令，其妻尚且親自處理竈釜事，普通婦人亦可見一斑。〔註 307〕

此說可從。古代男女分職，二者社會地位不同、家庭地位亦然，故《禮記‧曲禮》「外言不入於梱，內言不出於梱」〔註 308〕，以「內外」分言男女之職，而「男職在於官政」，「女職謂織紉」，故簡文以「男子得資」、「女子得鬵」分別，與二者在家庭中的分工情況相同，可以採信。然高一致認爲：

如此理解當是不誤，但值得注意的是，作爲夢占結果的「得鬵」即獲得「鬵」這種炊具，從常識看似乎過於客觀、具體。我們認爲「得鬵」似有引申意義。後世類書所引《夢書》：「夢得甑，欲娶妻。夢見甑帶，煤灼〔媒妁〕來。」「夢見竈者，猶求婦嫁女。何以言之？井竈，女執使之象。」不難看出，古人認爲井竈是女子執使之象，

〔註 306〕〔清〕阮元用文選樓藏本校勘嘉慶二十年重刊宋本：《十三經注疏附校勘記‧儀禮》，頁 2048。

〔註 307〕高一致：〈讀嶽麓秦簡《占夢書》札記四則〉，武漢簡帛網，http://www.bsm.org.cn/show_article.php?id=1439，2011 年 4 月 9 日。

〔註 308〕〔清〕阮元用文選樓藏本校勘嘉慶二十年重刊宋本：《十三經注疏‧禮記》，頁 2683。

> 而「得甑」也是與婚嫁相關的。故此我們推想，「女子得鬵」似指女子有婚嫁事。〔註 309〕

占卜本來就無主客觀、具體、抽象之別，完全視占者的使用方式。占卜之結果，未必複雜，但需貼近求占者的生活，否則便無占卜必要。高一致文中注 5 言「凡有過算命、占夢等經歷者可發現，術士所給出的占驗結果，多爲抽象化指示或模棱兩可之語」，可商。

但其認爲「鬵」可引申爲「女子之婚嫁事」的說法，則可備一說。因爲男子求財，女子求姻，爲天經地義的事情，且也與「鬵」作爲女性所屬的物品相符。又，從「母神信仰」的角度看，炊具或許也與婚嫁有關。

故簡文「鬵」字，從原釋解爲「炊具」，除表現當時男女所屬物品外，或如高一致說，更代表女性婚姻之隱喻，然無論何解，夢占當爲吉兆。

此句可隸爲「夢巢中產毛者，丈夫得資，女子得鬵」，原意爲「夢見巢穴中生出了毛髮，男子得財，女子則得炊具（姻緣）」。

☐……。【17】

第 17 簡缺下半部，無法得知其夢徵與夢占。

【夢】□有[1]毛者，有[2]□也。（18）

1. 有

「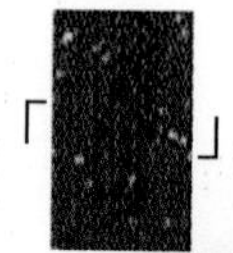」字原釋隸爲「產」字，然此字與簡 17 的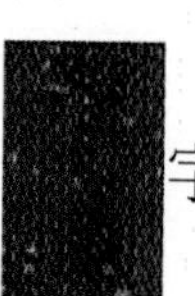字頗不相同，反而與此簡的字較近。頗疑此字當隸爲「有」。

2. 有

復旦讀書會認爲：

> 此段簡文上端殘損，字跡也較爲模糊。細審圖版，「有□」似當改釋爲「將得」二字。〔註 310〕

〔註 309〕高一致：〈讀嶽麓秦簡《占夢書》札記四則〉，武漢簡帛網，2011 年 4 月 9 日。

〔註 310〕復旦大學出土文獻與古文字研究中心研究生讀書會：〈讀《嶽麓書院藏秦簡（壹）》〉，

字，形體清晰，明顯可以看出从又从月之輪廓，與復旦讀書會所隸之「將」字極不相同。出土文獻中，「將」字多作：

字形					
出處	郭店《老子甲》簡 10	郭店《尊德義》簡 13	郭店《語叢四》簡 16	上博《孔子詩論》簡 4	上博《容成氏》簡 50
字形					
出處	包山《文書》簡 16	睡虎地《秦律》簡 40	睡虎地《秦律》簡 84	睡虎地《法律》簡 52	睡虎地《爲吏》簡 3

字與上述「从爿从月从寸」的字形完全不同，讀書會可能是把此字下半之「月」旁，理解爲「爿」旁下半的一豎與「寸」旁的合體，如此則不可見上半之「爿」旁與「月」旁，故此字仍應從原釋，隸爲「有」字。

此句可隸爲「【夢】□有毛者，有□也」，原意爲「夢到某有毛髮，則會有某發生」。

然簡文有缺，未可知其確切夢徵與夢占。

夢蛇入人口，肓（抽）[1]不出（肓（育），不出），丈夫爲祝，女子爲巫。【18】

1. 肓（抽／育）

原釋認爲：

此字在楚簡文中或釋爲「舌」可參考。〔註 311〕

小草（劉釗）認爲：

復旦網，2011 年 2 月 28 日。

〔註 311〕朱漢民、陳松長主編：《嶽麓書院藏秦簡（壹）》，頁 159。

> 古文字中的「古」字下部皆從「口」作，而字上部所從明顯是一個近似橢圓的圓圈，並不是「口」。其次，古文字「古」字上部的一橫一般都寫得很平直，而此字上部所從並非一筆寫成的一橫，而分明是由兩筆寫成的向兩側下垂的形狀。〔註 312〕

認爲原釋者之隸定與解釋皆不正確。此字與楚簡「舌」字有別，不應該隸定爲「舌」字，若要強將此字與「舌」字比附，應隸爲從「舌」從「肉」的「䏦」才是。小草（劉釗）從甲骨文「毓」字與秦漢文字中「育」字的寫法分析，認爲此字應隸爲「育」，「這應該是目前已知古文字中所見時代最早的『育』字。」〔註 313〕

袁瑩認爲小草（劉釗）隸此字爲「育」無誤，然其從古代醫書中針對「蛇入人口」之藥方談〔註 314〕，認爲「育」應讀爲「抽」，表示「拉、拽、拔」之類的意思：

> （小草所釋）「育不出」之「育」似應讀爲「抽」。就古音來說，「育」是餘母覺部字，「抽」是透母幽部字，兩字聲母同屬舌頭音，韻部對轉，古音很近。〔註 315〕「育」與「冑」可通。……《書·盤庚》「無遺育」，王引之《經義述聞》：「育，讀爲冑。」「冑」從「由」聲，「抽」亦從「由」聲，「育」與「冑」可通，那麼，「育」與「抽」當也可

〔註 312〕小草：〈《嶽麓書院藏秦簡》（壹）考釋一則〉，復旦網，http://www.gwz.fudan.edu.cn/SrcShow.asp?Src_ID=1426，2011 年 3 月 7 日。此文後又以本名發表，劉釗：〈《嶽麓書院藏秦簡》（壹）考釋一則——兼談「育」字〉，「第二十二屆中國文字學國際學術研討會」會議論文（臺中，逢甲大學中國文學系，2011 年 4 月 29～31 日），頁 277～282。

〔註 313〕小草：〈《嶽麓書院藏秦簡》（壹）考釋一則〉，復旦網，2011 年 3 月 7 日。

〔註 314〕如小草（劉釗）指出，在歷代醫方中，有不少載有治療蛇入人口或七竅的藥方，如《肘後備急方》卷七載《聖惠方》「治蛇入口併入七孔中」方，《備急千金要方》卷二十五載「治因熱逐涼睡熟，有蛇入口中挽不出方」和「治蛇入人口並七孔中者方」。《醫心方》卷十八也載有《千金方》「蛇入人口中不出方」。《醫方類聚》卷一百六十七「蟲傷門」有如下詩句：「蛇穿人口若爲妖，破尾開皮入漢椒，十粒居中仍裹著，自然倒出沒欺蹺。」參小草：〈《嶽麓書院藏秦簡》（壹）考釋一則〉，復旦網，2011 年 3 月 7 日。

〔註 315〕袁瑩：〈嶽麓秦簡《占夢書》補釋二則〉，復旦網，2011 年 10 月 23 日。

通。可見，將「育」讀爲「抽」是沒有問題的。〔註316〕

孟蓬生補充此說，認爲《鄂君啓節》中「油水」之「油」，陳偉讀爲「淯」〔註317〕；又上博簡《三德》「知天足以順時，知地足以由材，知人足以會親」，「由材」一詞，秦曉華讀爲「育材」〔註318〕，可與「育」、「抽」相通互證。〔註319〕

《馬王堆漢墓簡帛文字編》收有「」、「」、「」三字，朱德熙和裘錫圭認爲：

> 應爲「冑」字變體，這個字應該隸定爲「楕」，在遣策中讀爲「柚」。〔註320〕

可見「」字隸爲「育」，讀爲「抽」，不僅於音韻上有證，字形亦然。

「」字不論隸爲「育」，表繁殖、生育之義，或隸爲「育」讀爲「抽」，表「抽、拉」之義，於理皆可證。

小草（劉釗）以「育」爲「生育」義，而從原釋的斷讀，讀爲「夢蛇入人口，育不出，丈夫爲祝，女子爲巫」，稍嫌模糊。或可改爲「夢蛇入人口育，不出」較佳，原意爲「夢見有蛇進入人口，在口裏生育或存活，不出來，則男人將成爲祝，女人會成爲巫」〔註321〕。

袁瑩則以「育」爲「抽、拉」義，亦從原釋的斷讀，原意爲「夢到蛇鑽進人嘴裡，拽不出來」〔註322〕。相較之下，似乎以袁瑩之說較爲合理，但嶽麓簡

〔註316〕袁瑩：〈嶽麓秦簡《占夢書》補釋二則〉，復旦網，2011年10月23日。

〔註317〕陳偉：〈〈鄂君啓節〉之「鄂」地探討〉《江漢考古》1986年第2期，頁88～90。

〔註318〕秦曉華：〈上博五《三德》釋讀一則〉，武漢簡帛網，http://www.bsm.org.cn/show_article.php?id=245，2006年2月27日。

〔註319〕孟蓬生之說，參小草：〈《嶽麓書院藏秦簡》（壹）考釋一則〉之跟帖，復旦網，2011年3月7日。

〔註320〕朱德熙、裘錫圭：〈馬王堆一號漢墓遣策考釋補正〉《文史》第十輯（北京，中華書局，1980年10月），頁67。

〔註321〕小草：〈《嶽麓書院藏秦簡》（壹）考釋一則〉，復旦網，2011年3月7日。

〔註322〕袁瑩：〈嶽麓秦簡《占夢書》補釋二則〉，復旦網，2011年10月23日。

《占夢書》本即記夢，若簡文意義不合理，亦無法輕言否定。客居皇城根就認爲：

> 從語感上說，讀「育」爲「抽」似乎更好，但是也只能備一說而已，不能輕易否定「育」讀爲本字。因爲醫書講的是實事，嶽麓簡則是夢書，是虛擬的，兩者性質不同，不能拿醫書的句子套夢書的句子。〔註 323〕

述寫虛擬事，不僅爲占夢書的特色，亦是研究的難處。「育」與「抽」無論是表「繁殖」或是「抽、拉」，若以「夢」視之，皆是可能發生的事情。而此亦無礙簡文以「夢蛇」爲凶。

此句可隸爲「夢蛇入人口，育（抽）不出（育（育），不出），丈夫爲祝，女子爲巫」，原意爲「夢見蛇類進入人的口中，抽不出來（繁殖，而不出來），如此則男子爲祝，女子爲巫」。

夢燔亓（其）席薵 1，入湯 2 中，吉。（19）

1. 席薵

《爾雅·釋器》:「薵謂之茲。」〔註 324〕郭注云:「茲者，薵席也。」「席薵」當爲草蓆、草墊一類物品。

2. 湯

「湯」字，《說文》「熱水也。从水昜聲」〔註 325〕，簡文「湯」應指「熱水」。

此句可隸爲「夢燔亓（其）席薵，入湯中，吉」，原意爲「夢見焚燒草蓆、草墊，後加灰燼於熱水中，爲吉兆」。

夢蛇則 1 �（蜂）2 蠆 3 赫（螫）4 之，有芮（退）5 者。【19】

1. 則

〔註 323〕客居皇城根之說，參小草:〈《嶽麓書院藏秦簡》（壹）考釋一則〉之跟帖，復旦網，2011 年 3 月 7 日。

〔註 324〕〔清〕阮元用文選樓藏本校勘嘉慶二十年重刊宋本:《十三經注疏附校勘記·爾雅》，頁 5653。

〔註 325〕〔清〕段玉裁著:《說文解字注》，頁 566。

原釋認爲：

連詞，在此表並列關係。〔註 326〕

「則」字作爲連接詞無誤，然原釋並未言當指何義。疑此「則」字作「卻、反而」用，如《孟子·梁惠王下》「竭力以事大國，則不得免焉」〔註 327〕。

2. 𧊜（蜂）

原釋認爲：

當讀爲蠭，與蜂同。《說文·蟲部》：「蠭，飛蟲，螫人者也。」〔註 328〕

「夆」字，《說文》「啎也。从夂丰聲。讀若縫」〔註 329〕。「夆」字從「丰」聲。而「封」字，《說文》「爵諸侯之土也。从之土，从寸。寸，守其制度也，公侯百里，伯七十里，子男五十里。籀文封，从丰土」〔註 330〕。「封」字籀文亦从「丰」得聲。又上博簡《容成氏》「墨（禹）乃因山陸（陵）坪（平）𨻰（隰）之可玤（封）邑者而緐（繁）實之」〔註 331〕，原釋者李零便讀「玤」字爲「封」。

故原釋以「封」字假爲「夆」，可從。

2. 蠆

原釋認爲：

蠍子。《廣雅·釋蟲》：「蠆，蠍也。」〔註 332〕

「蠆」字，《說文》「毒蟲也。象形。蠆或从蚰」〔註 333〕，段注云：「通俗文曰：『蠆長尾謂之蠍，蠍毒傷人曰蛆。』」《詩經·小雅》：「彼君子女、卷髮如蠆。」

〔註 326〕朱漢民、陳松長主編：《嶽麓書院藏秦簡（壹）》，頁 159。

〔註 327〕〔清〕阮元用文選樓藏本校勘嘉慶二十年重刊宋本：《十三經注疏附校勘記·孟子》（京都，中文出版社，1972 年 9 月），頁 5826。

〔註 328〕朱漢民、陳松長主編：《嶽麓書院藏秦簡（壹）》，頁 159。

〔註 329〕〔清〕段玉裁著：《說文解字注》，頁 239。

〔註 330〕〔清〕段玉裁著：《說文解字注》，頁 694。

〔註 331〕馬承源主編：《上海博物館藏戰國楚竹書（二）》，頁 263。

〔註 332〕朱漢民、陳松長主編：《嶽麓書院藏秦簡（壹）》，頁 159。

〔註 333〕〔清〕段玉裁著：《說文解字注》，頁 672。

〔註334〕《左傳·僖公二十二年》「君其無謂邾小，蠭蠆有毒，而況國乎」〔註335〕。又如郭店簡《老子甲》「酓（含）惪（德）之厚者，比於赤子，蟲（螝）蠆蟲它（蛇）弗蓋（螫）」〔註336〕。

「蠆」字作爲毒蟲，也常與「螫」字連用，除上引《左傳》外，又如《史記·淮陰侯列傳》「猛虎之猶豫，不若蜂蠆之致螫；騏驥之跼躅，不如駑馬之安步」〔註337〕、《淮南子·俶眞》「夫憂患之來，攖人心也，非直蜂蠆之螫毒而蚊妄之慘怛也，而欲靜漠虛無，柰之何哉」〔註338〕。

故可從原釋隸爲「蠆」字。

3. 赫（螫）

原釋認爲：

> 當讀爲螫。《説文·蟲部》:「螫，蟲行毒也。」〔註339〕

又如郭店簡《老子甲》「酓（含）惪（德）之厚者，比於赤子，蟲（螝）蠆蟲它（蛇）弗蓋（螫）」〔註340〕，其「蓋」字，馬王堆帛書《老子甲》作「螫」〔註341〕，馬王堆帛書《老子乙》則作「赫」〔註342〕。知「赫」、「螫」二字於古可通，故從原釋隸爲「赫」字，假爲「螫」。

4. 芮（退）

原釋認爲：

> 當讀爲退。《老子》第七章:「聖人後其身先。」馬王堆帛書乙本「後」

〔註334〕〔清〕阮元用文選樓藏本校勘嘉慶二十年重刊宋本:《十三經注疏附校勘記·詩經》（京都，中文出版社，1972年9月），頁1062。

〔註335〕〔清〕阮元用文選樓藏本校勘嘉慶二十年重刊宋本:《十三經注疏附校勘記·左傳》，頁3934。

〔註336〕荊門市博物館:《郭店楚墓竹簡》，頁113。

〔註337〕〔漢〕司馬遷《史記》，頁2625。

〔註338〕〔漢〕劉安，劉文典撰:《淮南子》（北京，中華書局，1989年），頁73～74。

〔註339〕朱漢民、陳松長主編:《嶽麓書院藏秦簡（壹）》，頁159。

〔註340〕荊門市博物館:《郭店楚墓竹簡》，頁113。

〔註341〕國家文物局古文獻研究室編:《馬王堆漢墓帛書（壹）》，頁4。

〔註342〕國家文物局古文獻研究室編:《馬王堆漢墓帛書（壹）》，頁90。

（城按：原釋未加「」，今補。）作「退」，甲本作「芮」。《老子》第九章：「功成身退。」帛書甲本「退」作「芮」。《老子》第六十九章：「不敢進寸而退尺。」帛書甲本「退」作「芮」。退猶歸也。《儀禮．士冠禮》：「主人退，賓敗送。」鄭玄注：「退，歸也。」〔註343〕

復旦讀書會認爲：

整理者在注釋中已經改讀「螯」爲「蜂」、「赫」爲「螫」、「芮」爲「退」，這些意見都是正確可從的，但不知爲何在釋文中卻並未括注。〔註344〕

「芮」字，屬「日紐月部」；「退」字，屬「透紐物部」，二字物月旁轉，日透準旁紐〔註345〕，韻部雖稍遠，然古文獻常以二字通假，故原釋可從。銀雀山漢簡《守法守令》「莫（暮）必置兔（斥）者城外，以視適（敵）進芮（退）變能（態）請（情）而爲（僞）長耳目城中。以觀姦邪事」〔註346〕，亦以「芮」字爲「退」。

故此從原釋隸爲「芮」字，假爲「退」，然其義爲「廢退」，而非《儀禮》鄭注之「歸」。

此句可隸爲「夢蛇則螯（蜂）蠆赫（螫）之，有芮（退）者」，原意爲「夢見蛇，而遭蜂、蠍類之類毒物螫之，其將遭受毀謗，而職位將有廢退之殃」。

夢燔洛（絡）$_1$遂$_2$隋（墜）至手，毄（繫）$_3$囚，吉。（20）

1. 燔洛（絡）

原釋認爲：

當讀爲繁。燔爲並母元部字，繁惟並母歌部字，古音相通。洛：當讀爲露。《老子》第三十二章：「以降甘露。」馬王堆帛書《老子》甲本／乙本「露」都作「洛」。《戰國策．趙策一》：「甘露降。」帛書《戰國縱橫家書》「露」作「洛」。燔洛即繁露也。晉．崔豹《古

〔註343〕朱漢民、陳松長主編：《嶽麓書院藏秦簡（壹）》，頁159。

〔註344〕復旦大學出土文獻與古文字研究中心研究生讀書會：〈讀《嶽麓書院藏秦簡（壹）》〉，復旦網，2011年2月28日。

〔註345〕王輝編著：《古文字通假字典》，頁579～580。

〔註346〕銀雀山漢墓竹簡整理小組編：《銀雀山漢墓竹簡（壹）》，頁129。

今注・問答釋義》:「牛亨問曰:『冕旒以繁露,何也?』答曰:『綴珠垂下,重如繁露也。』」〔註347〕

嶽麓簡《占夢書》簡6「緣木生長燔（繁）華」,原釋以「燔」字假爲「繁」,爲「繁華、繁盛」之義,與此相近。故以「燔」字假爲「繁」即可自證於嶽麓簡。

復旦讀書會認爲:

整理者在注釋中已經改讀「燔」爲「繁」、「洛」爲「露」、「㲉」爲「繫」,這些意見都是可從的,但釋文中也未曾括注。〔註348〕

凡國棟認爲:

「燔」字疑當如字讀,意爲焚燒。洛,或可讀爲「絡」,纏繞、捆縛之意。《楚辭・招魂》:「秦篝齊縷,鄭綿絡些。」王逸注:「絡,縛也。」對於被拘繫的囚徒來說,與夢見繁露相比,夢見燒斷捆縛之繩索更具有現實價值,是再吉利不過的事情了。〔註349〕

陳偉認爲:

燔、炮皆有焚燒義。《左傳》昭公二十七年:「令尹炮之,盡滅郤氏之族黨。」杜預注:「炮,燔。」孔穎達疏:「燔、炮、爇,皆是燒也。」燔洛,恐猶言「炮烙」或「炮格」。《荀子・議兵》:「紂刳比干,囚箕子,爲炮烙刑。」《史記・殷本紀》:「百姓怨望而諸侯有畔者,於是紂乃重刑辟,有炮格之法。」裴駰集解引《列女傳》云:「膏銅柱,下加之炭,令有罪者行焉,輒墮炭中。妲己笑,名曰炮格之刑。」〔註350〕

「燔洛」二字,原釋讀爲「繁露」、凡國棟讀爲「燔絡」、陳偉讀爲「炮烙」、「炮格」,皆合於音韻,亦可徵於文獻,且以「夢」來說,皆有其道理。

但是「炮烙之刑」與簡文「遂隋（墜）至手」可能並無關係。《史記》裴駰

〔註347〕朱漢民、陳松長主編:《嶽麓書院藏秦簡（壹）》,頁160。

〔註348〕復旦大學出土文獻與古文字研究中心研究生讀書會:〈讀《嶽麓書院藏秦簡（壹）》〉,復旦網,2011年2月28日。

〔註349〕凡國棟:〈嶽麓秦簡《占夢書》校讀六則〉,武漢簡帛網,2011年4月8日。

〔註350〕陳偉:〈嶽麓秦簡《占夢書》臆說（三則）〉,武漢簡帛網,2011年4月10日。

集解引《列女傳》云：「膏銅柱，下加之炭，令有罪者行焉，輒墮炭中。」「有罪者行焉」句，可知「炮烙」一刑，是令犯罪者於燒灼之銅柱上行走，上有油，故罪者遇滑而下，與「遂隋（墜）至手」無關。

2. 遂

原釋隸爲「遂」字，假爲「墜」。然簡文已有「隋」字假爲「墜」，若依原釋則「墜」字重出，較不合理。

頗疑此字讀如本字，作連接詞用，如《史記・高祖本紀》「乃前，拔劍擊斬蛇，蛇遂分爲兩」〔註 351〕、李斯〈上書秦始皇〉「穆公用之，并國三十，遂霸西戎」〔註 352〕。

3. 毄（繫）

原釋認爲：

> 讀爲繫。《漢書・景帝紀》：「無所農桑毄畜。」顏師古注：「毄，古繫字。」〔註 353〕

陳偉從之，更認爲「『毄（繫）囚』爲『吉』的主語，其間不當斷讀」〔註 354〕，可從。

凡國棟認爲：

> 對於被拘繫的囚徒來說，與夢見繁露相比，夢見燒斷捆縛之繩索更具有現實價值，是再吉利不過的事情了。〔註 355〕

陳偉所釋「燔烙」雖有待商榷，但亦認爲「燔烙本非祥物，但若繫囚夢之，却是吉兆」〔註 356〕，這是「反說」的原理。

若從原釋、凡國棟之說，則「繁露」以及「燒斷捆縛之繩索」，對於囚徒而，

〔註 351〕〔漢〕司馬遷：《史記》，頁 347。

〔註 352〕〔梁〕蕭統編，〔唐〕李善注：《文選》（上海，上海古籍出版社，1986 年），頁 1756。

〔註 353〕朱漢民、陳松長主編：《嶽麓書院藏秦簡（壹）》，頁 160。

〔註 354〕陳偉：〈嶽麓秦簡《占夢書》臆說（三則）〉，武漢簡帛網，2011 年 4 月 10 日。

〔註 355〕凡國棟：〈嶽麓秦簡《占夢書》校讀六則〉，武漢簡帛網，2011 年 4 月 8 日。

〔註 356〕陳偉：〈嶽麓秦簡《占夢書》臆說（三則）〉，武漢簡帛網，2011 年 4 月 10 日。

皆爲吉兆。但若從原釋隸定，則「遂」一字，在句中稍嫌冗長，直接作「繫露隋（墜）至手」也可，似乎不用「遂」字作轉折使用。故當從凡國棟說。

此句可隸爲「夢燔洛（絡）遂隋（墜）至手，毄（繫）囚吉」，原意爲「夢見燒斷捆縛繩索，而後掉落於手上，於犯人爲吉」。

夢人謁₁門去者，有新蒿（禱）₂未賽（塞）₃。【20】

1. 謁

「謁」字，《說文》:「白也。从言，曷聲」〔註357〕，段注云：「若後人書刺自言爵里姓名並列所白事。」如《史記·高祖本紀》「高祖爲亭長，素易諸吏，乃紿爲謁」〔註358〕、《後漢書·劉盆子傳》「酒未行，其中一人出刀筆書謁欲賀」〔註359〕。其本義如此，而後又引申爲「求見」、「拜見」，如《楚辭·遠遊》「登崑崙而北首兮，悉靈圉而來謁」〔註360〕、《新唐書·衛大經傳》「開元初，畢構爲刺史，使縣令孔慎言就謁，辭不見」〔註361〕。

簡文「謁」字與「門」合用，當爲「拜見」義。

2. 蒿（禱）

原釋認爲：

> 草名，《集韻·尤韻》:「蒿，草名，似葵，五色。」或讀爲「苕」。〔註362〕

陳偉認爲：

> 疑當讀爲「禱」。從周、從壽之字音近可通。俞樾《諸子平議·淮南内篇一》「大禱祭于公社」條云：「樾謹按《月令》作『大割祠于公社』,『割』者『禂』字之誤也。『禂』之與『禱』，猶『惆（按：原爲□，今補。）』之與『幬』。《說文》分禱、禂爲二字，非是。」

〔註357〕〔清〕段玉裁著：《說文解字注》，頁672。

〔註358〕〔漢〕司馬遷：《史記》，頁344。

〔註359〕〔劉宋〕范曄撰，〔唐〕李賢等注，〔晉〕司馬彪補志：《後漢書》，頁481。

〔註360〕〔宋〕洪興祖撰，白化文等點校：《楚辭補注》（北京，中華書局，1983年），頁309。

〔註361〕〔宋〕歐陽修、宋祈撰：《新唐書》（臺北，鼎文書局，1981年），頁5601。

〔註362〕朱漢民、陳松長主編：《嶽麓書院藏秦簡（壹）》，頁160。

〔註 363〕

譚競男亦提出：

> 因「塞」有「閉」的義項，如《淮南子·主術》「是故公道通而私道塞也。」高誘注：「塞，閉也。」20號簡文中又有「謁門」說法，「□」也許和「門」、「閉」有關（當然，並不意味著夢象和占夢結果一定有什麼必然聯繫）。根據整理者「或讀爲苕」說，發現《文選·檄吳將校部曲文》中有「鷦鳩之鳥，巢於葦苕」，李善注引荀卿子文：「南方鳥名蒙鳩，爲巢，編之以髮，繫之葦苕。」並說「苕與□同」。「周」爲幽部章母字，「苕」爲宵部定母字，幽、宵對轉，章、定同爲舌音，可以通假。「苕」這種植物可以用來建鳥巢，那麼由21號簡「雞鳴」猜測，大概也可以建鷄舍。「新□」可能是新建好的鷄舍，「□未塞」是指鷄舍未關閉。〔註 364〕

引文「□」字即「蔄」。此說有誤，因爲「鷦鳩之鳥，巢於葦苕」之「葦苕」爲自然生長之植物，所以禽鳥會作巢於中；但恐怕不能以此代稱人爲建設之雞舍。且文獻無徵，未敢從之。

陳偉之說可從。「禂」字，《說文》「禱牲馬祭也。从示，周聲」〔註 365〕，段注云：

> 句祝。禂牲禂馬。杜子春云：「禂，禱也。爲馬禱無疾。爲田禱多獲禽牲。」詩云：「既伯既禱。」《爾雅》曰：「既伯既禱。伯，馬祭也。」

「禂」爲祈禱馬健康之儀式，段注引毛傳云：「將用馬力，必先爲之禱其祖，此周禮之禂馬也。」而後「禂」失去其本義，與「禱」字相混。

「禱」字，《說文》：「告事求福也。从示，壽聲。」〔註 366〕或爲簡文「禂」字之用。若配合後文的「塞」字，則以陳偉所解「禱」字較爲適當。〔註 367〕

〔註 363〕陳偉：〈嶽麓秦簡《占夢書》臆說（三則）〉，武漢簡帛網，2011年4月10日。

〔註 364〕譚競男：〈嶽麓書院藏秦簡《占夢書》拾遺〉，武漢簡帛網，2011年9月15日。

〔註 365〕〔清〕段玉裁著：《說文解字注》，頁7。

〔註 366〕〔清〕段玉裁著：《說文解字注》，頁6。

〔註 367〕從夢境考量之，原釋之說亦可，然其於後文無說，故暫從陳偉說。

3. 賽（塞）

原釋無說，陳偉認爲：

> 塞，是禱後的酬神儀式。《韓非子·外儲説右下》：「秦襄王病，百姓爲之禱，病愈，殺牛塞禱。」《漢書·郊祀志上》：「冬塞禱祠。」塞，包山楚簡寫作「賽」，如214號簡就記有「賽禱昭王」、「賽禱親母」等。禱未塞，是説禱祠後沒有酬神。新禱，大概指新近的禱祠。〔註368〕

「塞」、「賽」皆讀爲「心紐職部」，爲雙聲疊韻，可以互通，如郭店簡《老子甲》「閟〈閉〉其逸（兌），賽（塞）其門」〔註369〕；馬王堆帛書「賽」作「塞」；郭店簡《老子乙》「賽（塞）其逸（兌），冬（終）身不丞」〔註370〕；馬王堆帛書「賽」作「塞」；郭店簡《語叢四》「利木侌（陰）者，不折其樌。利其渚者，不賽其溪（溪）」〔註371〕。

應從原釋所隸，但從陳偉說法，以「賽」假爲「塞」，用爲「酬神」。

此句可隸爲「夢人謁門去者，有新禱（禱）未賽（塞）」，原意爲「夢見有人求見而後離去，此因有新出之禱祠尚未酬神」。

【夢】□$_{1}$亓（其）$_{2}$者，□入寒秋$_{3}$。(21)

1.

復旦讀書會認爲：

> 首字據文例可補爲「夢」，第二字據殘畫似可釋作「燔」，故此段簡文可改作「【夢燔】□者」。〔註372〕

其以爲「據文例可補爲『夢』」之看法無誤。然簡文字，與「燔」字較不相似。嶽麓簡的「燔」字如下：

〔註368〕陳偉：〈嶽麓秦簡《占夢書》臆説（三則）〉，武漢簡帛網，2011年4月10日。

〔註369〕荊門市博物館：《郭店楚墓竹簡》，頁112。

〔註370〕荊門市博物館：《郭店楚墓竹簡》，頁118。

〔註371〕荊門市博物館：《郭店楚墓竹簡》，頁217。

〔註372〕復旦大學出土文獻與古文字研究中心研究生讀書會：〈讀《嶽麓書院藏秦簡（壹）》〉，復旦網，2011年2月28日。

字形			
出處	嶽麓《占》簡 6	嶽麓《占》簡 19	嶽麓《占》簡 20

簡文此字，右上的「釆」字確實與「燔」字相似，然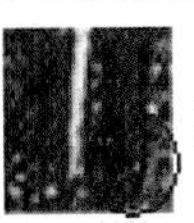右下之部件，其字形則有往下撇的趨勢，與「田」字不同。且其左邊殘存部件，亦與「火」不類。故應從原釋。

2. 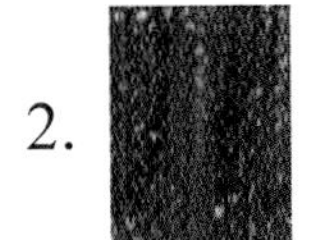

疑此字當隸爲「亓」字，略舉嶽麓簡「亓」字如下：

字形				
出處	嶽麓《占》簡 1	嶽麓《占》簡 3	嶽麓《占》簡 8	嶽麓《占》簡 19
字形				
出處	嶽麓《占》簡 23	嶽麓《占》簡 24	嶽麓《占》簡 24	

筆畫雖有差異，然形體大抵相同，與「亓」字的「川」旁頗似，應可隸爲「亓」字，但其義則待考。

3. 寒秋

「寒秋」，指「寒冷之秋天」。《爾雅・釋草》「荼，苦菜」〔註 373〕，《疏》云：「苦菜生於寒秋，經冬歷春乃成。」

此句可隸爲「【夢】□亓者，□入寒秋」，原意爲「夢見某，將入寒冷之秋天」。然簡文殘缺，未可知其夢徵與夢占。

〔註 373〕〔清〕阮元用文選樓藏本校勘嘉慶二十年重刊宋本：《十三經注疏附校勘記・爾雅》，頁 5707。

夢見雞鳴 1 者，有蔄（禱）未 2 賽（塞）3。【21】

1. 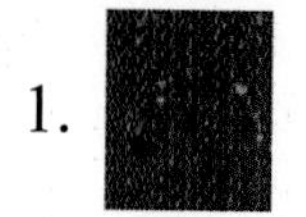

原釋隸爲「鳴」字，然括注「？」，表示不確定。嶽麓簡《占夢書》簡 5「鳴」字作 ，頗似此字殘存筆畫，故可確爲「鳴」字。陳偉〔註 374〕、譚競男〔註 375〕皆從原釋，今從之，並去其「(？)」。

2.

原釋隸爲「又」字。

凡國棟認此字應隸爲「未」字：

> 該字筆畫隨竹纖維剝離，中間部分完全看不到墨跡，不過簡二〇有類似的文句作「夢人謁門去者，有新蔄（按：原爲□，今補。）未塞。」……結合文例和簡二一字殘存的筆畫來看，該字釋作「未」更爲妥帖。〔註 376〕

陳偉〔註 377〕、譚競男〔註 378〕、葉淯〔註 379〕從之。

察嶽麓簡《占夢書》簡 20「未」字作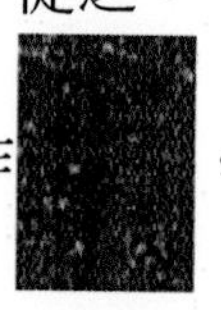，確實與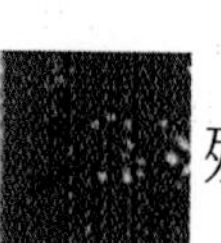殘存之筆畫相似，秦系文字「又」字多作：

字形			
出處	睡虎地《日甲》簡 34	睡虎地《日甲》簡 36	睡虎地《日甲》簡 38

〔註 374〕陳偉：〈嶽麓秦簡《占夢書》臆說（三則）〉，武漢簡帛網，2011 年 4 月 10 日。

〔註 375〕譚競男：〈嶽麓書院藏秦簡《占夢書》拾遺〉，武漢簡帛網，2011 年 9 月 15 日。

〔註 376〕凡國棟：〈嶽麓秦簡《占夢書》校讀六則〉，武漢簡帛網，2011 年 4 月 8 日。

〔註 377〕陳偉：〈嶽麓秦簡《占夢書》臆說（三則）〉，武漢簡帛網，2011 年 4 月 10 日。

〔註 378〕譚競男：〈嶽麓書院藏秦簡《占夢書》拾遺〉，武漢簡帛網，2011 年 9 月 15 日。

〔註 379〕葉淯：《《嶽麓書院藏秦簡（壹）》文字編》，頁 7。

其末筆傾斜的程度，近乎平行，與簡文由左上至右下的捺筆不同。當從凡國棟隸爲「末」。

3. 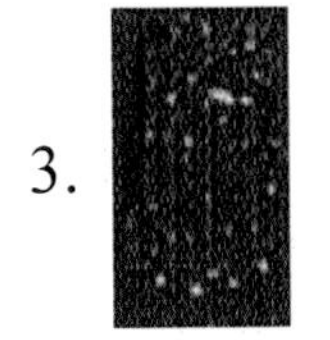

原釋認爲：

> 此字已殘，僅剩寶蓋頭和殘存的筆劃，今據20/1517號簡上的「塞」字補。〔註380〕

此與簡20「夢人謁門去者，有新薑（禱）未塞」相近，故原釋可從。

此句可隸爲「夢見雞鳴者，有薑未賽（塞）」，原意爲「夢見雞鳴，表示有禱祠尚未酬神」。

☐……。(25)

此簡缺上半部，故無法得知其夢徵與夢占。

夢新（薪）夫₁焦（樵）₂，乃大旱。【25】

1. 新（薪）夫

原釋隸爲「新」字，假爲「薪」，二字聲符相同，故可通假。「薪」字，《說文》:「蕘也。从艸新聲」〔註381〕。「蕘」字，《說文》:「艸薪也」〔註382〕。「薪」、「蕘」二字義同，義爲「薪柴」，如《詩經·齊風》「析薪如之何」〔註383〕、《禮記·月令》「季秋草木黃落，乃伐薪爲炭」〔註384〕。

「薪」字又可引申爲「採薪」，如《史記·秦始皇本紀》「衛尉竭、內史

〔註380〕朱漢民、陳松長主編：《嶽麓書院藏秦簡（壹）》，頁160。

〔註381〕〔清〕段玉裁著：《說文解字注》，頁45。

〔註382〕〔清〕段玉裁著：《說文解字注》，頁45。

〔註383〕〔清〕阮元用文選樓藏本校勘嘉慶二十年重刊宋本：《十三經注疏附校勘記·詩經》，頁747。

〔註384〕〔清〕阮元用文選樓藏本校勘嘉慶二十年重刊宋本：《十三經注疏附校勘記·禮記》，頁2986。

肆、佐弋竭、中大夫令齊等二十人皆梟首。車裂以徇，滅其宗。及其舍人，輕者爲鬼薪」〔註 385〕，裴駰集解引應劭云：「取薪給宗廟爲鬼薪也。」

簡文「新」字，當假爲「薪」。「薪夫」則指「採薪之人」。

2. 焦（樵）

原釋以「焦」字假爲「樵」，配合上文，義「採薪伐木」的意思。

「樵」字，《說文》：「散木也。从木焦聲」，〔註 386〕原義爲「薪樵」，如《左傳．桓公十二年》「請無扞采樵者以誘之」〔註 387〕。後引申爲「採薪」、「採薪之人」，前者如《詩經．小雅．白華》「樵彼桑薪，卬烘于煁」〔註 388〕；後者如《漢書．揚雄傳》「士有不談王道者則樵夫笑之」〔註 389〕。

「焦」字，如原釋所說，假爲「樵」字，指「採薪伐木」。

此句可隸爲「夢新（薪）夫焦（樵），乃大旱」，原意爲「夢見樵夫採薪伐木，則有大旱災」。

【夢】$_1$市$_2$人出亓（其）腹，亓（其）$_3$中產子，男女食力$_4$傅死$_5$。(24)

1. 夢

此簡上部雖有殘缺，然原釋依嶽麓簡《占夢書》之形制增補「夢」字，可從。

2. 市

原釋認爲：

> 求也。《戰國策．齊策三》：「君何不求楚太子，以市其下東國。」高誘注：「市，猶求也。」〔註 390〕

〔註 385〕〔漢〕司馬遷撰：《史記》，頁 227。

〔註 386〕〔清〕段玉裁著：《說文解字注》，頁 250。

〔註 387〕〔清〕阮元用文選樓藏本校勘嘉慶二十年重刊宋本：《十三經注疏附校勘記．左傳》，頁 3810。

〔註 388〕〔清〕阮元用文選樓藏本校勘嘉慶二十年重刊宋本：《十三經注疏附校勘記．詩經》，頁 1067。

〔註 389〕〔漢〕司馬遷撰：《史記》，頁 227。

〔註 390〕朱漢民、陳松長主編：《嶽麓書院藏秦簡（壹）》，頁 162。

此說可從。但由簡文「市人出亓（其）腹」，若將「市」字訓爲「求」，則「請求人露出它的腹部」一句甚是奇怪，有待商榷。

簡文「市」字亦可能用爲原義，即「進行買賣、交易之處」。高一致認爲：

> 「市人」可直解爲集市中人，或城市平民。這種用法常見。《左傳·文公十八年》：「夫人姜氏歸於齊，大歸也。將行，哭而過市曰：『天乎！仲爲不道，殺適立庶。』市人皆哭。」《呂氏春秋·簡選》：「驅市人而戰之，可以勝人之厚祿教卒。」〔註391〕

此說可從。故「市人」應指「市井之人」。

3. 亓（其）

此簡後一「亓」字，原釋隸定爲「其」，今改之。

4. 食力

原指古人勞動之生活，如《國語·晉語四》「庶人食力」〔註392〕，後引申指從事勞動生活之人，如《禮記·禮器》「天子一食，諸侯再，大夫士三，食力無數」〔註393〕，鄭注云：「食力，謂工、農、商也。」又如《大戴禮記·千乘》「凡民戴名以能，食力以時成」〔註394〕。

簡文「食力」可能指「勞動者」。

5. 傳死

原釋認爲：

> 傳，至也。《詩經·小雅·菀柳》：「有鳥高飛，亦傳於天。」鄭玄箋：「傳，至也。」〔註395〕

〔註391〕高一致：〈讀嶽麓秦簡《占夢書》札記四則〉，武漢簡帛網，2011年4月9日。

〔註392〕上海師範大學古籍整理祖校點：《國語》（上海，上海古籍出版社，1978年），頁371。

〔註393〕〔清〕阮元用文選樓藏本校勘嘉慶二十年重刊宋本：《十三經注疏附校勘記·禮記》，頁3099。

〔註394〕〔清〕王聘珍撰，王文錦點校：《大戴禮記解詁》（北京，中華書局，1983年3月），頁156。

〔註395〕朱漢民、陳松長主編：《嶽麓書院藏秦簡（壹）》，頁162。

若從原釋，則「傅死」，當爲「至死」，義同「死亡」，然嶽麓簡《占夢書》之占若呈「死亡」，則言「死」〔註396〕。若夢占爲「死亡」，以「至死」稱之，則多此一舉。故原釋的說法待商。

「傅」字，《說文》:「相也。从人尃聲。」〔註397〕「傅」从「尃」得聲，或可假爲「尃」之假借字，如郭店簡《語叢一》「厚於義，尃（博）於悳（仁）」〔註398〕，原考釋者雖隸爲「尃」字，假爲「博」，然此文又見《禮記．表記》「厚於仁者而薄於義，親而不尊；厚於義者薄於仁，尊而不親」〔註399〕。是知郭店簡「尃」字可假爲「薄」。

此簡「傅」字，或可假爲「薄」，蓋「傅」、「薄」二字皆從「尃」聲，理可通假。

「薄」字，《說文》「林薄也。一曰蠶薄。从艸溥聲」〔註400〕，段注云：「按林木相迫不可入曰薄。引申凡相迫皆曰薄，如外薄四海，日月薄蝕皆是。」故「薄」字可訓爲「迫」，義爲「接近」，如《楚辭．離騷》「吾令羲和弭節兮，望崦嵫而勿迫」〔註401〕、司馬遷〈報任少卿書〉「涉旬月，迫冬季」〔註402〕。

事實上，「傅」字本就有「迫近」的意思。邴尚白認爲：

> 古兵書中「傅」字的這種用法頗常見，如銀雀山漢簡《孫臏兵法．擒龐涓》:「蟻傅」(簡九)、〈官一〉:「奔救以皮傅」(簡一五七)，〈十問〉:「或傅而詳北」(簡二二零)「五遂俱傅」(簡二二一)、〈善者〉:「進則傅於前」(簡二七八)等，諸例中的「傅」均指軍隊迫近、接觸。另外，《墨子》有〈備蛾傅〉，而《左傳》、《國語》等書中，也有許多用例，不煩枚舉。〔註403〕

〔註396〕如簡10「妻若女必有死者」、簡22「死溝渠中」、簡38「封死」。

〔註397〕〔清〕段玉裁著：《說文解字注》，頁376。

〔註398〕荊門市博物館：《郭店楚墓竹簡》，頁197。

〔註399〕〔清〕阮元用文選樓藏本校勘嘉慶二十年重刊宋本：《十三經注疏附校勘記．禮記》，頁3555。

〔註400〕〔清〕段玉裁著：《說文解字注》，頁41。

〔註401〕〔宋〕洪興祖撰，白化文等點校：《楚辭補注》(北京，中華書局，1983年)，頁27。

〔註402〕〔清〕嚴可均校輯：《全上古三代秦漢三國六朝文》，頁271-1。

〔註403〕邴尚白：〈上博楚竹書《曹沫之陣》注釋〉《中國文學研究》，第二十一期（臺北，

「傅」字即有「迫」義，故不必先假爲「薄」字，後訓爲「迫」。

簡文「傅死」，即「接近死亡」。

此句可隸爲「【夢】市人出亓（其）腹，亓（其）中產子，男女食力傅死」，原意爲「夢見市井之人露出其腹部，而其腹部產子，男、女性勞動者將會瀕臨死亡」。

夢見□，亓（其）[1]爲大寒。【24】

1. 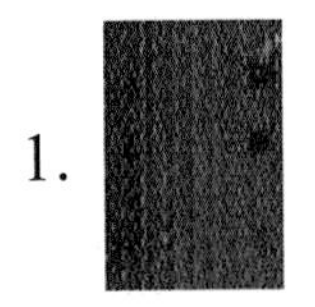

此字僅存左右兩旁的筆畫，然其可能爲「亓」字。嶽麓簡「亓」字寫法如下：

字形			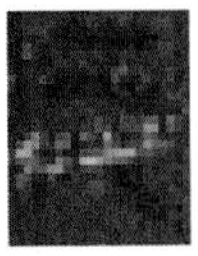	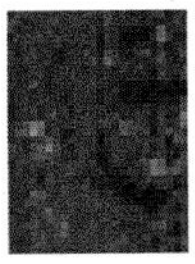
出處	嶽麓《占》簡 1	嶽麓《占》簡 3	嶽麓《占》簡 8	嶽麓《占》簡 19
字形				
出處	嶽麓《占》簡 23	嶽麓《占》簡 24	嶽麓《占》簡 24	

其上之兩橫筆雖不必要求等長，然亦有近似等長之例，如嶽麓簡《占夢書》簡23、24 等三例字，與所存筆畫相似。故此字當可隸爲「亓」，作爲「代詞」使用，爲後文所指的天氣現象。如按此隸，則簡文當於「亓」字上斷讀，「亓爲大寒」讀爲一句。

此句可隸爲「夢見□，亓（其）爲大寒」，原意爲「夢見某，則天氣將爲大寒」。

然簡文有缺，無法得知其確切夢徵。

臺灣大學，2006 年 1 月），頁 25～26。

【夢】₁▇（潰）₂亓（其）腹，見亓（其）胏肝賜（腸）₃胃者，必有親去之。(23)

1. 夢

此簡上部雖有殘缺，然原釋依嶽麓簡《占夢書》之形制增補「夢」字，可從。

2. 

原釋無說。陳劍認爲：

> 試將簡38/J51頭部小片改爲拼合於此23/J39頭部。在原圖版上移動拼合後，會發現簡23/J39頭部較鄰簡略高，似乎有長度不合的問題。……將拼合後的23/J39全簡往下移動約1字位置、中間編繩位置取齊，其頭部也是大致與鄰簡平齊的，亦即不存在拼合後長度不合的問題。〔註404〕

拼合後之字形爲▇，其釋爲「潰」：

> 其左半「水」旁僅略存墨點，簡38/J51頭部小片所存係「貴」旁上半與其下「貝」旁上筆。簡文云「夢潰其腹，見其胏肝腸胃」，甚爲通順。「潰」與「腹」連言一類說法古書多見。如漢嚴遵《座右銘》(《全漢文》卷四十二)：「嗜慾者，潰腹之矛。」《漢書·王莽傳中》：「或斷其右臂，或斬其左腋；或潰其胸腹，或紬（按：原文缺，今補）其兩脅。」此類用法之「潰」即由「使之潰」引申而來，與清華簡《楚居》簡3「渭（潰）自贈（脅）出」之「潰」屬同一用法，「義與剖、坼等近」。〔註405〕

是以此字可從陳劍讀爲「潰」字。

〔註404〕陳劍：〈嶽麓簡《占夢書》校讀札記三則〉，復旦網，2011年10月5日。

〔註405〕陳劍：〈嶽麓簡《占夢書》校讀札記三則〉，復旦網，2011年10月5日。

3. 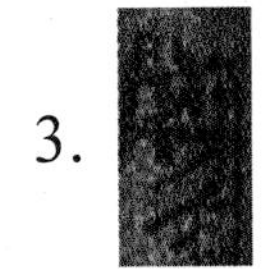

原釋隸爲「賜」字，讀爲「腸」。此爲書手誤書所致。葉湄改「賜」爲「賜」。嶽麓簡从「易」的字形如下：

字形				
隸定	傷	傷	湯	楊
出處	嶽麓《爲吏》簡 30	嶽麓《爲吏》簡 31	嶽麓《占》簡 19	嶽麓《二十七》簡 44
字形				
隸定	楊	傷	傷	傷
出處	嶽麓《爲吏》簡 79	嶽麓《占》簡 39	嶽麓《占》簡 41	嶽麓《占》簡 44
字形				
隸定	腸	腸	陽	陽
出處	嶽麓《占》簡 23	嶽麓《占》簡 26	嶽麓《二十七》簡 12	嶽麓《卅四》簡 20
字形				
隸定	陽	陽	陽	陽
出處	嶽麓《卅五》簡 2	嶽麓《卅五》簡 15	嶽麓《占》簡 2	嶽麓《占》簡 4

除  字具爭議外，嶽麓簡並無从「易」之字。〔註 406〕

从「昜」及从「易」字，其字形大抵相似。二者以「昜」字中是否有「一」筆爲別嫌。此「一」筆雖極易與「日」的最下「橫」畫及「勿」的最上「橫」

〔註 406〕葉湄《《嶽麓書院藏秦簡（壹）》文字編》收有一「傷」字（即圖版《嶽麓・爲吏》簡 30 之字）細察原圖，此字實應從原釋隸爲「傷」字。參葉湄《《嶽麓書院藏秦簡（壹）》文字編》，頁 85。

畫產生共筆之現象，故書手於撰寫「昜」字時，多將此筆寫得較上下部件爲長，以此觀之，則嶽麓簡从「昜」的字形大多有此現象。

然嶽麓簡《二十七年質日》簡 12 的、《卅五年質日》簡 2 的，及《卅五年質日》簡 15 的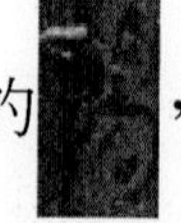，原釋雖皆隸爲「陽」字，然其右半實皆從「易」，此或由書手不同所導致——並非所有書手皆遵循「將『昜』字中間之筆寫得較長」之書法。

然由嶽麓簡《占夢書》从「昜」字例看，該簡書手確實以此爲書法。簡文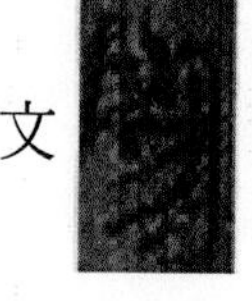之筆畫，即使爲「日」字的共筆，其亦應向右突出（如上引例字）。故此字宜從原釋隸爲「賜」字，訓爲「腸」爲佳。

此句可隸爲「【夢】（潰）亓（其）腹，見亓（其）肺肝賜（腸）胃者，必有親去之」，原意爲「夢見剖腹，而見得其肺肝腸胃等內臟者，將有親戚背離」。

夢見肉，憂腸[1]。【23】

1. 腸

原釋認爲：

讀爲傷。〔註 407〕

原釋錯誤。應讀如本字，爲「腸胃」的意思。

此句可隸爲「夢見肉，憂腸」，原意爲「夢見肉，腸胃將有不適」。

夢見項[1]者，有親道遠所來者。（22）

1. 項

原釋認爲：

或讀爲鴻。《說文·鳥部》：「鴻，鴻鵠也。」〔註 408〕

〔註 407〕朱漢民、陳松長主編：《嶽麓書院藏秦簡（壹）》，頁 161。

原釋並無根據，仍待商榷。

「項」字，《說文》：「頭後也。从頁工聲」〔註409〕，段注云：「頭後者，在頭之後。後項雙聲，故項槀亦曰后槀也。肉部曰：『脰，項也。』」又云：「當曰項而曰頸者，渾言則不別。」知「項」可為「頸後」，或為「脖子」，然兩者混而不別，如《左傳·成公十六年》「王召養由基，與之兩矢，使射呂錡，中項，伏弢」〔註410〕、《史記·魏其武安侯傳》「籍福起為謝，案灌夫項，令謝」〔註411〕。

此字當隸為「項」，訓為「頸」，或是「脖子」。

此句可隸為「夢見項者，有親道遠所來者」，原意為「夢見頸後、脖子者，當有親戚遠道而來」。

夢身生草者，死溝渠中。【22】

此句可隸為「夢身生草者，死溝渠中」，原意為「夢見身上長出草的人，將會死於溝渠之中」。

夢亡亓（其）[1]鉤帶備（服）[2]掇（綴）[3]好器，必去亓（其）所愛。（26）

1. 亓（其）

此簡二個「亓」字，原釋皆隸為「其」，今更改。

2. 備（服）

原釋認為：

> 通「服」。馬王堆帛書《經法·君正》：「衣備不相緰，貴賤等也。」衣備即衣服也。又，「備」通「佩」。《九店楚簡·建除》：「凡敚日，利以家（嫁）女，見人、玉瑞（佩）玉。」又，或讀「備」為「配」。

〔註408〕朱漢民、陳松長主編：《嶽麓書院藏秦簡（壹）》，頁160。

〔註409〕〔清〕段玉裁著：《說文解字注》，頁421。

〔註410〕〔清〕阮元用文選樓藏本校勘嘉慶二十年重刊宋本：《十三經注疏附校勘記·左傳》，頁4162。

〔註411〕〔漢〕司馬遷撰：《史記》，頁2850。

〔註 412〕

以「備」字假爲「服」，義爲「服飾」，多見於出土文獻，如郭店簡《緇衣》「倀（長）民者衣備（服）不改」〔註 413〕、上博簡《緇衣》同句作「長民者衣備（服）不改」〔註 414〕，今本《禮記・緇衣》「備」字作「服」；上博簡《容成氏》「不型（刑）殺而無頫（盜）惻（賊），甚緩而民備（服）」〔註 415〕，原釋作「服」；郭店簡《唐虞之道》「虽（夏）用戈，正不備（服）也」〔註 416〕，原釋作「服」。

簡文「備」字，應可假爲「服」。

3. 掇（綴）

原釋認爲：

> 通「綴」。清・（按：原文無音節號，今補。）徐灝《說文解字注箋》：「掇之言綴也，聯綴以拾之也。」〔註 417〕

「綴」字，《說文》：「合箸也。从叕糸，叕亦聲」〔註 418〕，段注云：「連之以絲也。」「叕」字，《說文》：「綴聯也」〔註 419〕。是知「叕」、「綴」二字義同，皆爲「連綴」義。

「掇」、「綴」二字同从「叕」聲，原釋以「掇」字假爲「綴」，可從。「綴」字除「連接」義外，尚有「裝飾、點綴」之義，如《大戴禮記・明堂》「赤綴戶也」〔註 420〕，盧注云：「綴，飾也。」

簡文「掇」字，可以假爲「綴」，用爲「連接」、「裝飾」。

此句可隸爲「夢亡亓（其）鉤帶備（服）掇（綴）好器，必去亓（其）所

〔註 412〕朱漢民、陳松長主編：《嶽麓書院藏秦簡（壹）》，頁 162。

〔註 413〕荊門市博物館：《郭店楚墓竹簡》，頁 130。

〔註 414〕馬承源主編：《上海博物館藏戰國楚竹書（一）》（上海，上海古籍出版社，2001 年 11 月），頁 183～184。

〔註 415〕馬承源主編：《上海博物館藏戰國楚竹書（二）》，頁 254～255。

〔註 416〕荊門市博物館：《郭店楚墓竹簡》，頁 157。

〔註 417〕朱漢民、陳松長主編：《嶽麓書院藏秦簡（壹）》，頁 162。

〔註 418〕〔清〕段玉裁著：《說文解字注》，頁 745。

〔註 419〕〔清〕段玉裁著：《說文解字注》，頁 745。

〔註 420〕〔清〕王聘珍撰，王文錦點校：《大戴禮記解詁》，頁 150。

愛」，原意爲「夢見喪失衣帶服飾所繫的貴重物品，夢者必會喪失所愛」。

夢引腸$_1$，必弟兄相去$_2$也。【26】

1. 引腸

「引」字，《說文》：「開弓也。从弓丨。」〔註421〕段注云：「施弦於弓曰張，鉤弦使滿以竟矢之長亦曰張，是謂之引。凡延長之偁、開導之偁皆引申於此。《詩經‧小雅‧楚茨》、《詩經‧大雅‧召旻》毛傳皆曰：『引，長也。』」

「引」字有「拉長、伸長」義，「引腸」即「拉長腸道」，如《魏書‧酷吏列傳》「（張赦提）至乃斬人首，射其口，刺人臍，引腸遶樹而共射之，以爲戲笑。其爲暴酷如此」〔註422〕；又如《太平廣記‧佛圖澄》曰：

> （佛圖澄）又齋日輒至水邊，引腸洗之，還復內中。〔註423〕

前者暴戾，後者荒誕，但都可以見「引腸」一詞的使用。

2. 相去

嶽麓簡《占夢書》的「去」字，大多有「死亡」之義，然「相去」一詞又見於嶽麓簡《爲吏治官及黔首》，用法或許有別。其文如下：

> 吏有五則，一曰不祭（察）所親則韋（違）數至；二曰不智（知）所使則以權（權）索利；三曰舉事不當則黔首醫指；四曰喜言隋（惰）行則黔首無所比；五曰善非其上則身及於死。吏有六殆，不審所親，不祭（察）所使，親人不固，同謀相去。〔註424〕

「五則」與「六殆」是相對而言。如果吏使違反「五則」，即爲「六殆」，故「六殆」實在是爲吏者的危機。其中若吏使「不審所親，不祭（察）所使」，不慎選親近者、不慎察所用者，將導致「親人不固，同謀相去」，使原先親近者背離、亦使原先志同道合者離去。「親人、同謀」，實與嶽麓簡《占夢書》此簡的「兄弟」義近。

簡文「相去」，恐怕未如嶽麓簡《占夢書》其餘「去」字作爲「死亡」，反

〔註421〕〔清〕段玉裁著：《說文解字注》，頁646。

〔註422〕〔北齊〕魏收撰：《魏書》，頁1922。

〔註423〕〔宋〕李昉等編：《太平廣記》，頁581。

〔註424〕朱漢民、陳松長主編：《嶽麓書院藏秦簡（壹）》，頁129～134。

與嶽麓簡《爲吏治官及黔首》的用法相同，用爲「相背離」的意思。

此句可隸爲「夢引腸，必弟兄相去也」，原意爲「夢見拉長腸道，兄弟必相互背離」。

夢乘周〈舟〉1船，爲遠行。（28）

1. 舟

原釋作「舟」字，察之簡文，當隸爲「周」字，爲「舟」之訛字。

此句可隸爲「夢乘周〈舟〉船，爲遠行」，原意爲「夢見搭乘舟船類交通工具者，將會遠行」。

夢見大1、反兵2、黍粟，亓（其）占自當3也。【28】

1. 大

原釋隸爲「大」字，其義待考，然應與「反兵」分讀，爲不同辭彙。

2. 反兵

原釋認爲：

> 指回家取武器，引申爲復仇。《禮記・曲禮上》：「父之仇，弗與共戴天；兄弟之仇，不反兵。」孔穎達疏：「不反兵者，謂帶兵自隨也。若型逢仇，身不帶兵，方反家取之，比來，則仇已逃辟，終不可得，故恒帶兵，見即殺之也。」宋代・范成大《柏鄉》詩：「貫生名壓漢公卿，自古逢讎不反兵。」又，「反兵」即叛軍。《史記・吳王濞列傳》：「吳反兵且至，至，屠下邳不過食頃。」〔註 425〕

原釋的說法可從。但仍稍有差異。「反兵」爲返家取武器，「復仇」則爲持械鬥爭，差別在於前者僅持取兵器，雖然有意圖，其實尚未與人爭鬥，應該要分清楚。

2. 當

「當」字，《說文》：「田相値也」〔註 426〕，段注云：「値者，持也。田與田

〔註 425〕朱漢民、陳松長主編：《嶽麓書院藏秦簡（壹）》，頁 163。

〔註 426〕〔清〕段玉裁著：《說文解字注》，頁 703～704。

相持也。引申之，凡相持相抵皆日當。」簡文「當」字，應作爲「判決、判斷」，如《史記‧魏其武安侯傳》「乃劾魏其矯先帝詔，罪當棄市」〔註427〕。

此句可隸爲「夢見大、反兵、黍、粟，亓（其）占自當也」，原意爲「夢見大、持取兵器（復仇）、黍、粟，其夢占當由夢者自行判斷」。

▨□□中有五□爲。（47）

簡文殘缺，未可知其夢徵與夢占。

▨……。【47】

此簡可能缺上下部分，故未可知其夢徵與夢占。

第五節　「夢徵與夢占（二）」釋讀

此節討論「夢徵與夢占」，範圍由簡 30 至簡 14。茲錄釋文如下：

□□□□□□爲大壽。夢見五幣，皆爲苛憂。【30】夢以弱（溺）灑人，得亓（其）亡奴婢。夢見桃，爲有苛憂。【31】夢以泣灑人，得亓（其）亡子。夢見李，爲復故吏。【32】夢繩外刖（剸）爲外憂，內刖（剸）爲中憂。夢見豆，不出三日家（嫁）。【33】女子而夢以亓（其）帬被（披）邦門及游渡江河，亓（其）占大貴人。夢見棗，得君子好言。【34】夢見□□□□□□及市，乃有雨。冬以衣被（披）邦門、市門、城門，貴人知邦端（政），賤人爲笥，女子爲邦巫。【35】夢伐鼓聲必長。衆有司必知邦端（政）。【36】夢一腊（臘）五變氣，不占。夢見貕、豚、狐生（腥）喿（臊），在丈夫娶妻，女子家（嫁）。【16】【夢】亓（其）兵卒不占。夢見衆羊，有行千里。【37】【夢】入井蕭（溝）中及沒淵，居室而毋戶，坉死，大吉。夢見虎、豹者，見貴人。【38】夢衣新衣，乃傷於兵。夢見熊者，見官長。【39】夢見飲酒，不出三日必有雨。夢見蚰者，魄君（群）爲祟。【40】夢見□樂將發，故憂未已，新憂有（又）發，門、行爲祟。‧夏夢之，禺（遇）辱。【14】

□□□□□爲大壽。（30）

此簡缺上半部，無法得知其夢徵與夢占。

〔註427〕〔漢〕司馬遷撰：《史記》，頁 2853。

夢見五幣 1，皆爲苛憂 2。【30】

1. 幣

原釋認爲：

> 古代泛指車馬皮帛玉器等禮物。《儀禮・士相見禮》：「凡執幣者不趨，容彌蹙以爲儀。」胡培翬《正義》：「散文則玉亦稱幣，小行人合六幣是也；對文則幣爲束帛、束錦、皮馬及禽摯之屬是也。」「五幣」當指「束帛、束錦、皮馬」之類的五種禮物。周禮有「六幣」的記載，《周禮・秋官・小行人》：「合六幣：圭以馬，璋以皮，璧以帛，踪以錦，琥以繡，璜以黼。此六物者，以合諸侯之好故。」〔註 428〕

原釋可從。「幣」字，《說文》：「帛也。从巾敝聲」〔註 429〕，段注云：「帛者，繒也。」知許慎以「幣」爲「布帛」一類的物品〔註 430〕，爲享食的用途。

2. 苛憂

原釋認爲：

> 與「優」相通，《詩・商頌・長發》：「敷政優優。」，《說文・夂部》引優作憂。優又可讀爲擾，《淮南子・齊俗訓》：「樂優以淫。」《文子・上仁》優作擾。據此，「苛憂」當讀爲「苛擾」，即狠虐、騷擾之義。《墨子・所染》：「舉天下之貪暴苛擾者，必稱此六君也。」《隸釋・漢都鄉正衛彈碑》：「自是之後，吏無苛擾之煩，野無愁痛之聲。」〔註 431〕

以「憂」爲「優」，後假爲「擾」字，頗爲繁冗。又如嶽麓簡《占夢書》簡 13 的「憂」字亦皆讀如本字，義爲「憂慮」。頗疑此簡「憂」字義讀爲本字，指「憂慮」。

「苛」字，《說文》：「小艸也。从艸可聲」〔註 432〕，段注云：「引申爲凡瑣

〔註 428〕朱漢民、陳松長主編：《嶽麓書院藏秦簡（壹）》，頁 164。

〔註 429〕〔清〕段玉裁著：《說文解字注》，頁 361。

〔註 430〕後代又以「金刀泉布帛」爲「五幣」。參〔清〕傅恆等奉敕編：《通鑒輯覽》，清文淵閣四庫全書本，頁 6。

〔註 431〕朱漢民、陳松長主編：《嶽麓書院藏秦簡（壹）》，頁 164。

〔註 432〕〔清〕段玉裁著：《說文解字注》，頁 40。

碎之稱。」如《禮記·檀弓》「苛政猛于虎」〔註433〕、《史記·高祖本紀》「父老苦秦苛法久矣」〔註434〕。故簡文「苛憂」，亦可指「瑣碎之憂慮」。

「苛憂」二字，讀如本字，作爲「瑣碎的憂慮」。

此句當隸爲「夢見五幣，皆爲苛憂」，原意爲「夢見祭祀的五種供品，將有瑣碎的憂慮」。

夢以弱（溺）₁灑人，得亓（其）亡奴婢。（31）

1. 弱（溺）

原釋隸而無說。高一致認爲：

> 「溺」當指尿，小便。《集韻》:「尿，亦作溺。」《莊子·知北遊》:「(道）在屎溺。」《史記·扁鵲倉公傳》:「中熱，故溺赤也。」〔註435〕

此說可從。

此句當隸爲「夢以弱（溺）灑人，得亓（其）亡奴婢」，原意爲「夢見以屎尿潑灑人，將會得到其逃亡的奴隸」。

夢見桃₁，爲有苛憂。【31】

1. 桃

原釋認爲：

> 桃樹或桃子。《太平御覽》卷九六七：「桃爲守禦，辟不祥也。夢見桃者，守禦〔官〕也。」〔註436〕

此字爲「桃」，無誤。

此句當隸爲「夢見桃，爲有苛憂」，原意爲「夢見桃子或是桃樹，將有瑣碎的憂慮。

〔註433〕〔清〕阮元用文選樓藏本校勘嘉慶二十年重刊宋本：《十三經注疏附校勘記·禮記》，頁2840。

〔註434〕〔漢〕司馬遷撰：《史記》，頁362。

〔註435〕高一致：〈岳麓秦簡《占夢書》補釋四則〉，武漢簡帛網，2011年4月2日。

〔註436〕朱漢民、陳松長主編：《嶽麓書院藏秦簡（壹）》，頁163。

夢以泣[1]灑人，得亓（其）亡子[2]。（32）

1. 泣

「泣」，《說文》：「無聲出涕者曰泣。从水，立聲」〔註437〕，徐鉉云：「泣，哭之細也」，如《禮記‧檀弓》「泣血三年」〔註438〕。

「泣」字，本作動詞用，後用爲名詞，指「眼淚」。簡文「泣」字應作名詞解。

2. 亡子

原釋認爲：

> 逃亡的人。《莊子‧天道》：「夫子亦放德而行，循道而趨，已至矣；又何偈偈乎揭仁義，若擊鼓而求亡子焉？」成玄英疏：「亡子，逃人也。」〔註439〕

此說可從。

此句當隸爲「夢以泣灑人，得亓（其）亡子」，原意爲「夢以淚水灑人，將會得到其逃亡的兒子」。

夢見李[1]，爲復故吏[2]。【32】

1. 李

原釋認爲：

> 李樹或李子。《太平御覽》卷九六八：「李爲獄官。夢見李者，懮獄官。」〔註440〕

此說可從。

2. 故吏

「故吏」，何茲全認爲：

〔註437〕〔清〕段玉裁著：《說文解字注》，頁570。

〔註438〕〔清〕阮元用文選樓藏本校勘嘉慶二十年重刊宋本：《十三經注疏附校勘記‧禮記》，頁2775。

〔註439〕朱漢民、陳松長主編：《嶽麓書院藏秦簡（壹）》，頁165。

〔註440〕朱漢民、陳松長主編：《嶽麓書院藏秦簡（壹）》，頁165。

> 門生、故吏，也是漢代就已出現的兩種社會關係。《漢書・昭帝紀》，始元二年冬「發習戰射士詣朔方，調故吏將屯田張掖郡。」顏師古注說：「調，謂發選也。故吏，前爲官職者。令其部率習戰射士於張掖爲屯田也。」按：這可能是故吏之濫觴，未看到這以前有關故吏的記載。〔註 441〕

漢代「故吏」、「門生」的出現，影響到魏晉時期「部曲」、「客」的設置〔註 442〕。故吏不必皆爲「公選」，亦可爲「私選」。換言之，故吏與其所屬上司的關係，不全爲「公事」，反而與「門生、業師」相同，是一種「私人間的關係，也是在義的基礎上的關係。」〔註 443〕這種私人關係，到末期已影響封建帝國的統治：

> 漢末戰亂，帝國瓦解，各種私關係都在發展，門生、故吏和業師、郡將的關係，也在發展。這種關係的發展，和地方長官和屬吏間君臣關係的發展是有連帶關係的。漢代郡縣僚屬，都是由郡守自辟的。郡縣屬吏和長官的關係，在東漢末年也向君臣關係發展了。荊州刺史劉表遣從事中郎韓嵩赴洛陽察查形勢。韓嵩對劉表說：「事君爲君，君臣名定，以死守之。今策名委質，唯將軍所命，雖赴湯蹈火，死無辭也。……嵩使京師，天子假嵩一官，則天子之臣，將軍之故吏耳。在君爲君，則嵩守天子之命，義不得復爲將軍死也。唯將軍重思，無負嵩。」〔註 444〕

韓嵩的話，反映了時代思潮。韓嵩爲劉表屬吏，此即「君臣關係——劉表爲君，韓嵩爲臣」。臣有爲君而死、爲劉表而死的義務；但如果被天子任命官職，就成爲天子的臣子，對於劉表只是故吏，不得再爲劉表死。這種表現不是「故吏」對原來長官關係的輕弛、鬆懈，而是故吏關係敵不過與天子之間的現實君臣關

〔註 441〕何茲全：《中國古代社會》（北京，師範大學出版社，2001 年），頁 458。

〔註 442〕何茲全認爲：「部曲、客，是魏晉南北朝隋、唐中葉以前私家依附民中人數最多的兩大類，而且流長源遠，部曲、客身分的演化很能反映古代自由平民向依附民的轉化，所以分出來述說。魏晉南北朝私家依附民，不只部曲、客兩種人，另外還有很多。他們的名稱有多種，如門生、故吏、義附、蔭附等等。」參何茲全：《中國古代社會》，頁 458。

〔註 443〕何茲全：《中國古代社會》，頁 461。

〔註 444〕何茲全：《中國古代社會》，頁 462。

係。

「故吏」的歸屬，公私皆可，用於簡文並無差異。

「復故吏」，或爲「本爲已脫離官職者，再次回任原官職」，如前引《漢書》，其雖爲「故吏」，然朝廷仍調其屯田。又如《史記‧張丞相列傳》曰：

> 孝文帝元年，舉故吏士二千石從高皇帝者，悉以爲關內侯，食邑二十四人。〔註445〕

「舉故吏」，指「故吏的再任用」，與「復故吏」義近。「故吏」之記載，於《史記》前未有，然由嶽麓簡《占夢書》，或可將其源起，上推秦代。

此句當隸爲「夢見李，爲復故吏」，原意爲「夢見李子或李樹，將再次被任命原官職」。

夢繩外𠚤1（劓）爲外憂，內𠚤（劓）爲中憂。（33）

1. 𠚤（劓）

原釋認爲：

> 此字從「自」從「刂」，當是「劓」字的俗體。「劓」與「劓」同字，《廣雅‧釋詁一》：「劓，斷也。」〔註446〕

「劓」，《說文》：「刖鼻也」，段注云：「刖，絕也。」原釋可從。

此句當隸爲「夢繩外𠚤（劓）爲外憂。內𠚤（劓）爲中憂」，原意爲「夢見繩索從外斷裂，則有外來的憂患。夢見繩索從內斷裂，則有內隱的憂患」。

夢見豆1，不出三日家（嫁）。【33】

1. 豆

「豆」字，《說文》：「古食肉器也。从□，象形」〔註447〕，其本義當指「盛肉之容器」，如《禮記‧禮器》「天子之豆二十有六，諸公十有六，諸侯十有二，上大夫八，下大夫六」〔註448〕，又如《禮記‧鄉飲酒義》「六十者三豆，七十

〔註445〕〔漢〕司馬遷撰：《史記》，頁2682～2683。

〔註446〕朱漢民、陳松長主編：《嶽麓書院藏秦簡（壹）》，頁166。

〔註447〕〔清〕段玉裁著：《說文解字注》，頁209。

〔註448〕〔清〕阮元用文選樓藏本校勘嘉慶二十年重刊宋本：《十三經注疏附校勘記‧禮

者四豆，八十者五豆，九十者六豆，所以明養老也」〔註 449〕。

除「器皿」外，「豆」又可作爲「食物」的代稱，如《周禮·天官·大宰》「一曰三農。生九穀」〔註 450〕，注云：「黍、稷、秫、稻、麻、大小豆、大小麥爲九穀。」又如《禮記·投壺》「壺中實小豆焉，爲其矢之躍而出也」〔註 451〕。

簡文「豆」字，可爲「器皿」，或爲「食物」，二者皆可。但簡文「豆」字，或許解釋爲「器皿」較好。嶽麓簡《占夢書》簡 17 其占「女子得鬵」，「鬵」字亦爲「器皿」，高一致以爲：

> 「女子得鬵」似指女子有婚嫁事。〔註 452〕

簡 17 的占卜結果雖然有三種說法〔註 453〕，但此簡「夢豆」與「婚嫁」相關，或當以「豆」爲「器皿」較佳。

此句當隸爲「夢見豆，不出三日家（嫁）」，原意爲「夢見豆類器皿，三日內將有婚嫁的事情發生」。

女子而夢以亓（其）帬 1 被（披）邦門 2 及游渡江河，亓（其）占大貴人 3。（34）

1. 帬

「帬」字今皆以爲「裙」的或體字。「帬」字，《說文》：「繞領也。从巾，君聲。」〔註 454〕段注云：

> 《方言》：繞衿謂之帬。《廣雅》本之，曰：繞領，帔，帬也。

記》，頁 3097。

〔註 449〕〔清〕阮元用文選樓藏本校勘嘉慶二十年重刊宋本：《十三經注疏附校勘記·禮記》，頁 3625。

〔註 450〕〔清〕阮元用文選樓藏本校勘嘉慶二十年重刊宋本：《十三經注疏附校勘記·周禮》，頁 1391。

〔註 451〕〔清〕阮元用文選樓藏本校勘嘉慶二十年重刊宋本：《十三經注疏附校勘記·禮記》，頁 3614。

〔註 452〕高一致：〈讀嶽麓秦簡《占夢書》札記四則〉，武漢簡帛網，2011 年 4 月 9 日。

〔註 453〕簡 17「夢巢中產毛者，丈夫得資，女子得鬵」，未如此簡明言「婚嫁之事」，故解釋甚多。

〔註 454〕〔清〕段玉裁著：《說文解字注》，頁 361。

> 衿領今古字。領者，劉熙云：總領衣體爲端首也。然則繞領者，圍繞於領。今男子婦人披肩其遺意。劉熙曰：帔，披也。披之肩背。不及下也。蓋古名帬。

因爲帬上、裙下的關係，所以云：「後人乃不知帔帬之別。擅改說文矣。」簡文「帬」字，應用爲「繞領之衣物」。

2. 邦門

原釋認爲：

> 城門。《儀禮·既夕禮》：「至於邦門。」鄭玄注：「邦門，城門也。」〔註455〕

「邦門」應非「城門」，嶽麓簡《占夢書》中二者有別。高一致認爲：

> 《儀禮·既夕禮》中「邦門」是可訓爲「城門」的，但《占夢書》35號簡載「冬以衣被邦門、市門、城門」，同見「邦門」、「城門」，甚至出現「市門」，故二者在具體意義上當有所區別。睡虎地秦簡《法律答問》160號簡載：「旞火延燔里門，當貲一盾；其邑邦門，貲一甲。」其中燔「其邑邦門」所受懲處較燔「里門」更重、更嚴厲，可知「邦門」比「里門」規格更高、更爲重要。秦簡中「邑」、「里」對應出現時，「邑」似多指比「里」規格更高的庶民編制單位，或非指城池、封地，同時「邑」中設置有邦門。此處《占夢書》中「邦門」或爲邑中所設之門，應與「城門」相區別開。〔註456〕

此說可從。

3. 大貴人

簡文「大貴人」之解有二，其一爲「極爲尊貴之人」，如五代·王朴《太清神鑒》曰：

> 大貴人，生來衣食不曾貧，命居三館公卿位，壽筭仍須過百春。〔註457〕

〔註455〕朱漢民、陳松長主編：《嶽麓書院藏秦簡（壹）》，頁166。

〔註456〕高一致：〈讀嶽麓秦簡《占夢書》筆記四則〉，武漢簡帛網，2011年7月8日。

〔註457〕〔五代〕王朴撰：《太清神鑒》，清刻守山閣叢書本，頁34。

又如宋·陳摶《河洛眞數·易卦釋義》曰：

> 主至大之才，至重之德，謙恭待士，慈愛及人，進修正道，排斥讒言，足以爲大貴人也。〔註 458〕

皆以「大貴人」爲身分之代稱。

其二爲「後宮之階級」，如《後漢書·輿服志》曰：

> 長公主赤罽軿車。大貴人、貴人、公主、王妃、封君油畫軿車。大貴人加節畫輈。〔註 459〕

又如《後漢書·禮儀志》曰：

> 諸侯王、列侯、始封貴人、公主薨，皆令贈印璽、玉柙銀縷；大貴人、長公主銅縷。〔註 460〕

此載東漢後宮「大貴人」的制度，可知「大貴人」的地位崇高。晉·袁宏《後漢紀·孝獻皇帝紀》「二十年春正月，立皇后，曹氏操女也。初操以二女爲貴人、大貴人」〔註 461〕，「大貴人」的嬪妃制度，僅見於《後漢書》，尚未有秦至漢初的記載。簡文的「大貴人」若確指「嬪妃」，當爲此制度的濫觴。

簡文「大貴人」或爲「極爲高貴的人」，或爲「嬪妃制度」，於文皆可通解，故並存。

此句當隸爲「女子而夢以亓（其）帬被邦門及游渡江河，亓（其）占大貴人」，原意爲「若夢者爲女子，而夢見以其繞領衣物披於邦門，後游泳過江，將爲身分高貴的人或後宮嬪妃」。

夢見棗，得君子好言。【34】

此句當隸爲「夢見棗，得君子好言」，原意爲「夢見棗或棗樹，將會得到有德者的美言」。

夢見□□□$_{1}$□□$_{2}$□$_{3}$及市$_{4}$□$_{5}$，乃有雨。冬以衣被（披）邦門、市門、城門，貴人知$_{6}$邦端（政）$_{7}$，賤人爲笥$_{8}$，女子爲邦巫$_{9}$。【35】

〔註 458〕〔宋〕陳摶撰：《河洛眞數》，明萬曆刻本，頁 125。

〔註 459〕〔劉宋〕范曄撰，〔唐〕李賢等注，〔晉〕司馬彪補志：《後漢書》，頁 3647。

〔註 460〕〔劉宋〕范曄撰，〔唐〕李賢等注，〔晉〕司馬彪補志：《後漢書》，頁 3152。

〔註 461〕〔晉〕袁宏撰：《後漢紀》，四部叢刊景明嘉靖刻本，頁 271。

1.

原釋以「□」隸之，譚競男認爲：

「夢見」之後第三個不識字似爲「王」或從「王」之字，或者爲「正」或從「正」之字。〔註462〕

此說可從，但因字形左半殘缺，故仍從原釋所隸「□」爲佳。

2.

簡文以此爲二字，故以「□□」表之。譚競男以爲：

「夢見」與「及」字間同樣衍一「□」符號。〔註463〕

但沒有詳細說明，所以不可知。此字左半字形殘損，仍從原釋所隸「□□」爲佳。

3. 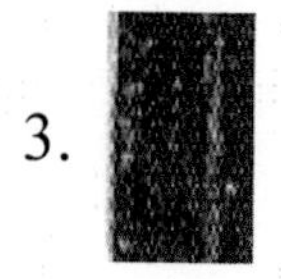

原釋隸爲「□」，譚競男引陳偉說法認爲：

第五個不識字殘劃與「行」右半邊相似。〔註464〕

其舉嶽麓簡各「行」字爲證，確實與此字所殘筆畫相似，但因字形左半殘缺，不敢輕從，故仍從原釋所隸「□」爲佳。

4. 市

原釋雖隸爲「市」字，但並未確定。秦系文字的「市」字寫法如下：

字形					
出處	睡虎地《法律》簡172	睡虎地《秦律》簡65	睡虎地《日甲》簡75	嶽麓《爲吏》簡61	嶽麓《占》簡24

〔註462〕譚競男：〈嶽麓書院藏秦簡《占夢書》拾遺〉，武漢簡帛網，2011年9月15日。

〔註463〕譚競男：〈嶽麓書院藏秦簡《占夢書》拾遺〉，武漢簡帛網，2011年9月15日。

〔註464〕譚競男：〈嶽麓書院藏秦簡《占夢書》拾遺〉，武漢簡帛網，2011年9月15日。

此字右下部筆畫，雖有往左下收筆之趨勢，與嶽麓簡諸「市」字較異，然《睡虎地・法律》簡 172 的字與此相似，故隸爲「市」字尚屬合理。此從原釋所隸，而去「(？)」符號。

5.

原釋以爲「乃」字前有一「□」。但高一致指出「乃字前衍一□符號」〔註 465〕。原簡字形配置如下：

字　形	簡　圖
□ 及 市 乃 有 雨	

由於「市」字下半部字殘缺，於「乃」字間應無一個字的空間；而「乃」字形較長，又因筆畫殘損，所以圖版中「乃」、「有」二字間留白較多。此從高一致說法，刪去「乃」字前「□」符號。

6. 知

原釋認爲：

> 主持掌管也。《國語・越語》：「有能助寡人謀而退吳者，吾與之共知越國之政。」〔註 466〕

「知」字作「主持、掌管」義，如《周易・繫辭》「乾知大始」〔註 467〕、《左

〔註 465〕高一致：《嶽麓書院藏秦簡（壹）集釋》，頁 83。

〔註 466〕朱漢民、陳松長主編：《嶽麓書院藏秦簡（壹）》，頁 167。

〔註 467〕〔清〕阮元用文選樓藏本校勘嘉慶二十年重刊宋本：《十三經注疏附校勘記・周易》，頁 156。

傳·襄公二十六年》「公孫揮曰：『子產其將知政矣。』」〔註468〕，原釋可從。

7. 端（政）

原釋認為：

> 正也，政也。這裡的「端」應是「政」的避諱字。「邦端」即「邦政」，即國家軍政。《書·周官》：「司馬掌邦政，統六師，平邦國。」孔傳：「夏官卿主戎馬之事，掌國征伐，統正六軍，平治王邦四方國之亂者。」〔註469〕

「端」字，《說文》：「直也。从立耑聲」〔註470〕。「端」字本為「直立」之義，而後引申為「正直」。《禮記·曲禮》「振書端書于君前」〔註471〕，鄭注云：「端，正也。」《漢書·賈誼傳》「選天下之端士，孝悌博聞，有道術者，以衛翼之」，顏師古注云：「端，正也，直也。」〔註472〕「端」本有「正」的意思。

「正」字，古與「政」字相通，如《尚書·舜典》「以齊七政」〔註473〕，注云：「七政，日月五星各異政，舜察天文齊七政，以審已當天心與否。」《史記·律書》「書曰：『七正，二十八舍。』」〔註474〕又「正」字，《正字通·止部》引《詩經·小雅·節南山》「今茲之正」、《禮記·月令》「仲春班馬正」，皆以為「正」與「政」同。〔註475〕

故簡文「端」字，除避諱的原因外，也有可能因其有「正」義，故假為「政」字。嶽麓簡《占夢書》簡36「邦端」亦同此，應改為「邦端（政）」。

〔註468〕〔清〕阮元用文選樓藏本校勘嘉慶二十年重刊宋本：《十三經注疏附校勘記·左傳》，頁4318。

〔註469〕朱漢民、陳松長主編：《嶽麓書院藏秦簡（壹）》，頁167。

〔註470〕〔清〕段玉裁著：《說文解字注》，頁504。

〔註471〕〔清〕阮元用文選樓藏本校勘嘉慶二十年重刊宋本：《十三經注疏附校勘記·禮記》，頁2720。

〔註472〕〔漢〕班固撰，〔唐〕顏師古注：《漢書》，頁2248。

〔註473〕〔清〕阮元用文選樓藏本校勘嘉慶二十年重刊宋本：《十三經注疏附校勘記·尚書》，頁265。

〔註474〕〔漢〕司馬遷撰：《史記》，頁1243。

〔註475〕〔明〕張自烈撰：《正字通》，清康熙二十四年清畏堂刻本，頁1022～1023。

8. 笥

原釋認爲：

> 或當讀爲「司」。《國語·魯語上》：「展禽使乙喜以膏沐犒師，曰：『寡君不佞，不能事疆埸之司，使君盛怒，以暴露於弊邑之野敢犒與師。』」韋昭注：「司，主也，主疆埸之吏也。」〔註476〕

𡗗一引放馬灘簡乙種《日書》〔註477〕認爲：

> 「女子巫，男子嗇夫」與嶽麓簡相應。兩者稍有不同處在於，嶽麓簡將男子分成貴人、賤人兩類。兩類人占驗的性質類似，都是升官，但所升職務的層次有顯著差別。「司」與嗇夫意思相近，指中下層官吏。整理者原釋不誤。〔註478〕

簡文以「笥」爲「賤人」的占卜結果，而貴人「知邦端（政）」對舉，可知「笥」的職位應該較低。然嶽麓簡《占夢書》簡36即有「有司」，用作「官職」，若簡文「笥」字亦爲官職，應該不是原釋所引例，而與「司」字有別。

「笥」字，《說文》：「飯及衣之器也。从竹司聲」〔註479〕，段注云：「簞笥，盛飯食者。」是知「笥」字，本指「盛裝食物之器」，或可轉指「盛裝食物之人」，即簡文所指爲「笥」之職位，屬基層工作，較之「知邦端（政）」爲低；亦凸顯與嶽麓簡《占夢書》簡36「有司」之差別。

9. 邦巫

原釋認爲：

> 即邦國之巫。或相當於周禮中所載的「司巫」。《周禮·春官·司巫》：「司巫掌群巫之政令。若國大旱，則師巫而舞雲；國有大災，則師巫而造巫恒。」〔註480〕

〔註476〕朱漢民、陳松長主編：《嶽麓書院藏秦簡（壹）》，頁167。

〔註477〕簡218曰：「旦至日中投中姑洗：龍殹，土黃色，折頸，長要（腰）延=（延延），善學步，女子巫，男子嗇夫，善病□乾。」

〔註478〕𡗗一：〈讀岳麓簡《占夢書》小札五則〉，復旦網，2011年4月19日。

〔註479〕〔清〕段玉裁著：《說文解字注》，頁194。

〔註480〕朱漢民、陳松長主編：《嶽麓書院藏秦簡（壹）》，頁167。

此說可從。「為巫」的夢占，尚可見於嶽麓簡《占夢書》簡18，然其為「巫」，與簡文「邦巫」地位有別。可能以「邦巫」的地位較高。

此簡上半部殘損，無法得知夢徵，然「乃有雨」一句，應為殘損部位的夢占，如嶽麓簡《占夢書》簡11「乃弟」、「乃有內資」、簡25「乃大旱」，皆以「乃」字表夢占，可知簡文當由此斷讀二句，如嶽麓簡《占夢書》簡27「夢死者復起」、「死者食」，斷讀為二句。

此句當隸為「夢見□□□□□□及市，乃有雨。冬以衣被（披）邦門、市門、城門，貴人知邦端（政），賤人為筲，女子為邦巫」，原意為「夢見某，將有雨。夢見於冬天而以衣物披於邦門、市門、城門之上，若夢者為尊貴者，將主持國政；夢者為卑微者，將有盛裝食物類的基層工作；若夢者為女，將為邦國之巫」。

夢伐鼓$_1$，聲$_2$必長。衆有司$_3$，必知邦端（政）。【36】

1. 伐鼓

原釋認為：

> 敲擊也。《詩經・小雅・采芑》：「鉦人伐鼓。」《毛傳》：「伐，擊也。」〔註481〕

高一致從之〔註482〕。

頗疑「伐鼓」可為祭祀之代稱，如《左傳・文公十五年》云：

> 日有食之，天子不舉，伐鼓于社，諸侯用幣于社，伐鼓于朝，以昭事神，訓民事君，示有等威，古之道也。〔註483〕

「伐鼓用幣」為祭祀的禮儀。《漢書・五行志》曰：「故伐鼓用幣，責陰之禮。」〔註484〕嶽麓簡《占夢書》簡30「五幣」也有祭祀的意思，此簡的「伐鼓」可能也有此義。

〔註481〕朱漢民、陳松長主編：《嶽麓書院藏秦簡（壹）》，頁167。

〔註482〕高一致：〈讀嶽麓秦簡《占夢書》筆記四則〉，武漢簡帛網，2011年7月8日。

〔註483〕〔清〕阮元用文選樓藏本校勘嘉慶二十年重刊宋本：《十三經注疏附校勘記・左傳》，頁4025。

〔註484〕〔漢〕班固撰，〔唐〕顏師古注：《漢書》，頁1496。

2. 聲

原釋無說。高一致補充：

> 「聲」指聲勢。《戰國策·齊策一》：「吾三戰而三勝，聲威天下。」高誘注：「聲，勢。威，震。」古時擊鼓可增長士氣、壯大聲勢，《左傳》莊公十年：「夫戰，勇氣也。一鼓作氣……」就是說明此理。〔註485〕

若以「伐鼓」爲敲擊的聲音，則高一致的說法可從；但若以「伐鼓」爲「祭祀」的代稱，則「聲」字可當作「盛譽」，如《孟子》：「故聲聞過情，君子恥之。」〔註486〕注云：「聲聞，名譽也。」

3. 有司

「有司」指官職，如西周早期《令鼎》載「王射，有嗣（司）眔師氏、小子卿（會）射」（《總集》1288），以「有司」、「師氏」、「小子」之順序排列官職；又如西周中期之《䵼簋》載「䵼逹有嗣（司）師氏奔追鄒（襲）戎于𩿈林」（《總集》2836），也以「有司」列於「師氏」前。

「有司」作爲官職，西周中期之《盠方彝》有詳說：

> 用嗣（司）六𠂤（師）王行、參有嗣（司）：嗣（司）土（徒）、嗣（司）馬、嗣（司）工（空）。（《總集》4980）

是知「有司」即「司徒」、「司馬」、「司空」一類官職，屬職有專司類，爲朝政分工之重要指標。然「有司」之權力，於西周末期便逐漸減低，許倬雲認爲：

> 《詩經·小雅·十月之交》中，掌權的官員有卿士、司徒、宰、膳夫、內史、趣馬、師氏，三有司中的成員遠少於內朝直接控制的文武官員。這一現象，不同於以家內臣僕參政的原始狀態。〈十月之交〉描述的掌權人物，毋寧是政府制度化過程中的一種變態，內朝人物的出頭。〔註487〕

〔註485〕高一致：〈讀嶽麓秦簡《占夢書》筆記四則〉，武漢簡帛網，2011年7月8日。

〔註486〕〔清〕阮元用文選樓藏本校勘嘉慶二十年重刊宋本：《十三經注疏附校勘記·孟子》，頁5925。

〔註487〕許倬雲：《西周史》（臺北，聯經，2005年10月），頁230。

金文的「三有司」演變至嶽麓簡《占夢書》的「眾有司」，除權力降低外，其負責職務也有所變化，修訂法制、祭祀、民生，甚至於記史皆屬其職責：

> 命有司省囹圄，去桎梏，毋肆掠，止獄訟。〔註488〕（《禮記・月令》）

> 命有司爲民祈祀山川百源，大雩帝，用盛樂。〔註489〕（《禮記・月令》）

> 命有司發倉廩，賜貧窮，振乏絕，開府庫，出幣帛，周天下。勉諸侯，聘名士，禮賢者。〔註490〕（《禮記・月令》）

> 魯昭公少喪其母，有慈母良，及其死也，公弗忍也，欲喪之，有司以聞，曰：「古之禮，慈母無服，今也君爲之服，是逆古之禮而亂國法也；若終行之，則有司將書之以遺後世。無乃不可乎！」〔註491〕（《禮記・曾子問》）

例甚多，茲不贅舉。如此繁雜、差異極大之事務，絕非周初之「三有司」所能負荷。

此簡僅存半部，且無竹節，故無法判斷於一簡中之位置，故從原釋以爲一簡之上部。

此簡前後所述不同，應自「眾有司」起斷讀爲二句，高一致認爲：

> 我們認爲「夢伐鼓聲必長」不易理解，「聲必長」或爲「夢伐鼓」的占驗結果之一。〔註492〕

「聲必長」與「必知邦端（政）」應分別爲「夢伐鼓」以及「眾有司」的夢占結果。是以本簡當如嶽麓簡《占夢書》簡27「夢死者復起」、「死者食」斷讀爲二

〔註488〕〔清〕阮元用文選樓藏本校勘嘉慶二十年重刊宋本：《十三經注疏附校勘記・禮記》，頁2945。

〔註489〕〔清〕阮元用文選樓藏本校勘嘉慶二十年重刊宋本：《十三經注疏附校勘記・禮記》，頁2962。

〔註490〕〔清〕阮元用文選樓藏本校勘嘉慶二十年重刊宋本：《十三經注疏附校勘記・禮記》，頁2949。

〔註491〕〔清〕阮元用文選樓藏本校勘嘉慶二十年重刊宋本：《十三經注疏附校勘記・禮記》，頁3014。

〔註492〕高一致：〈讀嶽麓秦簡《占夢書》筆記四則〉，武漢簡帛網，2011年7月8日。

句。

此句當隸爲「夢伐鼓，聲必長。眾有司，必知邦端（政）。」前者意爲「夢見伐鼓聲，聲勢必漲大」，又可意爲「夢見祭祀伐鼓，聲譽必有所增加」；後者意爲「夢見有司百工，夢者將主持國政。」

夢一腊（臘）₁五變氣，不占。（16）

1. 腊（臘）

原釋認爲：

> 祭名。《説文·肉部》：「冬至後三戌臘祭百神。」段玉裁注：「臘本祭名，因呼臘月臘日耳。」〔註 493〕

復旦讀書會認爲：

> 「五」上一字原作「臘」，注釋者據「臘」字爲説將其解釋爲「祭名」（158 頁），當非是。究竟此字應當如何解釋，還有待進一步研究。頗疑此字可讀爲「夕」。〔註 494〕

凡國棟認爲：

> 原簡的確寫作「腊」，復旦讀書會改釋可從。「腊」讀爲「夕」是一種可能的考慮。二字通假的情況可參《古字通假會典》，此不贅述。不過簡三有「三分日夕」，這多少降低了「腊」讀爲「夕」的可能性。其實「腊」可理解爲「腊月」，即年終的十二月。〔註 495〕

讀書會對字形的理解可從。此字从「肉」从「昔」，應隸爲「腊」，讀音與「夕」字相近，故可通假，但仍有待後續研究。此則先視爲「臘」字，以便解釋夢例。

凡國棟由原釋的「臘祭」，提出「臘月」的看法頗有可觀處，其點出此字當用爲「時間」，指「五變氣」的時間。

但其所解釋的「臘月」看似合理，實則有誤。嶽麓簡《占夢書》之夢徵以

〔註 493〕朱漢民、陳松長主編：《嶽麓書院藏秦簡（壹）》，頁 158。

〔註 494〕復旦大學出土文獻與古文字研究中心研究生讀書會：〈讀《嶽麓書院藏秦簡（壹）》〉，復旦網，http://www.gwz.fudan.edu.cn/SrcShow.asp?Src_ID=1416，2011 年 2 月 28 日。

〔註 495〕凡國棟：〈岳麓秦簡《占夢書》校讀六則〉，武漢簡帛網，2011 年 4 月 8 日。

四時爲別，夢占則以四時爲據。如果簡文釋爲臘月，一則「臘」字有可分指「臘月、日」，二者有別，前者一月，後者一日，雖然都有「五變氣」的可能，但是要以何者爲標準？這是凡國棟所未說明的。故臘月之說未可從。

「一腊（臘）」其實是古人的醫術用語，指「七日」。宋‧孟元老《東京夢華錄注》云：

> 七日謂之一臘。〔註 496〕

「一腊（臘）」爲七日，與古人風俗甚爲密切。清‧趙翼《陔餘叢考‧七七》引明‧田藝蘅〈春雨逸響〉云：

> 人之初生以七日爲臘，人之初死以七日爲忌。一臘而一魄成，故七七四十九日而七魄具矣。一忌而一魂散，故七七四十九日而七魂泯矣。《易》曰：「精氣爲物，遊魂爲變，故知鬼神之情狀，原始要終，故知死生之說。〔註 497〕

此知「一腊（臘）」之七日與人魂魄聚散相關，更涉及死生的理論；古代醫書，更以七日作爲病人能否痊癒的期限、其用藥的變換、疾病的預防亦以七日爲期：

> 撮口最爲急候，治法貴乎疏利，以辰砂膏利之而愈，一臘之內見之尤甚。〔註 498〕

> 《聖惠方》云：「初生兒須防三病，一曰口噤，二曰撮口，三曰臍風，皆是急病。就中噤口尤甚，若過一臘，方免此病。」〔註 499〕

> 臍風惡候幾遭傷，一臘之中最不祥。識得病在何處起，無求無患早隄防。〔註 500〕

上述書籍雖皆晚出嶽麓簡《占夢書》許多，然與原釋以「臘月、日」釋的相較，

〔註 496〕〔宋〕孟元老撰：《東京夢華錄》，清文淵閣四庫全書本，頁 18。

〔註 497〕〔清〕趙翼撰：《陔餘叢考》，清乾隆五十五年湛貽堂刻本，頁 428。

〔註 498〕〔明〕徐春甫編輯，崔仲平等主校：《古今醫統大全》（北京，人民衛生出版社，1991 年），頁 883。

〔註 499〕〔明〕徐春甫編輯，崔仲平等主校：《古今醫統大全》，頁 884。

〔註 500〕〔清〕陳夢雷等編：《醫部全錄》（北京，人民衛生出版社，1988～1991 年），頁 197。

則「七日」的用法較爲合理，因「七日」未限定爲何時的七日，於占夢使用較爲方便。故應改隸此字爲「腊（臘）」，訓爲「七日」。

此句當隸爲「夢一腊（臘）五變氣，不占」，原意爲「夢見七日內有五次不正常的氣候現象，便不占此夢」。

夢見豲$_1$、豚、$_2$狐$_3$生（腥）$_4$喿（臊）$_5$，在丈夫娶妻，女子家（嫁）。【16】

1. 豲

原釋認爲：

> 豪豬。《廣雅・釋獸》：「豲，豕屬。」〔註 501〕

「豲」字，《說文》：「豕屬也。从豕原聲，讀若桓。《逸周書》曰：『豲有爪而不敢呂撅。』」〔註 502〕段注云：「《廣雅》說豕屬有豲。豲非豪豬也。或以豪豬說之殊誤。」可知段玉裁認爲「豲」雖豕屬，但與豪豬爲不同生物。

2. 豚

「豚」字，《說文》：「小豕也。从古文豕。从又持肉，以給祠祀也。凡豚之屬皆从豚。篆文，从肉豕」〔註 503〕，段注云：「（篆文。从肉豕。）上古文，此小篆也。……《爾雅》音義曰：『籒文作豚。』《玉篇》亦曰：『豚者，籒文。』皆誤。恐學者惑焉，故著於此。」由此簡的「豚」字而看，段注所說甚是。

3. 狐

「狐」字，《說文》：「�獸也。鬼所乘之，有三德，其色中和，小前大後，死則丘首，謂之三德」〔註 504〕。簡文列舉「豲」、「豚」、「狐」三物，應有其特殊意義，而非如《說文》以「狐」爲妖獸。

4. 生（腥）

〔註 501〕朱漢民、陳松長主編：《嶽麓書院藏秦簡（壹）》，頁 158。

〔註 502〕〔清〕段玉裁著：《說文解字注》，頁 460。

〔註 503〕〔清〕段玉裁著：《說文解字注》，頁 461。

〔註 504〕〔清〕段玉裁著：《說文解字注》，頁 482。

「生」字，《說文》「進也。象艸木生出土上。凡生之屬皆从生」〔註505〕；「腥」字，《說文》「星見食豕。令肉中生小息肉也。从肉星，星亦聲」〔註506〕。許慎以爲「腥專謂豕不可食者」，即指「生肉」。《論語·鄉黨》「君賜腥，必熟而薦之」〔註507〕，用法與此同。

「腥」又可指氣味難聞，王充曰：「粟未爲米，米未成飯，氣腥未熟，食之傷人」〔註508〕。「星」字，《說文》：「萬物之精，上爲列星。从晶，从生聲」〔註509〕，是知「腥」從「生」得聲，「生」字可假爲「腥」。

「生」、「星」關係密切。馬王堆帛書《老子》乙本卷前古佚書〈十六經·姓爭〉「胜（姓）生已定，敵者生爭，不諶不定」〔註510〕，王輝認爲：

一一二行下段有標題「姓爭」二字，因知胜即姓。按《說文》：「胜，犬膏臭也。从肉，生聲，一曰不熟也。」段玉裁注：「今經典膏胜、胜肉字通用腥爲之，而胜廢矣，而胜之本義廢矣。」〔註511〕

這是說明「胜」、「腥」二字之交替現象。

上博簡《融師有成氏》「鼆（融）帀（師）又（有）成氏，脂（狀）若生」〔註512〕，廖名春讀「生」字爲「猩」。〔註513〕「生」字亦可假爲「猩」。

簡文「生」字可能假爲「腥」字，也可能假爲「猩」字，此中差異，要從文義判斷。古人所謂的「猩猩」，與今人的「猩猩」不同。《淮南子·氾論》曰：

猩猩知往而不知來。高注：「猩猩，北方獸名，人面，身黃色。禮

〔註505〕〔清〕段玉裁著：《說文解字注》，頁276。

〔註506〕〔清〕段玉裁著：《說文解字注》，頁177。

〔註507〕〔清〕阮元用文選樓藏本校勘嘉慶二十年重刊宋本：《十三經注疏附校勘記·論語》（京都，中文出版社，1972年9月），頁5418。

〔註508〕〔漢〕王充，黃暉撰：《論衡校釋》，頁551。

〔註509〕〔清〕段玉裁著：《說文解字注》，頁315。

〔註510〕國家文物局古文獻研究室編：《馬王堆漢墓帛書（壹）》（北京，文物出版社，1980年3月），頁69。

〔註511〕王輝編著：《古文字通假字典》，頁384。

〔註512〕馬承源主編：《上海博物館藏戰國楚竹書·五》，頁322。

〔註513〕廖名春：〈讀《上博五·融師有成氏》篇劄記四則〉，孔子2000網，http://www.confucius2000.com/admin/list.asp?id=2252，2006年2月19日。

記曰：『猩猩能言，不離走獸。』見人狂走，則知人姓字，此識往也。」〔註 514〕

古人的「猩猩」能言，雖然不離走獸，但與現今所指「猩猩」應該是二種動物。傳世文獻有猩猩的奇異事蹟，如《太平廣記》載「蔣武除蛇」一事：

（蔣）武隔扉而窺之，見一猩猩跨白象。武知猩猩能言，而詰曰：「與象叩吾門何也？」猩猩曰：「象有難，知我能言，故負吾而相投耳。」武曰：「汝有何苦，請話其由。」猩猩曰：「此山南二百餘里，有嵌空之大巖穴。中有巴蛇，長數百尺，電光而閃其目，劍刃而利其牙。象之經過，咸被吞噬，遭者數百，無計避匿。今知山客善射，願持毒矢而射之，除得此患，眾各思報恩矣。」其象乃跪地，灑涕如雨。猩猩曰：「山客若許行，便請挾矢而登。」武感其言，以毒淬矢而登，果見雙目在其巖下，光射數百步。猩猩曰：「此是蛇目也。」武怒，蹶張端矢，一發而中其目。象乃負而奔避。俄若穴中雷吼，蛇躍出蜿蜒，或掖或踴，數里之內，林木草芥如焚。至暝蛇殞，乃窺穴側。象骨與牙，其積如山。於是有十象，以長鼻各捲其紅牙一枝，跪獻於武。武受之。猩猩亦辭而去。遂以前象負其牙而歸，武乃大有資產。〔註 515〕

此等光怪陸離的事情尚有許多，但皆與「猩猩能言」有關。若此簡「生」字假爲「猩」，則當爲此種「能言」的動物，並非今人所認識的猩猩。然則「豲」、「豚」、「狐」三物與此神奇動物不同，四者並舉可能有誤。

且從字形看，簡文以「喿」假爲「臊」，省去「肉」旁。若此「生」字假爲「腥」，則亦省「肉」旁，或可視爲書手故意爲之。

故「生」字仍當假爲「腥」字爲佳。

5. 喿（臊）

「喿」字，《說文》：「鳥羣鳴也。从品在木上」〔註 516〕，「喿」指「噪音」。「臊」字，《說文》：「豕膏臭也。从肉喿聲」，「臊」指動物之臭。「臊」從「喿」

〔註 514〕〔漢〕劉安，劉文典撰：《淮南子》，頁 292。

〔註 515〕〔宋〕李昉等奉敕編：《太平廣記》，頁 3603。

〔註 516〕〔清〕段玉裁著：《說文解字注》，頁 85。

得聲，二字當可通假。

「喿」字於出土文獻中多假借爲從「喿」得聲的字，如：

郭店簡《老子乙》：「喿（燥）勳（勝）蒼（滄），青（清）勳（勝）然（熱），清清（靜）爲天下定（正）。」〔註517〕

郭店簡《性自命出》：「譫（吟）游恷（哀）也，喿遊樂也，啾遊聖（聲），嘔遊心也。」〔註518〕

郭店簡《性自命出》：「凡甬（用）心之喿（躁）者，思爲甚。」〔註519〕

可知簡文「喿」可以假爲「臊」。

此句當隸爲「夢見貕、豚、狐生（腥）喿（臊），在丈夫娶妻，女子家（嫁）」，原意爲「夢見味臊之貕、豚、狐，若爲男子則娶妻，爲女子則嫁人」。

【夢】[1]亓（其）兵卒不占。(37)

1. 【夢】

簡文上部殘缺，可按嶽麓簡《占夢書》之夢徵形式，於「亓（其）」字上補一「夢」字。

此句當隸爲「【夢】亓（其）兵卒，不占」，原意爲「夢見兵卒，則不占此夢」。

夢見衆羊，有行[1]千里[2]。【37】

1. 有行

原釋認爲：

出嫁。《左傳・桓公九年》：「凡諸侯之女行，唯王后書。」楊伯峻注：「《詩・邶風・泉水》：『女子有行，遠父母兄弟』，《鄘風・蝃蝀》、《衛風・竹竿》亦皆云：『女子有行，遠兄弟父母。』行，接指出嫁。」按，《敦煌遺卷・伯3908・新集周公解夢書・六畜禽獸章第

〔註517〕荊門市博物館：《郭店楚墓竹簡》，頁118。

〔註518〕荊門市博物館：《郭店楚墓竹簡》，頁180。

〔註519〕荊門市博物館：《郭店楚墓竹簡》，頁180。

十一》:「夢見羊者，主得好妻。」可參照。〔註520〕

「有行」亦可爲「將有遠行」之義。《左傳・桓公十八年》「公將有行，遂與姜氏如齊」〔註521〕、《史記・魯周公世家》亦載「十八年春，公將有行，遂與夫人如齊。申繻諫止，公不聽，遂如齊。」〔註522〕「有行」，指往齊國議事，而由魯往齊亦屬「遠行」。又如《管子・戒》「桓公外舍，而不鼎饋。中婦諸子謂宮人盍不出從乎？君將有行，宮人皆出從」，言齊桓公將行之事。《儀禮・聘禮》「君貺寡君延及二三老拜，又拜送」〔註523〕，注云:「拜送，賓也。其辭蓋云：『子將有行，寡君敢拜。』」

是知「有行」除了原釋的「女子出嫁」之意外，也可以作爲「遠行、旅行」。然藉由原型理論的幫助，可以知道「羊」在神話、宗教中往往是母神的象徵，故簡文此處或許解釋爲「出嫁」，與母神象徵較爲相關。

2. 千里

原釋隸而無說。

，夔一認爲應爲「千」字：

> 秦簡「千」字有一類字形，橫筆向右下傾斜，如（嶽麓316壹・5）、（嶽麓617壹・5）、（龍崗120.4）、（龍崗154.5）等。
>
> 〔註524〕

夔一說法可從。〔註525〕「千里」一詞，應用於表示極爲遙遠的地方。

〔註520〕朱漢民、陳松長主編：《嶽麓書院藏秦簡（壹）》，頁168。

〔註521〕〔清〕阮元用文選樓藏本校勘嘉慶二十年重刊宋本：《十三經注疏附校勘記・左傳》，頁3816。

〔註522〕〔漢〕司馬遷撰：《史記》，頁1530。

〔註523〕〔清〕阮元用文選樓藏本校勘嘉慶二十年重刊宋本：《十三經注疏附校勘記・儀禮》，頁2322。

〔註524〕夔一：〈讀岳麓簡《占夢書》小札五則〉，復旦網，2011年4月19日。

〔註525〕若從原釋「乙里」之說，亦可將其解爲「憂鬱悲疾」的意思。「乙」字，戰國文字除「干支」外，多作「姓氏」用。《說文》:「象春艸木寃曲而出，侌气尚彊，其出乙乙也。」段注云:「寃之言鬱，曲之言詘也。乙乙，難出之皃。《史記》曰：乙者，言萬物生軋軋也。《漢書》曰：奮軋於乙。〈文賦〉曰：思軋軋其若抽。軋軋

此句當隸爲「夢見眾羊，有行千里」，原意爲「夢見羊群，將出嫁至遙遠的地方」。

【夢】1入井冓（溝）中及沒淵，居室而毋戶，坉2死，大吉。（38）

1. 【夢】

此簡經拼合，原釋隸爲「夢□」，但陳劍認爲拼合有誤〔註526〕。如此則簡文上部殘缺，可按嶽麓簡《占夢書》之夢徵形式，於「入」字上補一「夢」字。

2. 坉

原釋認爲：

> 此字疑是「封」字的古文異構字。《說文解字·土部》：「封，爵諸侯之土也。從之、從土、從寸。守其制度也。公侯百里，伯七十里，子男五十里。㞷，古文封省。𡉚，籀文從㞷。」按，此字或是《說文》中所說的「古文封省」的異構字。「封死」或應是「封閉而死亡」之義。〔註527〕

原釋認爲此字「从土从丰」，爲「封」字古文異體字。然陳劍認爲：

皆乙乙之叚借。軋从乙聲，故同音相叚。〈月令〉鄭注云：乙之言軋也，時萬物皆抽軋而出，物之出土艱屯，如車之輾地澁滯。」「輾轉難出」之義，或許源自冤曲、鬱詘，而後爲「軋」字所奪。然「軋」字，《說文》：「輾也。从車乙聲。」「乙」、「軋」二字聲符相同，應可通假。又「里」字，《說文》：「凥也。从田，从土。一曰士聲也。」疑「里」字另有「憂鬱」之義，如《詩經·大雅·雲漢》：「瞻卬昊天，云如何里。」箋云：「里，憂也。……里如字，憂也。本亦作㾖。《爾雅》作悝竝同。」又如《詩經·小雅·十月之交》：「悠悠我里，亦孔之痗。」箋云：「里，居也，悠悠乎我居今之世亦甚困病。里如字，本或作㾖後人改。」可知「里」，或可作「㾖」、「悝」二字。「㾖」字，《爾雅·釋詁》曰：「㾖，病也。」邢疏云：「舍人云：『疾腐㾖痒，比心憂憊之病也。』《玉篇》曰：『㾖，病也。』」「悝」，《說文》：「啁也。从心里聲。春秋傳有孔悝。一曰病也。」段注云：「蓋憂與病相因，悝、㾖同字耳。」《玉篇》：「憂也，悲也，疾也。」「㾖」、「悝」二字皆有「憂愁」、「疾病」之義，又皆從「里」得聲，故「里」字或可假爲「㾖」、「悝」，表「憂愁」。故「乙里」二字，或可指「憂鬱悲疾」。

〔註526〕陳劍：〈嶽麓簡《占夢書》校讀札記三則〉，復旦網，2011年10月5日。

〔註527〕朱漢民、陳松長主編：《嶽麓書院藏秦簡（壹）》，頁168。

此形右半與「丰」形有別。秦漢文字中「毛」旁或「屯」旁皆可作此類寫法，此字釋爲「垞（耗）」或「坉」（字已見於郭店《老子》甲本簡 9）均有可能。但由於此處文意的限制性不強，究竟應該如何釋讀理解，似尚難以斷定。〔註 528〕

嶽麓簡諸「封」字寫法如下：

字形		
出處	嶽麓《爲吏》簡 81	嶽麓《爲吏》簡 84

例證實與字相異，雖然有可能是書手筆法不同，然「土」、「丰」二個偏旁皆不類似，或許改隸爲其餘字形爲佳。字形近包山《文書》簡 183 寫法，「竾」字，「从宀从土从屯」，如：

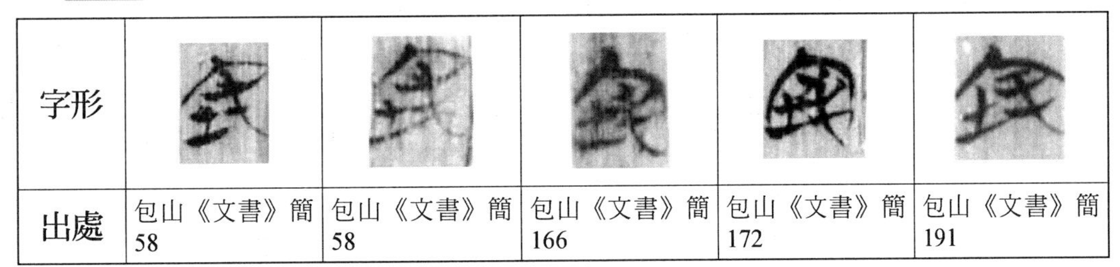

字形					
出處	包山《文書》簡 58	包山《文書》簡 58	包山《文書》簡 166	包山《文書》簡 172	包山《文書》簡 191

其中「屯」字寫法多種，「或省作，或收縮弧筆作，或下加飾筆作、、（多見楚系），或彎曲筆作、。」〔註 529〕其寫法亦近於「毛」字。「毛」字可見：

字形				
出處	郭店《老子甲》簡 25	上博《緇衣》簡 14	上博《容成氏》簡 24	上博《周易》簡 30

〔註 528〕陳劍：〈嶽麓簡《占夢書》校讀札記三則〉，復旦網，2011 年 10 月 5 日。

〔註 529〕何琳儀：《戰國古文字典——戰國文字聲系》，頁 1326。

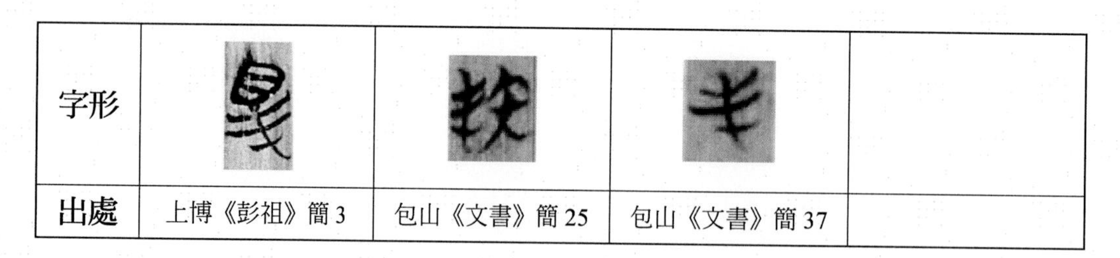

字形				
出處	上博《彭祖》簡 3	包山《文書》簡 25	包山《文書》簡 37	

「毛」字寫法，如陳劍所言，與「屯」字亦多相似，「戰國文字承襲金文，裝飾點多延長爲短橫」〔註 530〕，故與「屯」字易相混淆。簡文此字與「封」字稍遠，而與「坉」字、「托」字稍近，應改隸爲「坉」或「托」，以文義決之。

「坉」字，《集韻》曰：「塞也。」〔註 531〕而上引包山簡「窀」字，何琳儀認爲：

> 从宀，坉聲。疑窀之異文。《說文》：「窀穸，葬之厚夕也。从穴，屯聲。」〔註 532〕

《左傳‧襄公十三年》「惟是春秋窀穸之事。」〔註 533〕《疏》云：「以其事施於葬，故今字皆从穴。」《正義》云：「古字作夕，後加穴，以窀穸爲墓穴。」故包山簡諸「窀」字，林澐〔註 534〕、黃錫全〔註 535〕、何琳儀〔註 536〕、皆認爲應釋爲「墳墓」。陳偉則認爲：

> 隸作「**窀**」可信。古書中「窀」字並沒有墓葬、墓地一類含義。疑當釋爲「坉」，讀爲「屯」。「屯」有戍守義。《左傳》哀公元年：「夫屯晝夜九日，如子西之素。」〔註 537〕

〔註 530〕何琳儀：《戰國古文字典——戰國文字聲系》（北京，中華書局，2004 年 9 月），頁 328。

〔註 531〕〔宋〕丁度撰：《集韻》，頁 225。

〔註 532〕何琳儀：《戰國古文字典——戰國文字聲系》，頁 1327。

〔註 533〕〔清〕阮元用文選樓藏本校勘嘉慶二十年重刊宋本：《十三經注疏附校勘記‧左傳》，頁 4241。

〔註 534〕林澐：〈讀包山楚簡札記七則〉《江漢考古》，1992 年第 4 期，頁 83。

〔註 535〕黃錫全：〈〈包山楚簡〉部分釋文校釋〉《湖北出土商周文字輯證》（武漢，武漢大學出版社，1992 年 10 月），頁 194。

〔註 536〕何琳儀：〈包山楚簡選釋〉《江漢考古》，1992 年第 4 期，頁 56。

〔註 537〕陳偉等著：《楚地出土戰國簡冊[十四種]》（北京，經濟科學出版社，2009 年 9 月），頁 31～32。

嶽麓簡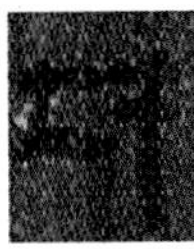或可隸爲「坉」，訓爲「堵塞」，如《玉篇》：「坉，水不通不可別流。」〔註538〕《集韻》：「草土塡水曰坉。」〔註539〕皆爲是義。故簡文「坉死」或可解爲「堵塞而死」。

「毢」字出現較晚，爲「秏」字異體。「秏」字，有「損秏」、「虛竭」之義，如《莊子·達生》「臣將爲鐻，未嘗敢以秏氣也，必齊以靜心」〔註540〕、《韓非子·孤憤》「虧法以利私，秏國以便家」〔註541〕。「毢」、「秏」雖皆从「毛」得聲，皆可通假。但簡文「毢死」，若解爲「消秏而死」，與強調「入井蕃（溝）中及沒淵」、「居室而毋戶」之封閉狀態似較無關係，不如隸爲「坉」字，解爲「堵塞而死」較宜。

此句當隸爲「【夢】入井蕃（溝）中及沒淵，居室而毋戶，坉死，大吉，」原意爲「夢見掉落井溝淹，沒於深淵，或居處室內而無任何門戶，堵塞而死，此爲大吉之兆」。此簡將二個夢徵書於一簡，卻得到相同「夢占」，是嶽麓簡《占夢書》之特例。

夢見虎、豹者，見貴人。【38】

此句當隸爲「夢見虎、豹者，見貴人」，原意爲「夢見虎豹一類的猛獸，將會遇見身分地位較高的人」。

夢衣新衣，乃傷於兵。（39）

此句當隸爲「夢衣新衣，乃傷於兵」，原意爲「夢見穿著新衣裳，會有兵刃之傷」。

夢見熊者，見官長 1。【39】

1. 官長

指官員之通稱，如《老子》：「聖人用之，則爲官長。」〔註542〕

〔註538〕〔梁〕顧野王撰，〔宋〕陳彭年修：《重修玉篇》，頁14。

〔註539〕〔宋〕丁度撰：《集韻》，清文淵閣四庫全書本，頁87。

〔註540〕〔清〕郭慶藩撰，王孝魚點校：《莊子集釋》，頁658。

〔註541〕〔戰國〕韓非子撰，陳奇猷校注：《韓非子集釋》，頁206。

〔註542〕〔周〕老聃撰，〔晉〕王弼注：《道德眞經註》，古逸叢書景唐寫本，頁15。

此句當隸爲「夢見熊者，見官長」，原意爲「夢見熊一類的猛獸，將會遇見官員一類的人物」。

夢見飲酒，不出三日必有雨。（40）

此句當隸爲「夢見飲酒，不出三日必有雨」，原意爲「夢見飲酒，三日之內必下雨」。

夢見䖵$_1$者，魄$_2$君（群）$_3$爲祟。【40】

1. 䖵

「䖵」字，《說文》：「蟲之總名也。从二虫」〔註 543〕，段注云：

> 虫下曰：「或行或飛，或毛或蠃，或介或鱗，皆以虫爲象。」故蟲皆從虫，而虫可讀爲蟲，蟲之總名偁䖵。凡經傳言昆蟲，即䖵蟲也。

段玉裁以爲「䖵」字爲昆蟲的總稱。郭店簡《老子甲》：「又（有）脜（狀）蟲（䖵）成，先天埅（地）生。」〔註 544〕今本「蟲（䖵）」作「混」；馬王堆帛書本「蟲（䖵）」作「昆」，故「䖵」字與「昆」字同，可證明段玉裁的說法正確。

2. 魄

原釋認爲：

> 竊鬼。《篇海類編・人物類・鬼部》：「魄，竊鬼。」〔註 545〕

頗疑《篇海類編》成書較晚，故所收「魄」字義，與此簡可能不同，但目前沒有確切說法，暫從原釋。

3. 君（群）

嶽麓簡《占夢書》簡 14「門、行爲祟」，形式與此簡同，故「魄君」或可分讀爲二物。但「君」字，《說文》：「尊也。从尹口，口呂發號。」〔註 546〕古

〔註 543〕〔清〕段玉裁著：《說文解字注》，頁 681。

〔註 544〕荊門市博物館：《郭店楚墓竹簡》，頁 112。

〔註 545〕朱漢民、陳松長主編：《嶽麓書院藏秦簡（壹）》，頁 169。

〔註 546〕〔清〕段玉裁著：《說文解字注》，頁 57。

多用爲「君王」〔註 547〕、「官職」〔註 548〕、「封號」〔註 549〕，以此釋之，則簡文「醜、君爲祟」句難以通解。

頗疑「君」字，可假爲「群」。「群」字，《說文》：「輩也。从羊，君聲」〔註 550〕。「君」、「群」二字皆從「君」得聲，又「君」字屬「見紐文部」，「群」字屬「群紐文部」，二字疊韻，見群則爲旁紐，可以通假。何琳儀認爲：

> 侯馬盟書「君嘑盟」之君，或作群。〔註 551〕

王輝亦持此說，認爲：

> 侯馬盟書宗盟類所謂「委質類」所禁止之事項有「群虖明（盟）」，即嘯聚私盟，違者要受到誅滅宗族的處罰，一·九八相同文例，群作君，應讀爲群。〔註 552〕

則簡文「君」字，或當假爲「群」，爲「群眾」之義。簡文「醜君」亦不需分讀，可直接釋爲「鬼群」。

此句當隸爲「夢見蚰者，醜君（群）爲祟」，原意爲「夢見蟲類，此因鬼群作祟所致」。

夢見~1~□樂~2~將發，故憂未已，新憂有（又）發，門行~3~爲祟~4~。（14）

〔註 547〕張光裕曰：「(上博簡《相邦之道》簡 4）雖未指明爲何君，然揆諸先秦文獻，多有魯哀公問於孔子之記載，且問答之間，孔子亦有逕稱『哀公』爲『君』者，……因疑本簡所稱『公』、『君』，或當指魯哀公而言。」參馬承源主編：《上海博物館藏戰國楚竹書（四）》，頁 237。

〔註 548〕唐蘭曰：「卜辭君字之義與尹字同，周初猶承用此義，周書君奭君臣君牙諸篇之稱君，亦及尹也。本王臣之稱。若君臣之對稱，殆別有所起。」參唐蘭：〈智君子鑑考〉《輔仁學志》，1938 年 12 月。

〔註 549〕如包山楚簡「坪夜君」、「郘陽君」、「壘陽君」。徐少華曰：「『壘陽君』，是戰國中期楚國境封君之一，按照楚國封君多以封邑爲封號的習俗，『壘陽』應是楚地之邑名。」參徐少華：《荊楚歷史地理與考古探研》（北京，商務印書館，2010 年 11 月），頁 266。

〔註 550〕〔清〕段玉裁著：《說文解字注》，頁 148。

〔註 551〕何琳儀：《戰國古文字典——戰國文字聲系》，頁 1339。

〔註 552〕王輝編著：《古文字通假字典》，頁 655。

1.

字，只存下半部由右上往左下的筆畫。頗疑此字當隸爲「見」字。

秦簡「見」字如下：

字形					
出處	睡虎地《秦律》簡 97	睡虎地《封》簡 95	睡虎地《法律》簡 10	睡虎地《日乙》簡 56	嶽麓《爲吏》簡 59
字形					
隸定	嶽麓《爲吏》簡 63	嶽麓《占》簡 7	嶽麓《占》簡 11	嶽麓《占》簡 16	嶽麓《占》簡 21
字形					
隸定	嶽麓《占》簡 22	嶽麓《占》簡 23	嶽麓《占》簡 23	嶽麓《占》簡 24	

嶽麓簡《占夢書》「見」字甚多，茲不贅舉。字所存的筆畫，與秦簡「見」字之「丿」筆頗同，可以隸爲「見」字。又嶽麓簡《占夢書》每則夢徵，多以「夢」或「夢見」起始，略舉如下：

簡　號	簡　　文
11	【夢】見□雲
16	夢見貑、豚、狐生（腥）喿（臊）
21	夢見雞鳴
22	夢見項者
23	夢見肉

由簡之形式看〔註 553〕，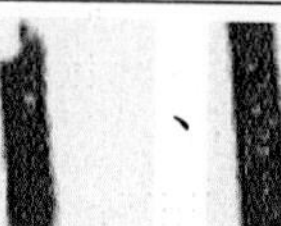二字應爲書寫夢徵之起始，故隸字

〔註 553〕嶽麓簡《占夢書》除簡 1 至 5 書寫「占夢理論」時，字句會跨簡書寫外，其餘簡

爲「見」字於文句上亦是可信。字，殘損極爲嚴重，無法判別，然據後字所隸，此字可能爲「夢」字。故、二字爲「夢」、「見」的可能性極大。

2. 

復旦讀書會認爲：

> 「將」字之上竹簡殘損較爲嚴重，但根據所存殘畫和文意，「將」字之上當可補出「新樂」二字。〔註554〕

讀書會隸字爲「樂」，頗可信。錄秦簡「樂」於下：

字形				
出處	睡虎地《日甲》簡42	睡虎地《日乙》簡241	嶽麓《爲吏》簡28	嶽麓《爲吏》簡30

簡文圖版殘損過半，左上「糸」之筆畫雖黏合不清，大抵與所舉嶽麓簡《爲吏治官及黔首》的「樂」字相似；其下的「木」字仍存左半可觀，故從讀書會的說法，隸字爲「樂」字。但有關的說法，未敢認同。因爲此簡已有一個（新）字可互相參照。兩相比較，的短撇雖然與「新」字相似，但其上的短橫畫則完全不可見，實難認爲此二字爲相同字形，故從缺待考。

文多以一簡的上下欄分別書寫夢徵，此簡亦不例外。

〔註554〕復旦大學出土文獻與古文字研究中心研究生讀書會：〈讀《嶽麓書院藏秦簡（壹）》〉，復旦網，2011年2月28日。

3. 門行

原釋認爲：

> 神名。《禮記‧祭法》：「適士立二祭，曰門、曰行。」注：「門、户主出入。行，主道路行作。」《聘禮》曰：「使者出，釋幣於行，歸，釋幣於門。」〔註555〕

門、行之神的祭祀，源於殷商。《禮記‧曲禮》「天子祭天地祭四方祭山川祭五祀」〔註556〕，注云：「五祀，戶竈中霤門行也。此蓋殷時制也。」〔註557〕三國吳‧華覈〈諫吳主皓盛夏興工疏〉曰：

> 楊市土地，與宮連接。若大功畢竟，輿駕遷住。門行之神，皆當轉移。猶恐長久，未必勝舊，屢遷不可，留則有嫌。此乃愚臣所呂夙夜爲憂灼也。〔註558〕

吳王孫皓欲遷徙宮室，於夏季農忙之時大興土木。門行鬼神之說雖未必可信，但華覈卻以之勸諫帝王，意在威嚇君主，希望從善爲之。又梁武帝〈斷酒肉文〉曰：

> 在家人雖復飲酒噉肉，門行井竈，各安其鬼；出家人若飲酒噉肉，臭氣薰蒸，一切善神，皆悉遠離。〔註559〕

蕭衍以爲在家、出家人對於酒肉的態度應有不同，「門行井竈，各安其鬼」，故所以在家人飲酒食肉則不礙修行。此知時至魏晉，仍有人以爲「門行井竈」皆有其附屬的鬼神，遑論書寫年代更早、神鬼觀念更爲濃厚的嶽麓簡《占夢書》。

故「門」即「門神」，「行」則「道路神」。

〔註555〕朱漢民、陳松長主編：《嶽麓書院藏秦簡（壹）》，頁157。

〔註556〕〔清〕阮元用文選樓藏本校勘嘉慶二十年重刊宋本：《十三經注疏附校勘記‧禮記》，頁2743。

〔註557〕五祀之祭祀時間不同，疏云：「祭五祀者，春祭户，夏祭竈，季夏祭中霤，秋祭門，冬祭行也。」

〔註558〕〔清〕嚴可均校輯：《全上古三代秦漢三國六朝文》，頁1449-1。

〔註559〕〔清〕嚴可均校輯：《全上古三代秦漢三國六朝文》，頁2989-1。

4. 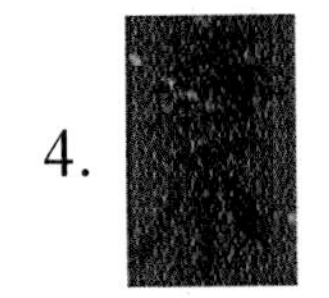

原釋隸爲「奈」字，訓爲「祟」字，並無說法。葉涓從之，並收於其文字編「奈」字條〔註 560〕。

此字當隸爲「祟」字，相關「祟」字尚有：

字形			
隸定	睡虎地《日乙》簡 206	睡虎地《日乙》簡 216	嶽麓《占》簡 40

此字雖較不同於睡虎地簡的「祟」字，然幾與嶽麓簡《占夢書》簡 40 的「祟」字相同。兩者的差異僅在此簡「祟」字其「出」旁較爲模糊。爲「出」旁，然其右上往左下的撇筆，可能有書手筆誤的嫌疑。原釋以此筆畫爲「奈」字之「大」旁，其實忽略了右上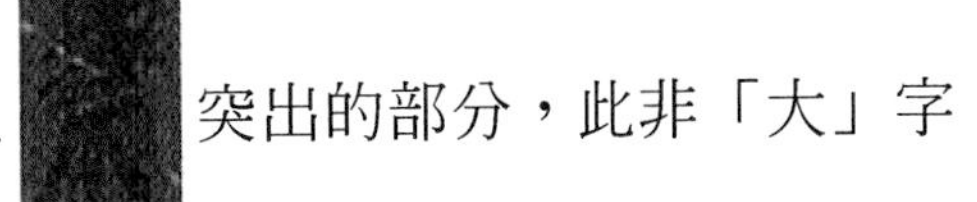突出的部分，此非「大」字所應有之筆：

字形				
隸定	睡虎地《法律》簡 78	睡虎地《秦律》簡 20	嶽麓《卅四》簡 1 正〔註 561〕	嶽麓《卅四》簡 1 正
字形				
隸定	嶽麓《卅四》簡 1 正	嶽麓《卅四》簡 1 正	嶽麓《卅四》簡 1 正	

有嶽麓簡《占夢書》簡 40 之「祟」字爲證，此字可改隸爲「祟」字。此句當隸爲「夢見□樂將發，故憂未已，新憂有（又）發，門、行爲祟」，原意爲「夢

〔註 560〕葉涓：《《嶽麓書院藏秦簡（壹）》文字編》，頁 3。

〔註 561〕由此起之四「大」字皆引自《嶽麓書院藏秦簡（壹）·卅四年質日》，皆位爲簡 1 正面。葉涓《《嶽麓書院藏秦簡（壹）》文字編》一書則誤以爲「簡 1 背面」，今正。參葉涓：《《嶽麓書院藏秦簡（壹）》文字編》，頁 104。

見某將發生，表示舊的憂慮尚未停止，新的憂慮又將發生，且門、道路之神即將作祟」。

簡文「門、行爲祟」句，或可視爲夢占者對夢者此夢原因的占卜，表示「夢見□樂將發」一夢，由「門、行爲祟」所致。「門、行爲祟」既是這個夢的原因，也是這個夢的結果。

·1夏夢之，禺（遇）辱。【14】

1. 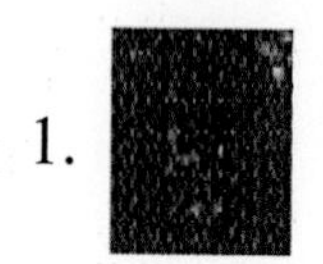

原釋以此爲篇章號，標明春、夏二季夢徵的分別，但缺少相關資料證明。此處暫從原釋，存之待考。

此句當隸爲「·夏夢之，禺（遇）辱。」或意爲「夏季夢見，當有恥辱，或凶險的事情發生」。

此簡與簡 12 相似，然缺乏說明夢徵的文句；而篇章號的使用，表明其與同簡上部「夢見□樂將發，故憂未已，新憂有（又）發，門、行爲祟」爲不同的事項〔註 562〕，不排除書手漏書「夢徵」，或者「錯簡」的可能。

第六節　「夢徵與夢占（三）」釋讀

此節討論「夢徵與夢占」，而占卜結果皆爲「鬼神求索」，範圍由簡 27 至簡 46。茲錄釋文如下：

……。夢死者復起，更爲官（棺）郭（槨）。死者食，欲求衣常（裳）。【27】夢見羊者，傷（殤／禓）欲食。夢見豕者，明欲食。【41】【夢】見犬者，行欲食。夢見汲者，癘（厲／癘）、租（詛）欲食。【42】【夢】見□，竈欲食。夢見斬足者，天閔（闕）欲食。【43】☐……。夢見彭者，兵死、傷（殤／禓）欲食。【44】【夢見】□□，大父欲食。夢見貴人者，（壄）欲食。【45】【夢】見馬者，父欲食。【46】☐……。(27)

〔註 562〕或疑此篇章號爲書手誤書，故「夏夢之，禺（遇）入」當與「夢見□樂將發」一句合併，但除此篇章外，兩文句中仍有一、二字的空白，所以書手誤書的可能性不高。

此簡缺上半部，所以無法得知其夢徵與夢占。

夢死者復起，更爲官（棺）郭（槨），死者食，欲求衣常（裳）。【27】。

此簡的書寫形式較爲特殊，「死者復起」、「死者食」應分爲二夢。細察嶽麓簡《占夢書》於同一夢中，並無夢徵（死者）重出之例，此簡「死者」二字重出，應可視爲不同夢。這或許是因爲書手於書寫時，爲將此相同夢徵的二個夢例，書寫於同一簡的半部內，所以省略第二夢例的「夢」字。此簡與嶽麓簡《占夢書》簡 33「夢繩外刖（劓）爲外憂，內刖（劓）爲中憂。」相同。可知嶽麓簡《占夢書》的書手是有意識的省略字形、書寫文字，以符合簡的長度。

此簡應斷讀爲二夢例，一爲「夢死者復起，更爲官（棺）郭（槨）」；二爲「死者食，欲求衣常（裳）」。前者意爲「夢見死者復生活動，表示死者需要更換棺槨」；「後者意爲夢見死者飲食，表示死者需要衣裳。」

夢見羊者，傷（殤／禓）1欲2食3。（41）

1. 傷（殤／禓）

原釋認爲：

> 讀爲「殤」，鬼神名。《包山楚簡》225：「舉禱於殤」。《小爾雅・廣名》：「無主之鬼謂之殤。」〔註 563〕

此說可從。

又「殤」字，凡國棟認爲：

> 殤可指戰死者。見於《楚辭》，王逸注：「國殤，謂死於國事者。」兵死、殤均與戰爭有關。〔註 564〕

但嶽麓簡《占夢書》44 已有「兵死」一詞。若此處仍指「戰死者」，略嫌重複。

頗疑簡文「傷」可假爲「殤」字，指「未成年之死者」。

「傷」字屬「審紐陽部」，「殤」字同，二字雙聲疊韻，可通假。「殤」字，《說文》：「不成人也。人年十九至十六死爲長殤，十五至十二死爲中殤，十

〔註 563〕朱漢民、陳松長主編：《嶽麓書院藏秦簡（壹）》，頁 170。

〔註 564〕凡國棟：〈岳麓秦簡《占夢書》校讀六則〉，武漢簡帛網，2011 年 4 月 8 日。

一至八歲死爲下殤」〔註 565〕。古人甚懼「橫死者」，恐其作祟，故占夢而祭之。

簡文「傷」字除假爲「殤」外，亦可假爲「裼」。「裼」字屬「審紐陽部」，與「傷」、「殤」爲雙聲疊韻，亦可通假。《禮記·郊特牲》：

> 鄉人裼。〔註 566〕

鄭注云：「裼，強鬼也。」與兵死者、未成年死者同，皆屬不吉之物。《論衡·辨祟》曰：

> 世俗信禍祟，以爲人之疾病死亡，及更患被罪，戮辱懽笑，皆有所犯。起功、移徙、祭祀、喪葬、行作、入官、嫁娶，不擇吉日，不避歲、月，觸鬼逢神，忌時相害。故發病生禍，絓法入罪，至于死亡，殫家滅門，皆不重慎，犯觸忌諱之所致也。〔註 567〕

斯言甚是。嶽麓簡《占夢書》此類夢例，即反映此種迷信巫術的心態。

簡文「傷」字，其義不應與「兵死」相同，當可如原釋，解爲「無主之鬼」；又貨可假爲「殤」，表「未成年而死者」；或假爲「裼」，表「強鬼」。

2. 欲

原釋認爲：

> 需要。《文子·微明》：「心欲小，志欲大。」〔註 568〕

此說可從，故與嶽麓簡《占夢書》簡 27「欲求衣常（裳）」及後文諸簡「欲食」用法相同。

3. 食

原釋認爲：

> 祭獻，享祀。《後漢書·王渙傳》：「民思其德，爲立祀安陽亭之西，每食則弦歌而薦之。」《篇海類編·食貨類·食部》：「食，饗也，故

〔註 565〕〔清〕段玉裁著：《說文解字注》，頁 164。

〔註 566〕〔清〕阮元用文選樓藏本校勘嘉慶二十年重刊宋本：《十三經注疏附校勘記·禮記》，頁 3134。

〔註 567〕〔漢〕王充，黃暉撰：《論衡校釋》，頁 1008。

〔註 568〕朱漢民、陳松長主編：《嶽麓書院藏秦簡（壹）》，頁 170。

祭名血食。」〔註 569〕

此說可從。「食」字作爲祭祀的用法，已見甲骨卜辭。《禮記‧曲禮》「食居人之左」〔註 570〕，鄭注云：「食，飯屬也。」「食」即爲穀類的食物，後多作爲「祭祀的禮儀」，故可代指「祭祀」，與嶽麓簡《占夢書》簡 27「死者食」不同〔註 571〕。

此句當隸爲「夢見羊者，傷（殤／禓）欲食」，原意爲「夢見羊，這是因爲無主之鬼意圖索取祭祀所致」。

夢見豕者，明 1 欲食。【41】

1. 明

原釋認爲：

> 當讀爲「盟」，神名。《睡虎地秦簡‧日書甲種》：「利以兌（說）明（盟）組（詛）。」《包山楚簡》211：「思攻解於盟詛」。朱德熙、裘錫圭、李家浩曾指出：「盟詛，似指盟詛之神。」〔註 572〕

此說可從。但「明」字也有可能指「明神」。如《詩經‧大雅‧雲漢》曰：

> 旱既大甚、黽勉畏去。胡寧瘨我以旱、憯不知其故。祈年孔夙、方社不莫。昊天上帝、則我不虞。敬恭明祀、宜無悔怒。〔註 573〕

箋云：「天曾不度知我心，肅事明神，如是明神，宜不恨怒於我，我何由當遭此旱」、「明祀本或作明神」，可知「明祀」或「明神」皆當指「神明」。《左傳‧僖公二十一年》「成風爲之言於公曰，崇明祀，保小寡，周禮也。」注云：「大皞有濟之祀保安。」此「明祀」當祭「太皞」、「濟水」之神。故「明」或許可用指此類神祇。

〔註 569〕朱漢民、陳松長主編：《嶽麓書院藏秦簡（壹）》，頁 170。

〔註 570〕〔清〕阮元用文選樓藏本校勘嘉慶二十年重刊宋本：《十三經注疏附校勘記‧禮記》，頁 2685。

〔註 571〕「死者食」的「食」字當爲死者的動作，作爲「食用」，因爲「祭祀」、「享祀」非死者能自爲之。

〔註 572〕朱漢民、陳松長主編：《嶽麓書院藏秦簡（壹）》，頁 170。

〔註 573〕〔清〕阮元用文選樓藏本校勘嘉慶二十年重刊宋本：《十三經注疏附校勘記‧詩經》，頁 1212。

此句當隸爲「夢見豕者，明欲食」，原意爲「夢見豬，這是因爲盟詛之神（明神）索取祭祀所致」。

【夢】見犬者，行[1]欲食。（42）

1. 行

原釋認爲：

> 路神名，即行神。《禮記・月令》：「（孟冬之月）其祀行，祭先賢。」〔註574〕

「行」作爲祭祀對象，亦見於嶽麓簡《占夢書》簡 14「門、行爲祟」。簡文「行」字，當指「道路神」。

漢代改「行神」爲「井神」，《漢書・郊祀志》曰：

> 大夫祭門、户、井、灶、中霤五祀。士庶人祖考而已。〔註575〕

漢・王充《論衡・祭意》曰：

> 五祀，報門、户、井、竈、室中霤之功。門、户、人所出入，井、竈、人所飲食，中霤、人所託處，五者功鈞，故俱祀之。〔註576〕

以「井」替「行」，是明「神所飲食」之功。《呂氏春秋・孟冬紀》曰：

> （孟冬之月）其祀行，祭先賢。〔註577〕

高注云：「行，門內地也。冬守在內，故祀之。行或作井，水給人。冬水王，故祀之也。」高氏以爲「行」、「井」二字可以互通。楊昭儁曰：

> 行，道也，《詩》曰：「行有死人」。商、周彝器文中之「行」字作「卝」，正象十字道形。高氏解行爲門內第，即從道路字引申之說也。作「井」者，即「卝」之譌。〔註578〕

陳奇猷從之，其校云：

〔註574〕朱漢民、陳松長主編：《嶽麓書院藏秦簡（壹）》，頁 170。

〔註575〕〔漢〕班固撰，〔唐〕顏師古注：《漢書》，頁 1193。

〔註576〕〔漢〕王充，黃暉撰：《論衡校釋》，頁 1059。

〔註577〕〔戰國〕呂不韋編，陳奇猷校注：《呂氏春秋》，頁 515。

〔註578〕〔戰國〕呂不韋編，陳奇猷校注：《呂氏春秋》，頁 518。

> 春祀户，夏祀竈，秋祀門，主人之竈即在門内，故祀户、祀竈、祀門、祀行皆在門内，明冬季不得獨祀門外之井也。高注謂「行」或作「井」者，乃據《淮南》之文，故《淮南》高注又云「井或作行」也。〔註579〕

東漢的高誘因爲《淮南子》而更改《呂氏春秋》，表示漢初《淮南子》已經改「行」字爲「井」，這或許是《漢書》、《白虎通德論》所記載漢代改「祭行」爲「祭井」的濫觴。嶽麓簡《占夢書》雖處秦末漢初之時，簡文「行」字應仍指「道路神」爲佳。

此句當隸爲「【夢】見犬者，行欲食」，原意爲「夢見狗，這是因爲道路神索取祭祀所致」。

夢見汲[1]者，癘（厲／癘）[2]、租（詛）[3]欲食。【42】

1. 汲

「汲」字，《說文》：「引水也。从及水，及亦聲」〔註580〕，如《莊子‧至樂篇》「綆短者，不可以汲深」〔註581〕。簡文「汲」字，當用爲本義「引水」。〔註582〕

2. 癘（厲／癘）

原釋認爲：

> 當讀爲「厲」，山神名。《禮記‧祭法》：「大夫立三祀，曰族厲、曰

〔註579〕〔戰國〕呂不韋編，陳奇猷校注：《呂氏春秋》，頁518。

〔註580〕〔清〕段玉裁著：《說文解字注》，頁569。

〔註581〕〔清〕郭慶藩撰，王孝魚點校：《莊子集釋》，頁620。

〔註582〕除「引水」外，「汲」字或可假爲「泣」，義爲「哭泣」。「汲」字屬「見紐緝部」，「泣」字則爲「溪紐緝部」，二字疊韻，聲爲見溪旁轉，理可通假。帛書《六十四卦‧屯》「尚（上）六，乘馬煩（班）如，汲（泣）血連（漣）如。」通行本「汲」字作「泣」；《六十四卦‧中復（孚）》「或鼓或皮（罷），或汲（泣）或歌。」通行本「汲」字作「泣」；帛書《老子甲》卷後古佚書《五行》「【嬰】嬰於蜚（飛），駐池其羽。之子于歸，袁（遠）送于野，瞻望弗及，汲（泣）沸〈涕〉如雨。」毛詩《邶風‧燕燕》「汲」字作「泣」。然嶽麓簡《占夢書》簡32「夢以泣灑人」已有「泣」字，此處「汲」字若假爲「泣」字使用，便顯突兀。

門、曰行。」注：「厲，主殺伐。」「司命與厲，其時不著。今之民家，或春秋祀司命、行神、山神、門、户、竈在旁，是必春祀司命，秋祀厲也。或者合而祀之。」或是爲癘鬼名。《睡虎地秦簡·日書甲種》五二背三：「一室人皆養（癢）體，癘鬼居之，燔生桐其室中則已矣。」〔註583〕

此說可從。然嶽麓簡《占夢書》五祀之「門」、「行」、「竈」，此較可能爲五祀之「厲」。然以「癘鬼」解釋也頗爲通順，故從原釋，而並存二說。

3. 租（詛）

原釋認爲：

當讀爲「詛」，神名。《睡虎地秦簡·日書甲種》：「利以兑（説）明（盟）組（詛）。」《包山楚簡》211：「思攻解於盟詛」。〔註584〕

此說可從。

此句當隸爲「夢見汲者，癘（厲／癘）、租（詛）欲食」，原意爲「夢見汲水，這是因爲厲神（或癘鬼）、詛神索取祭祀所致」。

【夢】見□，竈∟欲食。（43）

1. **竈**

原釋認爲：

竈神。《禮記·祭法》：「庶士、庶人立一祀，或立戶，或立竈。」注：「竈，主飲食之事。」《論語·八佾》：「與其媚於奧，寧媚於竈。」漢·（按：原釋無音節號，今補。）應劭《風俗通·祀典·竈神》：「南陽陰子方積恩好施，喜祀竈。」〔註585〕

原釋可從，此即五祀的「竈」，可與嶽麓簡《占夢書》的諸「五祀神」相參照。

此句當隸爲「【夢】見□，竈欲食」，原意爲「夢見某，這是因爲竈神索取祭祀所致」。

〔註583〕朱漢民、陳松長主編：《嶽麓書院藏秦簡（壹）》，頁170。

〔註584〕朱漢民、陳松長主編：《嶽麓書院藏秦簡（壹）》，頁170。

〔註585〕朱漢民、陳松長主編：《嶽麓書院藏秦簡（壹）》，頁170。

夢見斬足者，天関（闕）1欲食。【43】

1. 関（闕）

原釋認爲：

> 當讀爲「闕」。「天闕」或即天門，當是七舍中門神之別稱。〔註586〕

凡國棟認爲：

> 《占夢書》中有「行欲食」、「竈欲食」等語，行、竈均屬七舍，是以整理者有此一説。不過行、竈都用本名，門神無由用別名稱之，頗疑天闕當爲星名。《史記·天官書》：「兩河、天闕間爲關梁。」案其職掌，或應與刑罰有關。〔註587〕

夔一從之，並補充：

> 天闕星在井宿，亦作井宿之別名。《開元占經》引《黃帝占》：「東井，天府法令也，天讒也，一名東陵，一名天井，一名東井，一名天關，一名天闕，一曰天之南門，三光之正道。」井宿之所以「主法令」，是因爲「井」與「刑」同音。井宿所在星區還有鉞星。《史記·天官書》：「東井爲水事，其西曲星曰鉞。」鉞星往往與井宿並列，共主斬伐之事。……正因爲如此，「天闕欲食」才會和「夢見斬足」聯繫起來。〔註588〕

「関」字，當從原釋，讀爲「闕」；其義則從凡國棟，表示「掌刑罰之星」。

此句當隸爲「夢見斬足者，天関（闕）欲食」，原意爲「夢見被斬去足，這是因爲掌管刑罰的天闕星索取祭祀所致」。

☐……。（44）

第44簡缺上半部，所以無法得知其夢徵與夢占。

夢見彭1者，兵死2、傷（殤／裼）欲食。【44】

1. 彭

〔註586〕朱漢民、陳松長主編：《嶽麓書院藏秦簡（壹）》，頁170。

〔註587〕凡國棟：〈岳麓秦簡《占夢書》校讀六則〉，武漢簡帛網，2011年4月8日。

〔註588〕夔一：〈讀岳麓簡《占夢書》小札五則〉，復旦網，2011年4月19日。

原釋認爲：

讀爲「篣」，笞擊也。《後漢書・獨行傳・戴就》：「每上彭考，因止飯食不肯下，肉焦毀墯地者，掇而食之。」李賢注：「彭即篣也。」〔註 589〕

凡國棟認爲：

頗疑「彭」當如字讀，《說文・壴部》：「彭，鼓聲。」鼓爲戰爭中進攻的號角，這樣夢見鼓聲，兵死、傷（殤）欲食也就順理成章。〔註 590〕

凡國棟的說法可從。「彭」字除鼓聲外，尚可作爲「軍備」，《釋名・釋兵》「彭排，軍器也。彭，旁也，在旁排禦敵攻也」〔註 591〕，亦與「兵死」、「傷（殤）」有關。但夢徵本來具備曲折離奇的色彩，故「彭」字，可從此三解。

2. 兵死

原釋認爲：

鬼神名。《包山楚簡》241 號簡：「思攻解於槼詛與兵死。」〔註 592〕

原釋可從。九店簡《告武夷》：「帝胃（謂）尓無事，命尓司兵死者。」〔註 593〕李家浩認爲：

指死於戰爭的人的鬼魂。〔註 594〕

《禮記・曲禮》「死寇曰兵」〔註 595〕、《釋名・釋喪制》「戰死曰兵。言死爲兵

〔註 589〕朱漢民、陳松長主編：《嶽麓書院藏秦簡（壹）》，頁 171。

〔註 590〕凡國棟：〈岳麓秦簡《占夢書》校讀六則〉，武漢簡帛網，2011 年 4 月 8 日。

〔註 591〕〔漢〕劉熙撰：《釋名》，四部叢刊景明翻宋栩本，頁 26。

〔註 592〕朱漢民、陳松長主編：《嶽麓書院藏秦簡（壹）》，頁 171。

〔註 593〕湖北省文物考古研究所、北京大學中文系編：《九店楚簡》（北京，文物出版社，2000 年 5 月），頁 50。

〔註 594〕李家浩：〈九店楚簡「告武夷」研究〉《簡帛研究匯刊》，第 1 輯（臺北，中國文化大學史學系，2003 年 5 月）；後收入李家浩：《著名中年語言學家自選集・李家浩卷》（合肥，安徽教育出版社，2002 年 12 月），640 頁。

〔註 595〕〔清〕阮元用文選樓藏本校勘嘉慶二十年重刊宋本：《十三經注疏附校勘記・禮記》，頁 2745。

所傷也」〔註596〕，古人以爲「兵死者」爲不祥之物。《淮南子·說林》曰：

> 兵死之鬼憎神巫。〔註597〕

高注云：「兵死之鬼，善行病人，巫能祝劾殺之。」惟有「巫祝」可抵禦、祓除兵死者之作祟，故「兵死者」的祭祀極爲重要。簡文以夢徵爲「兵死者求索」之占，可能即此類迷信所致。〔註598〕

此句當隸爲「【夢見】彭者，兵死、傷（殤／禓）欲食」，原意爲「夢見笞擊（鼓聲、軍備），這是因爲兵死、未成年而死者（或強鬼）索取祭祀所致」。

【夢見】□□，大[1]父欲食。（45）

1. 大

原釋認爲：

> 此簡上部殘損，從殘存筆畫來判斷，疑是「天」或「大」字。「又」字左上側有竹纖維脫落，疑是「父」字，如果所疑可據的話，那這兩個字或當釋爲（按：「爲」原爲「文」，應爲筆誤，今改。）「大父」。「大父」，祖父也。《史記·留侯世家》：「留侯張良者，其先韓人也。大父開地，相韓昭侯、宣惠王、襄哀王。」裴駰《集解》引應劭曰：「大父，祖父。」這裏應是神祖名。〔註599〕

簡文「大父」即「逝世的祖父」，可與嶽麓簡《占夢書》簡 46「父欲食」相參照。

此句當隸爲「【夢見】□□，大父欲食」，原意爲「夢見某，這是因爲逝世的祖父索取祭祀所致」。

〔註596〕〔漢〕劉熙撰：《釋名》，頁 30。

〔註597〕〔漢〕劉安，劉文典撰：《淮南子》，頁 567。

〔註598〕賴怡璇認爲：「古人認爲在一般情況下的鬼魂並不害人，只有在特殊情況下死去者的鬼魂，如在襲擊中被殺的人，才試圖竊取生者靈魂，甚至相信死者會帶著生者的靈魂去死人的領地。筆者認爲「兵死者」便是其例，故將「某」之靈魂抓至武夷山。」參賴怡璇：《《楚地出土戰國簡冊〔十四種〕》校訂》（臺中，中興大學碩士學位論文，2011 年 6 月），頁 148～149。

〔註599〕朱漢民、陳松長主編：《嶽麓書院藏秦簡（壹）》，頁 172。

夢見貴 1 人者，遂（墜）2 欲食。【45】

1. 貴

夔一認爲：

> 簡 41「夢見羊者，傷（殤）欲食」；簡 44「〔夢見〕彭（膨？）者，兵死、傷（殤）欲食」；簡 46「夢見馬者，父欲食」。此三則，「羊」（以母陽部）對「殤」（書母陽部）、「彭」（明母陽部）對「兵（非母陽部）死、殤（書母陽部）」、「馬」（明母魚部）對「父」（奉母魚部），皆因諧音而有所聯繫。……「貴」（見母物部）對「遂」（邪母物部）亦是一例。〔註 600〕

其以「諧韻」證明此字有隸爲「貴」的可能，可從。嶽麓簡的諸「貴」字，形體大抵相近：

字形				
出處	嶽麓《爲吏》簡 46	嶽麓《爲吏》簡 43	嶽麓《爲吏》簡 71	嶽麓《占》簡 34
字形				
出處	嶽麓《占》簡 35	嶽麓《占》簡 38		

由圖可知，嶽麓簡《爲吏治官及黔首》、《占夢書》爲不同書手的作品，因爲「貴」字筆畫明顯不同。《爲吏治官及黔首》之「貴」字，其「虫」旁形體方正，橫、豎筆皆然；《占夢書》之「貴」字，其「虫」旁則將「一」旁改置於「中」旁之間，且改橫筆爲往左、右下方曲折之筆；並將「中」旁下方拉長以容納變體之「一」旁，即簡 34 的、簡 38 的。嶽麓簡《占夢書》簡 35「貴」字，則與《爲吏治官及黔首》諸「貴」字相同，較爲標準。〔註 601〕

〔註 600〕夔一：〈讀岳麓簡《占夢書》小札五則〉，復旦網，2011 年 4 月 19 日。

〔註 601〕此或可爲嶽麓簡《占夢書》爲不同書手分抄之證、嶽麓簡《占夢書》分篇之依據。

簡文此字之右旁，亦符合上述所論嶽麓簡《占夢書》「貴」字之特徵，當隸其爲「貴」字，故去原釋之「(？)」。

2. 遂（墬）

原釋認爲：

> 猶道也。《史記·蘇秦列傳》:「臣聞越王句踐戰敝卒三千人，禽夫差於干遂。」司馬貞《索隱》:「遂者，道也。於干有道，因爲地名。」「道」在當指路神。古代諸侯外出時先祭路神。《禮記·曾子問》:「道而出。」孫希旦《集解》:「道，祭行道之神於國城之外也。」《漢書·劉屈氂傳》:「貳師將軍李廣利將兵出擊匈奴，丞相爲祖道，送至渭橋。」〔註602〕

嶽麓簡《占夢書》簡14「門、行爲祟」、簡42「行欲食」的「行」字，即五祀的道路神，如果此簡「遂」字仍釋爲道路神，則有重複的意義。

頗疑此字當讀爲「墬」，爲「地神」之義。「遂」、「墬」二字有相混的嫌疑，何琳儀認爲：

> 墬，从阜，从土，豖聲。或加又旁繁化，參豚作[illegible]。或省土旁簡化，與隊同形。或土旁譌爲止旁，或阜旁譌爲彳旁。阜、土二旁均譌作辵，遂與逐（[illegible]）字相混。墬，地之異文。《字彙補》「墬，同地。」《韵會》「墬，古文地字。」〔註603〕

「遂」字，《說文》:「亡也。从辵㒸聲。」〔註604〕「㒸」字，《說文》:「从意也。从八豕聲」〔註605〕，故「遂」、「墬」二字皆从「㒸」聲，二字相譌，除字形之根據，亦有音韻之理，如《史記·田敬仲完世家》「湣王地」，《索隱》云:「《系本》明遂。」是「遂」字，可假爲「墬」，訓爲「地」。

「祭地」與「祭天」並爲古之大事。《禮記·王制》「天子祭天地，諸侯祭社稷」〔註606〕，故僅天子可祭「天地」，不可謂不重也；然嶽麓簡《占夢書》

〔註602〕朱漢民、陳松長主編:《嶽麓書院藏秦簡（壹）》，頁172。

〔註603〕何琳儀:《戰國古文字典——戰國文字聲系》，頁1223。

〔註604〕〔清〕段玉裁著:《説文解字注》，頁74。

〔註605〕〔清〕段玉裁著:《説文解字注》，頁49。

〔註606〕〔清〕阮元用文選樓藏本校勘嘉慶二十年重刊宋本:《十三經注疏附校勘記·禮

的「土地神」應非《禮記》的「天地神」，其位階或當較低。因爲此書的服務對象，並非「天子」、「諸侯」〔註 607〕，更可能爲當時社會中下階層之人。

《禮記·郊特牲》曰：

社祭土而主陰氣也。君南鄉於北墉下，答陰之義也。日用甲，用日之始也。天子大社必受霜露風雨，以達天地之氣也。……社所以神地之道也。地載萬物，天垂象。取財於地，取法於天，是以尊天而親地也，故教民美報焉。家主中霤而國主社，示本也。唯爲社事，單出里。唯爲社田，國人畢作。唯社，丘乘共粢盛，所以報本反始也。〔註 608〕

「社、中霤」各爲家、國之祭祀重心，然皆「神地之道也」，故可以二者爲地神之別〔註 609〕。而家祭中霤，明社會中下層之人士亦有祭地之權力，是以簡文「遂」字，當讀爲「墬」，訓爲「地」，可視爲「社、中霤」的稱呼。

此句當隸爲「夢見貴人者，遂（墬）欲食」，原意爲「夢見身分尊貴之人，這是因爲土地（社／中霤）神索取祭祀所致」。

【夢】見馬者，父[1]欲食。【46】

1. 父

原釋認爲：

神祖名。《包山楚簡》202：「新（親）父既城（成）。」整理者注：

記》，頁 2888。

〔註 607〕簡言之，嶽麓簡《占夢書》的夢占，多爲秦漢時期中下層社會人士所冀求、所遇的事項，以簡 18「丈夫爲祝，女子爲巫」爲例，「巫祝」的職位，絕非天子、諸侯所應爲之；又如簡 12、13「乃有内資」，天子、諸侯亦不會以進財納貨爲重。是知嶽麓簡《占夢書》所服務的對象當爲中下層社會人士。

〔註 608〕〔清〕阮元用文選樓藏本校勘嘉慶二十年重刊宋本：《十三經注疏附校勘記·禮記》，頁 3135。

〔註 609〕《白虎通德論》曰：「六月祭中霤。中霤者，象土在中央也，六月亦土王也。」此明中霤於五行屬土，爲地之象徵。又《論衡·祀義》曰：「井、竈、室中霤皆屬於地，祭地，五祀設其中矣。」（此明中霤爲地之象徵外，更爲五祀之主。「祭地」於早期可能爲天子之專全，然降及秦漢時期，常人亦可行此五祭。參〔漢〕班固纂集：《白虎通德論》，頁 8。〔漢〕王充，黃暉撰：《論衡校釋》，頁 1049。

> 「城」借作「成」。《儀禮・少牢禮》:「祝告曰利成」，注:「畢也。「既城」即祭禱完畢之義。「親父」即歆享其祀的神祖。〔註610〕

此說可從，即指「逝世的父親」。

此句當隸爲「【夢】見馬者，父欲食」，原意爲「夢見馬，這是因爲逝世的父親索取祭祀所致」。

〔註610〕朱漢民、陳松長主編:《嶽麓書院藏秦簡（壹）》，頁172。

第參章　《嶽麓書院藏秦簡（壹）·占夢書》內容分析（一）

第一節　淺論嶽麓簡《占夢書》前之夢文化與夢學理論

占夢文化傳承已久，然中國古代之占夢書，卻多不存。傳世文獻中，以《漢書·藝文志·數術略》所載《黃帝長柳占夢》以及《甘德長柳占夢》二書，爲年代最早的占夢書，但皆已亡佚，僅存書名。又如《隋書·經籍志》所載京房、崔元之《占夢書》，亦是佚而不傳。〔註1〕

雖有零星僅存的占夢書，如三國時期周宣的《占夢書》，但去古甚遠，又散見於後代書籍，於建構古代中國的占夢文化，罕有助益。及至敦煌遺卷出土《占夢書》殘本，後人方能對古代的夢文化有些許瞭解。

在嶽麓簡《占夢書》出土以前，有關先秦、兩漢的占夢文化研究，完全仰賴於《左傳》、《國語》、《史記》等傳世文獻，但多爲零星散記，材料過少，頗有缺憾。故知嶽麓簡《占夢書》作爲目前出土最早之占夢書，其重要性不言可喻。

嶽麓簡之墓葬年代約在秦代中晚期，其出土簡牘書之內容，或可上推至

〔註1〕參劉文英：《夢的迷信與夢的探索》（臺北，曉園出版社，1993年7月），頁112～124。

戰國年間。嶽麓簡《占夢書》內容豐富，收錄夢徵多樣，當非一人一地一時之作，於前代必有所繼承，「殷因於夏禮，所損益可知也；周因於殷禮，所損益可知也；其或繼周者，雖百世可知也」〔註2〕，故於後世夢文化亦有開創之功勞。欲凸顯該書的「成書背景」、「占夢術原理」，以及「夢徵意義」，除要辨明「共時材料」之影響，更應瞭解「歷時脈絡」之差異。是以上溯中國早期（夏、殷、周）占夢文化之起源、夢學理論之發展，可以妥善地呈顯嶽麓簡《占夢書》的形塑過程。

一、先秦夢文化之探索

《周禮・春官・太卜》曾載夏、殷、周三代的「占夢法」：

> （太卜）掌三夢之灋，一曰「致夢」，二曰「觭夢」，三曰「咸陟」。〔註3〕

鄭玄認爲《周禮》所載，確實爲三代使用的占夢法：「致夢」爲夏后氏所作、「觭夢」爲殷人所作、「咸陟」爲周人所作。雖然殷周時期有文字流傳，故吾人當可檢索出土材料爲此佐證；但現今仍未見確切的夏代文字，故此處探討的先秦占夢文化，仍然自殷商時期開始爲佳。

（一）商代之夢文化

甲骨文已有「占夢」的卜辭。丁山列舉了 22 條卜辭〔註4〕，而後胡厚宣則歸納殷王所占之夢，內容包括人物、鬼怪、天象、走獸、田獵、祭祀等，可見當時占夢涉及之範圍十分廣泛，例如：

> 庚辰卜，貞多鬼夢，不至禍。（《合集》17451）
>
> □丑卜，貞王夢有死大虎，惟禍。（《合集》17392 正）
>
> 夢雨，無害。（《合集》12900）

〔註 2〕〔清〕阮元用文選樓藏本校勘嘉慶二十年重刊宋本：《十三經注疏附校勘記・論語》，頁 5347。

〔註 3〕〔清〕阮元用文選樓藏本校勘嘉慶二十年重刊宋本：《十三經注疏附校勘記・周禮》，頁 1733。

〔註 4〕參丁山：〈説夢〉，《中央研究院歷史語言研究所集刊》，一本二分，（1930 年），頁 245～247。

貞王夢惟禍。（《合集》17408 正）

「占夢」卜辭，除夢徵種類多樣之外，其夢者雖然多以商王爲主，亦有如「貞『婦好』夢不惟父乙」（《合集》201 正）、「『亞肘』夢有禍」（《合集》5682）等地位較高者。卜辭中的占夢者，有的是商王親自爲占，也有由專職的占卜官員進行，如「由㝬進行占卜」：

「庚子卜，㝬貞，王夢白牛，惟禍」。（《合集》17393 正）

「乙巳卜，㝬貞，王夢箙，其惟孽」。（《合集》17386）

或由「㱿進行占卜」：

「丙子卜，㱿貞，王夢妻，不惟禍」。（《合集》17382）

「辛未卜，㱿貞，王夢兄丁，惟禍」。（《合集》5682）

由卜辭的記載，可以知道商王十分重視「夢」、「占夢」，但也透露出商代的「夢的詮釋權力」，主要操持在上層貴族；占夢不僅是他們的重要活動，也是不可下放的權力。〔註5〕

而「占夢」卜辭所記錄的簡略夢徵、占夢結果，實已有後世占夢書的雛型〔註6〕。簡略的夢徵，或許是由書寫材料爲甲骨所致，不宜記載過多文字，所以僅記夢徵。至於占夢結果的禍福，商王大多卜問「凶禍」，劉文英認爲：

> 殷王占夢似還有一個特點，就是多著眼於夢的消極方面。因爲殷王凡遇鬼夢總是問有沒有禍亂、有沒有災孽、其它夢景、夢象一般也是這樣占問。〔註7〕

〔註 5〕此或與甲骨文的性質有關。甲骨文多爲商代王室占卜所用，其內容多爲王室的行爲：上層貴族以外者或者也有占夢的權力，但考古資料尚不足證實。不過藉由「殷人尚鬼」的文化解讀，可以推知當時上自商王，下至平民或許皆有崇尚神鬼的風俗。所以故商代平民可能也有占夢的權力及需求。

〔註 6〕丁山提出殷王夢占卜辭的四種類型：「鬼（畏）夢而卜」、「夢事物而卜其吉凶」、「夢見人而卜其吉凶」、「不記夢徵，僅占夢之吉凶」。參丁山：〈說夢〉，《中央研究院歷史語言研究所集刊》，一本二分。而後世解夢書之夢占類型，多爲「夢事物而卜其吉凶」、「夢見人而卜其吉凶」，可知殷商之夢占卜辭或有影響後世解夢書之可能；此亦與先秦時期皇室夢占之事，多由史官所載，而史官之「歷史思維」影響解夢書形式發展有關。

〔註 7〕劉文英：《夢的迷信與夢的探索》，頁 17。

「問凶」與殷王多「鬼夢」有關，殷王極畏懼鬼，因此殷王每每將「作夢」認爲是鬼神祖先作祟，極重視之。胡厚宣認爲：

> 殷人以爲作夢乃災禍將臨之徵兆，故常常惕惕行舉以貞之。至於作夢之原因則殷人每以爲係先祖先妣之作祟也。〔註 8〕

占夢的結果，大多爲「凶」，這或許反映了「殷人尚鬼」的心態表現。而這種「所問多凶」、「所夢多凶」的情況，亦可見於嶽麓簡《占夢書》〔註 9〕。然而僅以嶽麓簡《占夢書》與甲骨卜辭相較，排除《左傳》、《國語》以及《史記》三書，是因爲後三書所載的記夢資料，很有可能經過作者的選擇、改寫，所含的政治教化寓意較多，其眞實性遠不如甲骨卜辭以及嶽麓簡《占夢書》。〔註 10〕

占夢卜辭確實反映了商王（或者可說是商人）對於「夢」的焦慮與惶恐，可知他們認爲「夢中所見」並非只是單純的「幻影」；夢徵已完全融入生活，成爲吉凶禍福的判斷依據；只是殷人仍無法清楚解釋對夢徵之理解，故必須利用龜甲占卜，方能判斷吉凶。這是原邏輯思維的特徵之一。

自商代盤庚遷殷，「夢」逐漸染上政治性質。《史記‧殷本紀》曰：

> 帝武丁即位，思復興殷，而未得其佐。三年不言，政事決定於冢宰，以觀國風。武丁夜夢得聖人，名曰說。以夢所見視群臣百吏，皆非也。於是乃使百工營求之野，得說於傅險中。是時說爲胥靡，築於傅險。見於武丁，武丁曰是也。得而與之語，果聖人，舉以爲相，殷國大治。〔註 11〕

此事又可見於郭店簡《窮達以時》簡 3、4，但已與夢無關。簡文云：

> 卲繇衣胎蓋冒（帽）袿（絰）扆（冢）慬（巾），斁（釋）板筥（築）

〔註 8〕胡厚宣：〈殷人占夢考〉，胡厚宣著：《甲骨學商史論叢（初集）》（山東，齊魯大學國學研究所，1944 年 3 月），頁 447～466。

〔註 9〕嶽麓簡《占夢書》的夢占結果，亦多爲凶；且內容所含的「鬼神求索」之占，也都訴說著不滿足夢徵所代表的鬼神願望，將有凶禍發生。

後文所引用之嶽麓簡《占夢書》，其字形隸定、句解釋義，皆爲本書第貳章之研究成果。故不另列出處。

〔註 10〕但也不能忽略《左傳》、《國語》以及《史記》的「尚鬼」心態，否則此三書不會以各種夢例表達敬人事鬼的精神。

〔註 11〕〔漢〕司馬遷撰：《史記》，頁 102。

而差（佐）天子，堣（遇）武丁也。〔註12〕

不過或許是因爲簡文出於儒家，所以直接說明武丁與傅說的知遇過程，省略了武丁的夢。

試圖以「精神分析」理論解釋武丁的夢，描述武丁、傅說的精神狀態，可能毫無結論，因爲此夢或許是爲了破格提拔傅說所杜撰而成，是夢作爲政治策略之妙用。《國語・楚語》載白公子張驟以此夢諫靈王：

（武丁）如是而又使以象夢旁求四方之賢，得傅說以來，升以爲公，而使朝夕規諫。〔註13〕

靈王暴虐，張驟以武丁夢諫之，除以此爲政治上之美事，更可見戰國時人深信武丁之夢無疑，故希望透過殷王之夢來影響國君。由此亦可見占夢結果的「經世性」，與史書「表徵盛衰，殷鑑興廢」的「歷史思維」頗同。

由於商王極爲重視夢與占夢，林翎便認爲：

殷王朝的卜官在占夢之時，已會利用一定的典冊做爲參考或依據，應該不是一種過於虛妄的臆測。〔註14〕

若將占夢卜辭集結成冊，其大概、規模確實已略近於後世占夢書。但甲骨卜辭並未如此製作。由商王「對重複出現的夢徵，也要重新占卜，才能確定吉凶禍福」一點看，卜官在占夢之時，可能仍不會以典冊做爲參考或依據。這是因爲「歷史思維」尚未發達所致；若占夢者能將各種不同的占夢卜辭收集成冊，於占卜重出之夢徵時，便可直接參照已有的卜辭，不須另作占卜。

甲骨卜辭的這種特色，與略具「見識」、「殷鑑」觀念的嶽麓簡《占夢書》極爲不同。

（二）西周時期之夢文化

周王的占夢活動，實於滅殷前夕便頻繁展開，《逸周書・程寤》便載有「周武王受命於天」之夢〔註15〕：

〔註12〕荊門市博物館：《郭店楚墓竹簡》，頁145。

〔註13〕上海師範大學古籍整理組校點：《國語》，頁554。

〔註14〕林翎：〈中國的占夢書〉，《中央日報・長河版》（1988年7月2日）。

〔註15〕陳伯适〈清華簡《程寤》文義初釋與占夢視域下有關問題試析〉一文，詳細整理歷代文獻與《程寤》乃至於太似夢商庭一事之相關佚文。參陳伯适：〈清華簡《程

> 文王去商在程，正月既生魄，太姒夢見商之庭產棘，太子發取周庭之梓，樹于闕閒，化爲松柏棫柞。寤驚，以告文王。文王曰：「愼勿言。」乃召太子發，占之于明堂，王及太子發竝拜吉夢，受商之大命于皇天上帝。〔註16〕

此篇本亡，散於傳世文獻，僅可見其概要；而近出之清華簡《程寤》則詳載此事〔註17〕，原篇內容之復原，使後學得以窺見全貌。此夢雖爲太姒所作，卻表達「周武王姬發將取商而代之」的意圖。沈寶春師更認爲「太似此夢」即爲《尚書・泰誓中》「天其以予乂民，朕夢協朕卜，襲于休祥，戎商必克」〔註18〕之「朕夢」：

> 若依清華簡《程寤》篇來看，武王所說的「朕夢協朕卜」實際上是有出入的。夢的主角其實是「太姒」而非「武王」，夢的時間點也有些推遲。而這個夢的重要性，是在確立「太姒」位居「亂臣十人」至高點的理據，雖說「溥天之下，莫非王土；率土之濱，莫非王臣」的寫照，實質上屈於「王臣」之位的，想當然也包括王母在內。而武王之所以利用攫取太姒之夢以善加轉接，充分開展夢占在社會心理的鼓盪說服作用。〔註19〕

清華簡《程寤》一文除見周人以「植物」爲夢徵外，更可見其運用夢徵、占夢結果以達政治目的之意圖。「這樣的夢，是有其文化內涵深厚的『正夢』，而神秘『天命』的象徵作用，也在這種不斷增強信心的發酵催化下，產生『周雖舊邦，其命維新』的國祚取得正當性，就順理成章的成立了。」〔註20〕隨著《程

寤》文義初釋與占夢視域下有關問題試析〉，國立政治大學中國文學系2011年出土文獻研究視野與方法研討會，2011年6月11日。

〔註16〕〔清〕嚴可均校輯：《全上古三代秦漢三國六朝文》，頁17-1。

〔註17〕清華簡《程寤》共9簡，茲不贅引。參清華大學出土文獻研究與保護中心編，李學勤主編，《清華大學藏戰國竹簡（壹）》（上海，中西書局，2010年12月），頁136。

〔註18〕〔清〕阮元用文選樓藏本校勘嘉慶二十年重刊宋本：《十三經注疏附校勘記・尚書》，頁385～386。

〔註19〕沈寶春師：〈論清華簡《程寤》篇太姒夢占五木的象徵意涵〉，武漢簡帛網，http://www.bsm.org.cn/show_article.php?id=1412#_edn4，2011年3月14日。

〔註20〕沈寶春師：〈論清華簡《程寤》篇太姒夢占五木的象徵意涵〉，武漢簡帛網，2011

寤》之夢，不斷傳唱，武王滅商之正統，也就水到渠成。熊道麟便認爲：

> 《逸周書・大開武》中周公與武王的對話，出現如下的說辭：「天降寤于程，程降因于商，商今生葛，葛右有周。」太姒的夢境，在周王室成員之間所流傳的解讀意義中，無疑是指得自於天啓的兆示。〔註21〕

此類以「夢占」強調「受命合理性」之事，尚可見於《逸周書・文儆》〔註22〕、〈度邑〉〔註23〕、〈武儆〉〔註24〕、〈史記〉〔註25〕等篇章；甚至有後人追述、杜撰之事，如《宋書・符瑞志》所載周文王諸夢〔註26〕，在在顯示夢占於周人政治活動，有其重要地位。

而自周代起，便對「夢」有所論述，《周禮・春官・占夢》曰：

> 占夢掌其歲時，觀天地之會，辨陰陽之氣，以日月星辰占六夢之吉凶。一曰正夢，二曰噩夢，三曰思夢，四曰寤夢，五曰喜夢，六曰懼夢。季冬聘王夢，獻吉夢于王，王拜而受之，乃舍萌于四方，以贈惡夢，遂令始難驅疫。〔註27〕

周王室深信夢具有特別的意義，且由專門占夢之官來詮解夢境。占卜的結果是依照「天地之會」、「陰陽之氣」一類的天氣變化而判斷。以天象作爲占夢的參考，實與嶽麓簡《占夢書》部分簡文相似，簡1：

> 醉飽而夢雨、變氣不占。

年3月14日。

〔註21〕熊道麟：《先秦夢文化探微》，頁149。

〔註22〕〔清〕朱右曾：《逸周書集訓校釋》（臺北，漢京文化，1980年），頁1940。

〔註23〕〔清〕朱右曾：《逸周書集訓校釋》，頁1954～1955。

〔註24〕〔清〕朱右曾：《逸周書集訓校釋》，頁1955。

〔註25〕〔清〕朱右曾：《逸周書集訓校釋》，頁1977～1978。

〔註26〕文王夢日月著其身，又鸑鷟鳴於岐山。孟春六旬，五緯聚房。後有鳳皇銜書，游文王之都。書又曰：「殷帝無道，虐亂天下，皇命已移，不得復久，靈祇遠離，百神吹去，五星聚房，昭理四海。」參〔梁〕沈約撰：《宋書》（臺北，鼎文書局，1980年8月），頁765。

〔註27〕〔清〕阮元用文選樓藏本校勘嘉慶二十年重刊宋本：《十三經注疏附校勘記・周禮》，頁1743。

這是說明飽食之後所作的夢，如果內容涉及到雨或是不正常的氣候現象，便無須占卜。

又如簡16：

> 夢一腊（臘）五變氣，不占。

這是說明夢見七日內有五次不正常的氣候現象，便不占卜此夢。與前引簡文相同，「變氣」、「不正常的氣候現象」仍是不占卜此夢的原因。

夢境所見的天氣，當然與實際的天氣不同；但《周禮》與嶽麓簡《占夢書》都特別提到這一點，這或許與古代中國的「氣占」有關。然現在已無法辨別《周禮》中的占夢官，究竟是以何種天氣，作爲占卜的依據，故無法與嶽麓簡《占夢書》的「變氣」相互對照。這是十分可惜的。

由《周禮》中獻吉夢、驅噩夢的儀式，以及對「六夢」的分辨，可以知道當時人對於夢的分類，有一定程度認識（至少可分爲吉、噩）。而由「六夢」有喜有懼看，可以知道「周人對夢的心理和殷人單純的懼怕頗不相同」〔註28〕。

周、商二族對夢的理解有些許不同，或許肇因於「人文自覺」萌發。許倬雲認爲：

> 周人以蕞爾小邦，國力遠遜於商，居然在牧野一戰而克商。周人一方面對此成果有不可思議的感覺，必須以上帝所命爲解，另一方面又必須說明商人獨有的上帝居然會放棄對商的護佑，勢須另據血緣及族群關係以外的理由，以說明周之膺受天命。於是上帝賜周以天命，是由於商人失德而周人的行爲卻使周人中選。〔註29〕

周人以「德」爲天命轉移的依據，「作爲溝通天人訊息的占夢活動，自然也脫不去這一層的色彩。」〔註30〕傳世文獻所載西周的占夢活動，不論是當時人所記，或是後人追記、杜撰，皆不甚重要，因爲「那是世人對西周文化的一種期許與認同」〔註31〕。即徐復觀所曰：

> 主要是發現了吉凶成敗與當事者行爲的密切關係，及當事者在行爲

〔註28〕劉文英：《夢的迷信與夢的探索》，頁21。

〔註29〕許倬雲：《西周史》，頁97。

〔註30〕熊道麟：《先秦夢文化探微》，頁155。

〔註31〕熊道麟：《先秦夢文化探微》，頁156。

上所應負的責任。〔註 32〕

周人由夢占之吉凶得知天神之旨意，而以自身之「德」驗證。此無疑是夢占活動，「向理智思維的方向邁出重大的一步」〔註 33〕。

夢占之紀錄，至此已非史傳類文獻之專利，《詩經》、《周易》皆有占夢活動之遺跡，尤以前者隱涵更多文化訊息，如《詩經·小雅·斯干》有載：

下莞上簟、乃安斯寢。乃寢乃興、乃占我夢。吉夢維何、維熊維羆、維虺維蛇。〔註 34〕

又如《詩經·小雅·無羊》載：

牧人乃夢、眾維魚矣、旐維旟矣。〔註 35〕

「熊羆」、「虺蛇」、「魚」三動物，部分學者認爲與「圖騰崇拜」有關〔註 36〕；此亦顯示當時人已經注到夢境所具有的「虛幻性」〔註 37〕。而相較於商人對占夢的迷信，《詩經》中所記載的夢則更注意「人」於其中的作爲，可以知道夢的主體，逐漸由「神」降爲「人」。

〔註 32〕徐復觀：《中國人性論史》，頁 20。

〔註 33〕熊道麟：《先秦夢文化探微》，頁 157。

〔註 34〕〔清〕阮元用文選樓藏本校勘嘉慶二十年重刊宋本：《十三經注疏附校勘記·詩經》，頁 936～937。

〔註 35〕〔清〕阮元用文選樓藏本校勘嘉慶二十年重刊宋本：《十三經注疏附校勘記·詩經》，頁 939。

〔註 36〕「熊羆」與「虺蛇」之解釋如劉文英：「熊羆具有陽剛之性，虺蛇具有般柔之德，把它們分別作爲男女的象徵，反映了華夏民族長期文化積澱所形成的一種社會心理。然究其源，可能與史前的圖騰崇拜與族外婚有關。」參劉文英：《夢的迷信與夢的探索》，頁 74。孫作雲認爲原始周人以熊爲圖騰、夏人以虺蛇爲圖騰。參孫作雲：《詩經與周代社會研究》（北京，中華書局，1966 年 4 月），頁 1～21。「魚」之解釋，李湘認爲有象徵「豐年」、「愛情」之意義。參李湘：《詩經特定名物應用系列新編》（臺北，萬卷樓，1995 年 12 月），頁 1～83。趙國華則認爲「魚」爲女性生殖器之象徵，爲生殖崇拜之暗示。參趙國華：《生殖崇拜文化》（北京，中國社會科學出版社，1990 年 8 月），頁 167～170。

〔註 37〕傅正谷根據傳世文獻中有關夢的論述以及文學作品中夢的各種面向，歸納了「虛幻性」、「怪誕性」、「變化性」、「超越性」、「滿足性、寬慰性」、「自知性、不知性」、「短暫性、忽然性」、「不自主性」八項。參傅正谷：《中國夢文化》，頁 116～168、447。

李鏡池認爲《周易》蘊含以「占筮解夢」之紀錄〔註38〕，故以夢徵解釋《周易》之卦爻辭〔註39〕，如《周易・履・卦辭》：

履虎尾，不咥人。亨。

其以爲「這是夢占，夢見踩了虎尾而虎不咬人，覺得奇怪，故占筮，結果是吉。」又如《周易・履・九四爻辭》：

履虎尾，愬愬。終吉。

「夢見踩了虎尾，很害怕。但最後沒出事，所以說『終吉』。」這種以「夢徵」解釋《周易》卦爻辭的方式，甚是特殊。李鏡池更認爲周人對「夢徵」的吉凶判斷，仍必須以「占筮」判斷，故「夢徵」與「吉凶」，無必然關係，純粹是表現對神意的崇敬。

藉《周易》、《詩經》、《逸周書》，可知此時夢者的身分已不受限於君主，爲殷商時期所未見；而「夢」已逐漸轉爲政治權力的象徵，而吉凶的判斷也不再仰賴卜辭，傾向以理智思維詮解「夢徵」，這是人文化的特徵，也開啓夢占活動自由心證之風。

（三）春秋時期之夢文化

春秋時期的夢占活動，多載於《左傳》、《國語》〔註40〕。《左傳》中共二十九則記夢資料〔註41〕，張高評師分爲十一類〔註42〕，爲近代學者中研究《左傳》

〔註38〕此研究方式或由顧頡剛〈周易卦爻辭中的故事〉一文而起，其文闡明「王亥喪牛羊于有易」、「高宗伐鬼方」、「帝乙歸妹」等事蹟。其用意在供後學藉之考據《周易》的成書背景，及卦爻辭的起源根據。參顧頡剛：〈周易卦爻辭中的故事〉，《燕京學報》第6期單行本，1929年12月；後收入顧頡剛：《顧頡剛古史論文集》（北京，中華書局2011年1月），卷十一，頁1～42。

〔註39〕以下所引可參李鏡池：〈周易筮辭考〉，《古史辨》（上海，上海古籍出版社，1982年8月），第三冊，頁211。

〔註40〕《國語》所載則多同於《尚書》、《左傳》，故研究此一時期之夢占活動，仍推《左傳》。

〔註41〕據統計，《左傳》中二十九則記夢資料，其國別爲：晉國十四次、衛、鄭國各四次、魯國三次、宋國二次、曹國一次、楚國一次；夢者身分則有：國君九次、士大夫十四次、妃妾三次、小臣一次、庶民二次。

〔註42〕張高評師最初於《左傳之文學價值》中將《左傳》之夢分爲十類，後於《左傳之文韜》改分爲十一類：「將戰而夢」、「將生而夢」、「恩怨而夢」、「疾病而夢」、「夢而死亡」、「夢而即位」、「夢而淫奔」、「夢要求」、「夢畀地」、「夢而城陷」、「夢祖

夢之濫觴。《左傳》所載夢占活動，雖具多元面向，然其義則以「鬼神啓示應如實遵守」一貫之。

《左傳》記實，「用使善惡必彰，眞僞盡露」〔註43〕，可知《左傳》作者也認爲其所記的占夢活動爲史實，欲藉此宣達「夢的吉凶應驗是注定的，誰也無法抗拒」〔註44〕，而有「幽明感應，禍福萌兆則書之」〔註45〕的態度，反映當時占夢活動於社會上的影響力。但《左傳》的作者亦非「事無大小，照單全收」，而有其標準：事關「軍國興亡」才收錄。

《左傳》大抵認爲凡事皆應尊夢而行之涵義，然於人文精神萌發之周代，並未過分執著於「鬼神之意」，而忽略「人爲道德」〔註46〕。是以周代初年「敬天崇德」的精神，雖然隱晦，仍存於《左傳》。

至此，占夢活動已與商代、周初大有不同。占夢活動，已不再透過卜筮、卜龜，以及占夢官詮解，有時夢者自身便可以解釋夢，如《左傳·成公二年》「韓厥之夢」〔註47〕、《左傳·哀公廿六年》「公子得之夢」〔註48〕。又如《左

行」，認爲「就內容而言，舉凡政治、軍事、外交、鬼神、疾病、祭祀、生死問題皆有涉及。」參張高評師：《左傳之文學價值》（臺北，文史哲出版社，1990年8月），頁119～122。周次吉亦分爲十類。參周次吉：《左傳雜考》（臺北，文津出版社，1986年11月），頁111至112。傅正谷則依記夢內容而分爲六類。參傅正谷：〈論《左傳》記夢〉，《晉陽學刊》（1988年第5期），頁103～104。劉文英則依夢象及通靈者之不同而分爲四類。參劉文英：《夢的迷信與夢的探索》，頁23～24。陳熾彬則依據夢兆的占驗性質分爲十類。參陳熾彬：《左傳中巫術之研究》，臺北，政治大學博士學位論文，1989年6月，頁223～239。楊健民則據夢象及心理學分爲五類。參楊健民：〈《左傳》記夢的夢象類型及占夢特點〉，《福建論壇》，1992年6月第3期，頁34。

〔註43〕〔唐〕劉知幾著，〔清〕浦起龍通釋，王煦華整理：《史通通釋》（上海，上海古籍出版社，2009年12月），頁393。

〔註44〕劉文英：《夢的迷信與夢的探索》，頁25。

〔註45〕〔唐〕劉知幾著，〔清〕浦起龍通釋，王煦華整理：《史通通釋》，頁213。

〔註46〕如《左傳·成公五年》所載「趙嬰夢天使」。因爲趙嬰失德，即使如夢舉行祭祀，仍然被迫逃亡；可見夢者的德行仍然是占夢結果的根據。參〔清〕阮元用文選樓藏本校勘嘉慶二十年重刊宋本：《十三經注疏附校勘記·左傳》，頁4125。

〔註47〕〔清〕阮元用文選樓藏本校勘嘉慶二十年重刊宋本：《十三經注疏附校勘記·左傳》，頁4110。

傳·昭公七年》所載「晉平公之夢」〔註 49〕，爲了追求自我利益，梓愼與子服惠伯對同一夢徵有不同看法〔註 50〕，可知「卜筮驗夢」已無法負擔夢者或占夢者的需求。這是夢的解釋權力開放的最大原因。

《周禮》雖有載占夢官的職位，但眞僞未知。綜觀先秦時期，負責解夢的人，其名無存、其事不留。直至《左傳》，才透露些許訊息。前引「晉公夢大厲」中的「桑田巫」，便爲其一。以巫解夢，於此期已然減少，春秋戰國時期略處於「專業占夢巫覡和某些『轉業』巫覡（史官）馳騁解夢舞台」之階段〔註 51〕。此時，專業占夢巫覡的地位降低，且巫術和宗教於社會上的作用逐漸減弱。

考諸文獻，此時占夢者的地位確實不如甲骨卜辭中負責占夢的商王、貞人，抑或西周初年的周王、周公；反而由官僚大臣、士大夫取而代之〔註 52〕。占夢的方式，也頗不一致，有的混雜陰陽五行、天地星象等概念，或者利用拆解文字，如《左傳·昭公三十一年》曰：

> 十二月辛亥朔，日有食之。是夜也，趙簡子夢童子羸而轉以歌。旦，占諸史墨，曰：「吾夢如是，今而日食，何也？」對曰：「六年，及此月也，吳其入郢乎？終亦弗克。入郢必以庚辰，日月在辰尾，庚

〔註 48〕〔清〕阮元用文選樓藏本校勘嘉慶二十年重刊宋本：《十三經注疏附校勘記·左傳》，頁 4738～4739。

〔註 49〕〔清〕阮元用文選樓藏本校勘嘉慶二十年重刊宋本：《十三經注疏附校勘記·左傳》，頁 4448～4449。

〔註 50〕熊道麟認爲：「隨著時空的推移，人們對夢象解讀的要求增加，占夢、解夢的態度與技巧不斷翻新。」是故單純的占卜，最多只是一種夢讖的認定方式。參熊道麟：《先秦夢文化探微》，頁 352。

〔註 51〕第一階段爲巫覡獨霸占夢舞台，亦即中國占夢文化的原始時期。此時巫覡具有崇高的社會地位（城按：大略爲商及其前代）；第二階段爲部分專業巫覡統治占夢舞台，也是占夢的專業化時期（城按：當爲西周初期）；第三階段爲解夢活動的社會化階段。此時，解夢已不再爲巫覡或其附屬職業的專權（城按：當自戰國以降）。參卓松盛：《中國夢文化》，頁 274～279。卓松盛的分類稍嫌模糊，如第一、二時期在定義上便容易混淆。而從文獻上看，有關第三期占夢權的下放，在西周已有先例。而若如此定義下，則西周至清代約略三千年，僅可以用一期統括。故此分類有待商榷。占夢活動的開放，並非成形於一時一期；貴族大臣至民間百姓，也不是在「同一時間」，便可由自己解釋夢。占夢權力的開放。

〔註 52〕如《左傳》之子犯、甯武子，以及《晏子春秋》之晏嬰。

午之日，日始有謫，火勝金，故弗克。」〔註53〕

此則夢例的夢占方式，與天象、五星概念互相揉合。與諸子爭鳴的戰國時期，及讖緯風盛的秦漢時期可見的占夢方式相類。

春秋時期「禮崩樂壞」，周天子地位日益下降，「授命天子的天神的地位也在不斷下降」〔註54〕，占夢活動及其他方術皆受此衝擊。影響所及，部分士人對占夢活動開始採取批判的態度，如齊之晏子、楚之子玉、衛之甯武子及復塗偵等，皆可視爲理性思維萌發的先驅。

時至戰國，因春秋以來長期兼併的關係，西周初年的封建國家所剩無幾，終成七雄爭霸之局面。國家型態，亦與原封建國家不同。徐復觀認爲：

> 因采邑制度而形成的貴族的割據，以致國家的權力分散。貴族必然會一步一步的走向墮落，以至政治毫無效率可言。進入戰國時代，各國政治，都擺脫了舊時封建貴族的羈絆，權力都向國王、國君集中。爲了應付劇變的情勢，以追求富強爲目的，政治上的效率也隨之提高了。〔註55〕

經濟、軍事實力、智謀策略之競逐，「人之作用」因而充分發展，此由戰國興盛之遊說風氣可證，楊寬認爲：

> 自從戰國初期中原各諸侯國先後變法之後，取消了奴隸主貴族的世官世祿的特權創立了一整套地主政權的官僚制度，以國君爲中心從中央到地方設置了一系列官僚機構。這種官僚制度的優點，就是使得國君可以對相國、將軍以下的各級文武官吏隨意選拔，隨意任免，便於中央集權。〔註56〕

有識之人可爲「卿相」，「人智」的重要完全體現於此，故形成「百家爭鳴」之局面；是以無法保證強兵富國的占夢活動，完全與此時的施政策略相背。在各

〔註53〕〔清〕阮元用文選樓藏本校勘嘉慶二十年重刊宋本：《十三經注疏附校勘記・左傳》，頁4616～4617。

〔註54〕劉文英：《夢的迷信與夢的探索》，頁26。

〔註55〕徐復觀：《周秦政治社會結構之研究》（臺北，臺灣學生書局，1975年3月），頁103。

〔註56〕楊寬：〈馬王堆帛書《戰國縱橫家書》的史料價值〉，馬王堆漢墓帛書整理小組編：《馬王堆漢墓帛書《戰國縱橫家書》》（北京，文物出版社，1976年12月），頁155～156。

國的競逐下，占卜迷信的消退，只是時間的問題。

（四）秦代之夢文化

秦代之夢占活動，可見有二。《史記·秦始皇本紀》載：

> 始皇夢與海神戰，如人狀。問占夢，博士曰：「水神不可見，以大魚蛟龍爲候。今上禱祠備謹，而有此惡神，當除去，而善神可致。」乃令入海者齎捕巨魚具，而自以連弩候大魚出射之。自琅邪北至榮成山，弗見。至之罘，見巨魚，射殺一魚。遂並海西。〔註57〕

又《史記·秦始皇本紀》載：

> 二世夢白虎齧其左驂馬，殺之，心不樂，怪問占夢。卜曰：「涇水爲祟。」二世乃齋於望夷宮，欲祠涇，沈四白馬。〔註58〕

劉文英〔註59〕、王維堤〔註60〕皆以爲此二則記載，爲史書可見的占夢官餘光。此後，「占夢」以及「占夢官」已不復見於史書。熊道麟更曰：

> 此後占夢活動便不再由朝廷設立專職進行。〔註61〕

對占夢活動如此迷信的秦王朝，「上有所好，下必盛焉」，其民間的占夢活動，必然蓬勃發展。加之始皇焚書，「所不去者，醫藥卜筮種樹之書」〔註62〕，故此類占夢書的取得，於民間應不困難，但傳世文獻可見的記載甚少。

一九七五年於湖北雲夢睡虎地十一號秦墓中出土一批簡書，稱《睡虎地秦簡日書》、《雲夢日書》，其成編年代可上推至秦昭襄王年間，爲秦代通行的「擇日用書」。該書涵蓋戰國至秦代多種社會生活面向，於研究秦漢社會制度史幫助甚大。而於睡虎地簡《日書甲種》及《乙種》，可見部分記夢資料：「禳夢文」（甲、乙種皆有）、「天干占夢文」（僅乙種），《甲種》內另有二條關於「制鬼除惡夢」之記載。

又，二〇〇七年十二月，湖南大學嶽麓書院從香港購藏一批珍貴秦簡，其中

〔註57〕〔漢〕司馬遷撰：《史記》，頁263。

〔註58〕〔漢〕司馬遷撰：《史記》，頁273～274。

〔註59〕劉文英：《夢的迷信與夢的探索》頁45。

〔註60〕王維堤：《神遊華胥——中國夢文化》，頁91。

〔註61〕熊道麟：《先秦夢文化探微》，頁530。

〔註62〕〔漢〕司馬遷撰：《史記》，頁255。

有部分記夢資料，整理小組題爲《占夢書》。此書很能表現戰國、秦、漢三時代轉移之際，夢占活動如何在民間大放異彩。

戰國至秦代之間，已發展出利用「公式化」的方法，解釋夢徵。嶽麓簡《占夢書》其成文成冊的形式，具有參考書的功能。所以每一個夢徵，都會對應到某種占卜結果；此某種占卜結果可能相同，如簡 28：

夢見大反兵、黍、粟，亓（其）占自當也。

這是說明，夢見大、持取兵器（或復仇）、黍、粟，其夢占當由夢者自行判斷。雖然夢占會因爲夢者的判斷，而有不同的答案。但對於「大反兵」、「黍」、「粟」這三個夢徵，無論是何人所作，最初的結果都是「自當」。這是以公式呈現夢徵與夢占的例證之一。

嶽麓簡《占夢書》記載的各種夢徵、夢占，被整理成相同的形式，並且記錄，如簡 41、42：

夢見羊者，傷（殤／禓）欲食。夢見豕者，明欲食。【41】【夢】見犬者，行欲食。夢見汲者，癘（厲／癘）、租（詛）欲食。【42】

相關的「鬼神求索」夢例尚有許多，但皆以「夢見某物，而某鬼神欲食」的句式呈現。此種整齊的書寫形式，亦是公式化的明證。

夢的普遍性，以及獨占性，使得對夢徵的解釋，難以化一。因爲占夢者要配合夢者所身處的社會環境，方可確定夢徵的涵義、吉凶。但藉由「公式化」，無疑可以將普及占夢活動。

占夢之事，是權力的鎖鑰。春秋以降，雖有零星庶民占夢活動可觀，但未成風氣。嶽麓簡《占夢書》的出土，凸顯出占夢活動的解放；與陰陽五行等方術概念之結合的「占夢術」，亦爲此時夢占活動所發展之特色。〔註 63〕

（五）漢代之夢文化

歷經戰國時期以及秦代的戰火。漢代，無論是政治環境，或學術思想，皆呈現與以往不同的面貌，漢代的夢文化亦然。漢代的夢，可見於政治、思想、文學，面向之多，古往未有。

〔註 63〕透過整理，可以知道嶽麓簡《占夢書》的「占夢術形式」，可歸納爲「象徵析夢」、「五行辨夢」、「測字解夢」；所使用的「占夢術原理」，則可以分爲「直解」、「轉釋」、「反說」。

漢初提倡黃老之治，而漢武帝改尊儒術，雖然極具理性思維，但夢占的神秘、迷信色彩，卻不減反增。《史記‧高祖本紀》曰：

> （高祖）其先劉媼嘗息大澤之陂，夢與神遇。是時雷電晦冥，太公往視，則見蛟龍於其上。已而有身，遂產高祖。〔註64〕

「夢與神遇」，表明高祖劉邦的尊貴身分，也明示漢朝的建立，是上承天命的。司馬遷雖然有云：「學者多稱五帝，尚矣。然尚書獨載堯以來；而百家言黃帝，其文不雅馴，薦紳先生難言之。」〔註65〕但其並非不智而採此故事，實在是政治目的，以及漢人崇信夢占所致。又如《史記‧外戚世家》曰：

> 漢王心慘然，憐薄姬，是日召而幸之。薄姬曰：「昨暮夜妾夢蒼龍據吾腹。」高帝曰：「此貴徵也，吾爲女遂成之。」一幸生男，是爲代王。其后薄姬希見高祖。〔註66〕

「夢蒼龍」，高帝幸，後生代王。此夢表明代王的身分高貴，所以人民信之。夢，雖然在春秋戰國時期褪去了其神秘的外衣，但於漢代再次復甦；又帝王所掌握、詮釋。夢無疑是帝王、貴族用以改造身份的最佳方式。這種方法於《史記》，甚至後世史書層出不窮。李孟芳便以此種有關身分改造的夢徵爲「公我之夢」：

> 公我之夢預示著國家帝王的死生、帝位的更迭……，因此夢者爲王、后及高官等足以影響國家興亡、更迭者爲主，僅有極少數的平民之夢，顯示出夢徵兆與權位的高度相關。〔註67〕

漢代的夢，雖然多以政治目的爲主，然亦有勸善教化的夢，頗顯特色。如賈誼《新書‧諭誡》曰：

> 文王晝臥，夢人登城而呼己曰：「我東北陬之槁骨也，速以王禮葬我。」文王曰：「諾。」覺，召吏視之，信有焉。文王曰：「速以人君禮葬之。」吏曰：「此無主矣，請以五大夫。」文王曰：「吾夢中

〔註64〕〔漢〕司馬遷撰：《史記》，頁341。

〔註65〕〔漢〕司馬遷撰：《史記》，頁46。

〔註66〕〔漢〕司馬遷撰：《史記》，頁1971。

〔註67〕李孟芳：《家國徵兆與理想寄託——兩漢夢喻研究》，臺中，中興大學碩士學位論文，2010年6月，頁45。

已許之矣，柰何其倍之也。」士民聞之曰：「我君不以夢之故而倍槁骨，況於生人乎！」於是下信其上。〔註68〕

以寓言觀此夢，可也。除重誠信外，賈誼更說明帝王使臣下、人民信服之法，前述「武丁之夢」，亦爲此用。劉向更以爲夢具預警之用，《說苑·敬慎》曰：

故妖孽者，天所以警天子諸侯也；惡夢者，所以警士大夫也。故妖孽不勝善政，惡夢不勝善行也；至治之極，禍反爲福。故太甲曰：「天作孽，猶可違；自作孽，不可逭。」〔註69〕

雖然透過夢，明白吉凶禍福，但惟有人的作爲可使之應驗。一則宣揚夢的重要性，二則強調德行的重要，此與周初夢占的精神相符合。是以「夢喻用於闡明復恩、權謀、見微、正失等的道理，以史夢爲例少了教條化的枯燥敘述，使道理更具體、更深動，帝王將能更接受與認同」〔註70〕。

「教化」的夢，誠非漢代獨有，但漢人有心經營下，具備教化功能的夢例，其數量較歷代爲多，更有士人以理論說明，這是漢代夢文化的特色之一。

此後，王莽竄漢，讖緯、符異之說大盛；光武中興，亦是借由圖讖的力量，然多數方術書籍，只存其名，不見其書。顧頡剛將歷代書籍所輯讖緯書分爲十類，共二百二十一部。〔註71〕夢占於此，雖被視爲「數術之雜占」，然《漢書·藝文志》曰：

雜占者，紀百事之象，候善惡之徵。《易》曰：「占事知來。」眾占非一，而夢爲大，故周有其官。而詩載熊羆虺蛇眾魚旐旟之夢，著明大人之占，以考吉凶，蓋參卜筮。〔註72〕

「雜占」一詞，表現當時方術活動之繁多；「眾占非一，而夢爲大」，其地位不言自明，是以夢占活動於西漢末期讖緯推波助瀾，達到前所未有之高峰。

〔註68〕〔漢〕賈誼撰：《新書》（臺北，臺灣中華書局，1981年），頁142。

〔註69〕〔漢〕劉向著：《說苑》（臺北，商務印書館，1995年5月），頁322。

〔註70〕李孟芳：《家國徵兆與理想寄託——兩漢夢喻研究》，臺中，中興大學碩士學位論文，57頁。

〔註71〕參顧頡剛：《中國上古史研究講義》（北京，中華書局，1988年11月），頁235～296。

〔註72〕〔漢〕班固撰，〔唐〕顏師古注：《漢書》，頁1773。

二、先秦時期之夢學理論

以前述論及的先秦時期夢文化爲背景，可以進一步介紹嶽麓簡《占夢書》前的夢學理論。夢學理論，最基本的特色，不外是「迷信」與「理性」二點而已，偶有兼具迷信、理性的理論產生。

夢學理論的發展，無疑是與理性、人文精神的萌發相互輝映。先秦時期的夢學理論，主要是「先迷信，後理性」。

（一）迷信之夢學理論

先秦時期，夢占一事，多受神鬼思想所制。由《周禮·春官·占夢》「占夢掌其歲時，觀天地之會，辨陰陽之氣……獻吉夢……贈惡夢，遂令始難歐疫」〔註 73〕，可知夢占，「春秋以前，首先是官方的一種信仰」〔註 74〕。熊道麟認爲：

> 《周禮》中的占夢制度，基本上是承襲上古以來的占夢遺風，也可能保留了一部分原始時代的祈禳儀式，這是我國學術史上對占夢文化的最早整理。〔註 75〕

然《周禮·春官·占夢》所述，僅爲夢之種類〔註 76〕，以及「獻夢」之儀式，可知其簡要。〔註 77〕又《周禮·春官·大卜》「（大卜）掌三夢之灋」〔註 78〕，

〔註 73〕〔清〕阮元用文選樓藏本校勘嘉慶二十年重刊宋本：《十三經注疏附校勘記·周禮》，頁 1743～1744。

〔註 74〕劉文英：《夢的迷信與夢的探索》頁 35。

〔註 75〕熊道麟：《先秦夢文化探微》，頁 438～439。

〔註 76〕鄭玄以「六夢」爲「夢之成因」，其云：「正夢，無所感動，平安自夢。噩夢，驚愕而夢。思夢，覺時所思念之而夢。寤夢，覺時道之而夢。喜夢，喜說而夢。懼夢，恐懼而夢。」參〔清〕阮元用文選樓藏本校勘嘉慶二十年重刊宋本：《十三經注疏附校勘記·周禮》，頁 1743。清·孫詒讓則以「六夢」爲「夢之象感」，即「夢徵」。參〔清〕孫詒讓撰，王文錦、陳玉霞點校：《周禮正義》（北京，中華書局，1987 年 12 月），頁 1933。

〔註 77〕熊道麟認爲：「既然六夢各有吉凶，無論是何種夢因，或者何種夢象，都沒有力量決定夢後的占斷結果。那麼就判斷吉凶的占夢目的而言，『六夢』的分類其實不具任何意義。」參熊道麟：《先秦夢文化探微》，頁 453。故《周禮》之「六夢」僅爲當時人所認識的六種夢之面相，或即爲分類之基礎矣。

〔註 78〕〔清〕阮元用文選樓藏本校勘嘉慶二十年重刊宋本：《十三經注疏附校勘記·周

其以爲夢占的功用在於「觀國家之吉凶，以詔救政」。「夢的成因」，受到關注較少，因爲「夢的意義」更爲重要。

《周禮》「三夢」之說，其爭論由鄭玄之注而起。其云：

> 夢者，人精神所寤可占者。致夢，言夢之所至，夏后氏作焉。咸，皆也。陟之言得也。……言夢之皆得，周人作焉。……觭讀如戎掎之掎，掎亦得也。亦言夢之所得，殷人作焉。〔註79〕

鄭注語意模糊，所以無法得知「得夢」之意義，是指「因故得夢」，抑或「因夢而有所得」。清·孫詒讓即云：「此以三夢分屬三代，無正文，鄭以意言之。」〔註80〕甚是。

由《周禮》作爲儒家典籍一點，可知歷代的儒者對夢占活動並未積極反對。但既爲經典，歷代凡注《周禮》者，亦不能無視「三夢」、「太卜」，皆須表達對此段文字的理解，如宋·王昭禹《周禮詳解》〔註81〕、宋·朱申《周禮句解》〔註82〕、清·方苞《周官集注》〔註83〕等，是以眾說紛紜，莫衷一是，尚待更多材料，方能完整理解《周禮》此段文字。〔註84〕

禮》，頁1733。

〔註79〕〔清〕阮元用文選樓藏本校勘嘉慶二十年重刊宋本：《十三經注疏附校勘記·周禮》，頁1733。

〔註80〕〔清〕孫詒讓撰，王文錦、陳玉霞點校：《周禮正義》，頁1933。

〔註81〕王昭禹以「三夢」爲「三種夢因」。其云：「三夢之道，法雖不可考。然三者不過乎精神之所交感而已。一曰致夢者，致者有所使而至也。……二曰觭夢者，角一倚一仰爲觭，人之晝俯仰于事爲之間，夜則感而成夢。……三曰咸陟者，以心咸物爲感，無心感物爲咸。咸則以虛受物，因時乘理無所偏。」參〔宋〕王昭禹撰：《周禮詳解》，清文淵閣四庫全書本，頁332。

〔註82〕朱申亦從王昭禹之說，以「三夢」爲「三種夢因」。參〔宋〕朱申撰：《周禮句解》，清文淵閣四庫全書本，頁84。

〔註83〕方苞亦從王昭禹之說，以「三夢」爲「三種夢因」，然修正三夢之解釋。其云：「晝所思爲夜則成夢，出于有因，故曰致。角一仰一俯爲觭，觭夢蓋反覆異常者。無心感物謂之咸，陟，升也，精神感而上通與鬼神合其吉凶。夢之變盡于此三者矣。」參〔清〕方苞撰：《周官集注》，清文淵閣四庫全書本，161頁。

〔註84〕前引王昭禹、朱申、方苞皆以「三夢」爲「三種夢因」；而清·孫詒讓則以「三夢」爲「三種夢的占驗法」，其云：「此『三夢』爲占驗之成法，與〈占夢〉『六夢』爲夢之象感異。」然無詳說，未知其是。

時至春秋戰國時期，「占夢活動」於上層社會的接受、記載有減少的趨勢〔註85〕；然而「夢」仍是充滿神祕性的事物，存之民族記憶，世代相傳。這種頑固性，對於廣大民間有不可抹滅的影響，睡虎地簡《日書甲種》、《日書乙種》即此。

睡虎地簡《日書》的成編年代，可溯自秦召襄王年間，內容兼含秦、楚二種數術系統，爲當時通行之擇日通書。〔註86〕而「日書是選擇時日吉凶的數術書。巫覡活動，數術之學，在秦代以及前後鄰近的歷史時期有十分廣泛的社會影響。」〔註87〕李零認爲：

> 所占内容涉及古代日常生活的各個方面，對民俗學的研究有一定參考價值。但這種價值主要在其指標。因爲日書都是世代相傳、反複使用的手册，内容完全是設計好的和程式化的，幾千年來很少變化。它們並不是實際的占卜記錄，更不是社會生活的寫實。〔註88〕

強調《日書》的歷史縱深，當然可以；但仍須注意日書的內容並非沿襲古往，一成不變，它與各時代盛行理論，也有互相融合的可能。黃儒宣認爲：

> 要特別注意《日書》是長期流傳的這項事實，不宜拿來比附某一特定的時代或社會，但是可以考察它的發展與演變。〔註89〕

黃儒宣的論點較爲持中。《日書》雖非當時社會的寫實記載，但古人著書當非無的放矢，必然自有用途，而後書之。《日書》的成書，有其背景因素及歷史淵源，故可用於研究古代的社會制度、文化。〔註90〕

〔註85〕劉文英以爲夢占活動在中國源遠流長，然降至春秋戰國，其「市場越來越小」，以上層社會言之，固然有此等變化。此因傳世文獻，多記王室、貴族甚至士人之事，故其中夢學理論呈理智化、去迷信化之趨勢，然庶民生活或非如此。故劉文英曰「市場越來越小」，實因限指王室、貴族等上層社會。

〔註86〕熊道麟：《先秦夢文化探微》，頁531。

〔註87〕王子今：《睡虎地秦簡《日書》甲種疏證》（武漢，湖北教育出版社，2003年2月），頁1～2。

〔註88〕李零：《中國方術考（修訂本）》（北京，東方出版社，2001年8月），頁216。

〔註89〕黃儒宣：《《日書》圖象研究》，臺北，臺灣大學博士學位論文，2009年，頁21。

〔註90〕如《日書》之「秦楚月名對照表」，此表必非自古流傳，當爲後人收於《日書》。于豪亮認爲：「秦簡的出土地雲夢，本是楚國的地方，秦統一全國以後，楚國的習

睡虎地簡《日書甲種》、《日書乙種》皆收有內容相近之「禳夢文」，然《日書甲種》之內容較爲完整，而《日書乙種》之內容尚未完全復原，但章題確定是比甲種爲多。〔註91〕又《日書乙種》另收錄「天干占夢文」，其曰：

甲乙夢被黑裘衣寇（冠），喜，人〈入〉水中及谷，得也。

丙丁夢□，喜也，木金得也。

戊己夢黑，吉，得喜也。

庚辛夢青黑，喜也，木水得也。

壬癸夢日，喜也；金，得也。〔註92〕

表明「時日」與「夢」的關係，與嶽麓簡《占夢書》簡3、4、5相近：

「甲乙夢，開臧事也。丙丁夢，憂【也】。【3】戊己夢，語言也。庚辛夢，喜也。壬癸夢，生事也。甲乙夢伐木，吉。丙丁夢失火高陽，吉。戊己【夢】【4】宮事，吉。庚辛夢反山鑄鐘，吉。壬癸夢行川、爲橋，吉。

與睡虎地簡《日書》相同，嶽麓簡《占夢書》雖在夢占中納入五行、時日，而缺少「陰陽觀念」〔註93〕。概念如此相近，證明二書當有關係；然《日書》爲擇日之日，於夢占則較少敘述。但睡虎地簡《日書》所收入的「禳夢文」，亦別

慣不會很快就消除，它總要保存相當長的一段時間，對於初到楚地的秦人來說，很需要熟悉楚地某些不同於秦人的事物的名稱。」參于豪亮：〈秦簡《日書》記時記月諸問題〉，《雲夢秦簡研究》（帛書出版社，1986年7月），頁439～440。

〔註91〕黃家榮認爲：「此差異可能是《日書》隨著時間的流傳，後人所附加上去，也有可能是地域之間使用的習慣不同而造成差異。」參黃家榮：《睡簡《日書》夢文化研究》，花蓮，東華大學碩士學位論文，2011年7月，頁37。

〔註92〕睡虎地簡《日書》引文，參吳小強：《秦簡日書集釋》（長沙，嶽麓書社，2000年7月），頁236。

〔註93〕黃家榮認爲：「《日書》對於陰陽學說沒有大量且明確的記載，原因在於《日書》的主體是擇日，擇日術甚少使用陰陽學說，這和記時的干支或代表方向的方位容易與五行聯繫，但與陰陽（城按：原作『暗』）卻難以配對有關，因此《日書》中反而有較多的五行學說於其中，如甲、乙兩種都有〈五行〉篇，兩篇都提到五行相克的理論，且理論內容與後代的五行學說是一致的。」參黃家榮：《睡簡《日書》夢文化研究》，花蓮，東華大學碩士學位論文，2011年7月，頁198。

具特色。《日書甲種》曰：

> 人有惡瞢（夢），礐（覺），乃繹（釋）髮西北面坐，鑃（禱）之曰：「皋，敢告璽（爾）豹𧴀。某有惡瞢（夢），走歸豹𧴀之所。豹𧴀強飲強食，賜某大幅（富），非錢乃布，非繭乃絮，」則止矣。〔註94〕

《日書乙種》則曰：

> 凡人有惡夢，覺而擇（釋）之，西北鄉（向），擇（釋）髮而駟（呬），祝曰：「綼（皋），敢告璽（爾）宛奇，某有惡夢，老來口之，宛奇強飲食，賜某大畐（富），不錢則布，不璽（繭）則絮。」〔註95〕

「豹𧴀」、「宛奇」〔註96〕皆有食惡夢、賜財富的神力，然僅行夢占，並無法禳夢，故需禱之於豹𧴀、宛奇，以求禳夢。「禳夢」之舉，反映當時中下層社會之鬼神觀，驅鬼除妖，防止受害，「或許正如《韓非子·解老》所說，在於實現人與鬼妖之間『兩不相傷』的渴望」〔註97〕。此二篇所載「禳夢」方式，實爲簡易。黃家榮認爲：

> 〈夢〉篇裡記載的驅趕惡夢之法只需要釋髮、向西北面、長聲祝禱這三個步驟，是任何人都可以自身操作而不假外力或其他工具，對

〔註94〕吳小強：《秦簡日書集釋》，頁127。

〔註95〕吳小強：《秦簡日書集釋》，頁236。

〔註96〕馮勝君從字形演變上考證，認爲：「『夗』從[illegible]形發展到[illegible]形，『肉』旁已經變成倒『口』形，[illegible]則是先變成『人』旁，再由『人』旁進一步演變成卩旁。……因爲[illegible]與[illegible]之間的差別只在於，倒口形與卩旁一是左右結構，一是上下結構。而在古文字中，如果不是依靠偏旁之間的位置關係來表意的話，有很多字是可以寫成左右結構，又可以寫成上下結構的。……所以上博《緇衣》中的[illegible]、[illegible]都應該釋爲夗，讀爲『怨』。」參馮勝君：〈釋戰國文字中的怨〉，《古文字研究》，第二十五輯（北京，中華書局，2004年10月），頁283。而孟蓬生則從字音上考證，認爲：「古音今聲與困聲相通。……《呂氏春秋·直諫》：『荊文王得茹黃之狗，宛路之矰。』《說苑·正諫》『宛路』作『菌簬』。古音口聲與困聲相通。……『熊欽（坎）』，與『熊菌』、『[illegible]』與『困』、『豹𧴀』與『宛奇』也正好形成一組大致平行的音轉關係。」參孟蓬生：〈《楚居》所見楚王「宵囂」之名音釋〉，復旦網，http://www.gwz.fudan.edu.cn/SrcShow.asp?Src_ID=1503，2011年5月21。是知「豹𧴀」、「宛奇」應指相同食夢神。

〔註97〕熊道麟：《先秦夢文化探微》，頁539。

於夢的占解也是用簡單的五行占卜觀念。〔註98〕

操作方便，實利使用，當盛行於庶民社會，亦可見以睡虎地簡《日書》重建秦漢中下層社會風俗、制度之重要性。

「五行占卜概念」，從睡虎地簡《日書》開始，至嶽麓簡《占夢書》，皆只是零星散見的概念，雖有基本的體系，但在擴展應用上則略少；而陰陽概念的缺席，更可以認爲是此二書尙待發展之故。然此種尙未完備的理論，到了漢代，則進步飛快。

漢代的夢學理論，實較先秦時期先進、複雜，此由《黃帝內經》可見一斑。《黃帝內經》是戰國、秦、漢間不斷整理、補充的作品，其將「夢」與「疾病」、「陰陽」、「五行」結合，這或許是承繼《列子》而來〔註99〕，是書載有夢與陰陽二氣消長之關係，其曰：

> 陰氣壯，則夢涉大水而恐懼；陽氣壯，則夢涉大火而燔焫；陰陽俱壯，則夢生殺。甚飽則夢與，甚饑則夢取。是以以浮虛爲疾者，則夢揚；以沈實爲疾者，則夢溺。藉帶而寢，則夢蛇；飛鳥銜髮，則夢飛。將陰夢火，將疾夢食。飲酒者憂，歌舞者哭。〔註100〕

此種論點當受「氣」、「陰陽」與「五行」學說的影響所致。「飲酒者憂，歌舞者哭」一句，或許是化用《莊子・齊物論》的「夢飲酒者，旦而哭泣，夢哭泣者，旦而田獵」。只是《莊子》是從夢的虛無性著手，其用在於化解「夢」與「現實」的界線，與《列子》「浮虛爲疾者，則夢揚；以沈實爲疾者，則夢溺」，此種由身體狀態的反常，進而影響夢的產生、夢的內容，大有不同。

而《列子》的此種觀點，實有可能與嶽麓簡《占夢書》簡1「醉飽而夢雨、變氣不占」相同。《列子》與嶽麓簡《占夢書》皆注意到「醉飽」的身體狀態有可能影響「夢」。只是《列子》將「醉飽」的原因歸結爲「陰陽二氣」的變化，不否定在此狀態下產生的夢；嶽麓簡《占夢書》則不然。是書直接否定在「醉飽」狀態下所產生有關雨、變氣的夢。

〔註98〕黃家榮：《睡簡《日書》夢文化研究》，花蓮，東華大學碩士學位論文，2011年7月，頁199。

〔註99〕然《列子》之成書時間難以查證，與《黃帝內經》相同，皆非一時一地之物；二者理論相近，或皆採錄當時盛行學理之故。

〔註100〕楊伯峻撰：《列子集釋》，頁102～103。

詰問二書的不同，其實有兩種可能。其一是嶽麓簡《占夢書》的夢占體系，尚未納入「陰陽」二氣，所以無法解釋變氣的問題，只可將結果歸結爲「不占」。而《列子》一書對陰陽二氣有初步、完備的認知，所以面對「醉飽」一類的狀態，可以更深入地以「陰陽」探究。這點可從嶽麓簡《占夢書》並未利用到「陰陽」爲占夢原理得證。

其二是嶽麓簡《占夢書》的觀點較《列子》更爲進步，已然認識到「雨」、「變氣」若是產生在人的「醉飽」狀態，則根本與陰陽無關，是人的自作自爲，無須深究。在這一夢例上，它已擺脫了古老的迷信思維（但醉飽之後若夢見雨、變氣以外的事物，然將占卜）。將這兩種可能性以表格歸納，可得如下：

	醉飽之夢	原因一	原因二
嶽麓簡《占夢書》	雨、變氣不占，其餘仍占。	無陰陽二氣的認識，故無法解釋。	觀點較《列子》進步，已認識夢有可能是由身體狀態導致，無占卜的必要。
《列子》	陰陽二氣虛浮、沈實所致。		

平心而論，當以「原因一」較有可能。

從《周禮》、睡虎地簡《日書》，到《列子》（包括《黃帝內經》），可以看到夢占理論的不斷推衍、發展，從基本的「觀天地之會」、「辨陰陽之氣」，到「陰氣壯，則夢涉大水而恐懼；陽氣壯，則夢涉大火而燔焫」。對「氣」的分辨越臻細緻，很難想像夾處其中的嶽麓簡《占夢書》能屏除此類思想，朝「理性解釋」另闢蹊徑。是以由「氣」的被使用程度，或許可以將以上五書的思想年代排列爲：

由睡虎地簡《日書》與嶽麓簡《占夢書》可以大致確定成書年代，故可定其先後；《列子》、《黃帝內經》與《周禮》，雖有部分內容涉及周代制度，然其成書時間應不早於秦代，多出於漢人之手。故三書雜揉的思想，應有絕大部分受漢人影響極深。不過《列子》一書的夢學理論兼具迷信與理性，故性質又較《黃帝內經》稍不同。

《黃帝內經》對夢的成因，有諸多論述，如〈脈要精微論〉曰：

> 是知陰盛則夢涉大水恐懼，陽盛則夢大火燔灼，陰陽俱盛則夢相殺毀傷；上盛則夢飛，下盛則夢墮；甚飽則夢予，甚飢則夢取；肝氣盛則夢怒，肺氣盛則夢哭，短蟲多則夢聚衆，長蟲多則夢相擊毀傷。〔註101〕

以陰陽二氣釋夢徵不同的原因，這是漢代氣化宇宙論的特色。林素娟認為：

> 在秦漢氣化宇宙論下，人之身心與宇宙的關係並非主客二分的結構，而是互相滲透、共融共感的親密關係。……天地人相感相應的基礎在於人體與宇宙皆為氣之所化。〔註102〕

「天人相感」、「天副人數」，這是漢人以為「人體」可與宇宙自然之氣相通的理論。《黃帝內經》以之論夢，簡明扼要，五臟與五行相互連接，環環相扣。〈淫邪發夢〉曰：

> 陰氣盛則夢涉大水而恐懼，陽氣盛則夢大火而燔焫，陰陽俱盛則夢相殺；上盛則夢飛，下盛則夢墮；甚饑則夢取，甚飽則夢予；肝氣盛則夢怒，肺氣盛則夢恐懼哭泣飛純，心氣盛則夢善笑恐畏，脾氣盛則夢歌樂身體重不舉，腎氣盛則夢腰脊兩解不屬。凡此十二盛者，至而寫之立已。厥氣客于心則夢見丘山煙火；客于肺則夢飛純，見金鐵之奇物；客于肝則夢山林樹木；客于脾則夢見丘陵大澤壞屋風雨，客于腎則夢臨淵沒居水中；客于膀胱則夢遊行；客于胃則夢飲食；客于大腸則夢田野；客于小腸則夢聚邑衝衢；客于膽則夢鬬訟自刳；客于陰器則夢接內；客于項則夢斬首；客于脛則夢行走，而不能前及居深地窌苑中；客于股肱則夢禮節拜起；客于胞脿則夢溲便。〔註103〕

部分引文與〈脈要精微論〉重複，然又深入推衍，以為「氣之所客不同，故所夢亦非」。《黃帝內經》雖不以「夢」為疾病，然人之身體既為宇宙之微觀，其

〔註101〕〔唐〕王冰注：《黃帝素問內經》，頁65～66。

〔註102〕林素娟：《美好與醜惡的文化論述：先秦兩漢觀人、論相中的禮儀、性別與身體觀》（臺北，臺灣學生書局，2011年8月），頁99。

〔註103〕〔唐〕王冰注：《黃帝素問內經》，頁50。

所夢亦當爲氣化宇宙系統下之產物，故強調陰陽、五行之調和可泯除疾病外，亦可解夢。〔註 104〕是知先秦時期的夢魂觀念，已有所改變。

漢人以氣化宇宙論解釋夢的成因，將人體器官，與宇宙運行畫上等號，「不只是數與象之相應，連同人之行事，亦須遵循宇宙運行之規律，才能互相感應成全大小宇宙秩序的和諧」〔註 105〕。今人視之，當以陰陽、五行爲迷信誣說，然漢人以之爲認識宇宙萬物之基礎。以術數之觀念論夢，則否定夢之爲天神旨意，而與吉凶禍福更無關係，此無疑爲科學、理性之態度，雖仍利用陰陽、五行之學說包裝其說，卻仍顯示進步的精神。〔註 106〕

（二）理性之夢學理論

春秋之後，人智啓迪，無神論、天人分離的看法紛紛出現，如儒家之孔、孟、荀，道家之老、莊，法家之商、韓，皆未贊成夢占。《莊子》、《韓非子》二書，雖載有夢占之事，但僅是爲了立說批判，而非宣揚夢占。

是時之夢學理論，多爲隻言片語，如《墨子·經上》曰：「夢，臥而以爲然也。」〔註 107〕以夢爲夢者所見、所遇之事物；《荀子·解蔽》曰：「心臥則夢，偷則自行，使之則謀；故心未嘗不動也。」〔註 108〕以夢爲睡眠時，心思之產物。墨、荀二家的理性態度，無疑反映在他們對「夢」成因的探討。但僅爲隻言片

〔註 104〕相同論點更可見於《黃帝素問內經·方盛衰論》，其曰：「是以肺氣虛，則使人夢見白物，見人斬血藉藉，得其時則夢見兵戰；腎氣虛則使人夢見舟船溺人，得其時則夢伏水中若有畏恐；肝氣虛則夢見菌香生草，得其時則夢伏樹下不敢起；心氣虛則夢救火陽物，得其時則夢燔灼；脾氣虛則夢飲食不足，得其時則夢築垣蓋屋，此皆五藏氣虛，陽氣有餘，陰氣不足。」亦以五臟之氣論夢之成因。參〔唐〕王冰注：《黃帝素問內經》，頁 365。

〔註 105〕林素娟：《美好與醜惡的文化論述：先秦兩漢觀人、論相中的禮儀、性別與身體觀》，頁 107。

〔註 106〕葛榮晉認爲：「到了兩漢時期，有神論的形神觀，又有新的發展。除了董仲舒『天副人數』的說教之外，主要流行的是讖緯迷信所宣傳的有鬼論和成仙說。」、「無神論者在同這種成仙說的鬥爭中，根據當時醫學發展的積極成果，深入地探索了人的生命的本質，把無神論的形神觀也推到新的高度。」參葛榮晉著：《中國哲學範疇導論》（臺北，萬卷樓，1993 年 4 月），頁 278。

〔註 107〕〔清〕孫詒讓著，孫以楷點校：《墨子閒詁》，頁 285。

〔註 108〕李滌生著：《荀子集釋》，頁 503。

語，無過多論及。

《莊子》無疑是較有體系，並以「理性」態度論述「夢」之濫觴。是書以夢喻人生，將夢的飄渺虛幻，變化而為人世矛盾與生命之眞義，呈現生與死之對照。

藉夢發論，誠為《莊子》之特色，〈外物〉「宋元君之夢」〔註 109〕、〈人間世〉「匠石之夢」〔註 110〕、〈田子方〉「文王之夢」〔註 111〕等，亦虛亦實的夢境，有的申明哲理，有的諷刺高明，這是《莊子》對「夢」的巧妙運用。與前論漢代頗富「教化寓意的夢」，有異曲同工之妙。賴錫三認為：

> 《莊子》畢竟是聖哲之書，興味所在並不在夢境之紀錄描寫，其關懷毋寧是放在夢識變現背後的身心機制。〔註 112〕

斯言甚是。《莊子》的「夢」，是寓託述理的媒介，又如《莊子・至樂》以「髑髏託夢」〔註 113〕，藉髑髏之口敘述人死後的快樂「遠非帝王之樂可及」。生、死乃人生哲學之重要問題，但因為「死亡」的不可體驗性，故無法以實證明之，僅能以「思辨」的方法敘述，為其尋求合理解釋。

死後的樂趣，惟「夢」可述之，這是「夢」的虛構性；但「對夢、對鬼神靈異的信仰依舊根深蒂固的庶民大眾而言，卻具有無比警悚的勸服力量」〔註 114〕，這是「夢」之警惕性。

不僅是寓託述理，《莊子》的夢，實具多種層次〔註 115〕。雖然有不同的關

〔註 109〕〔清〕郭慶藩撰，王孝魚點校：《莊子集釋》，頁 933～934。

〔註 110〕〔清〕郭慶藩撰，王孝魚點校：《莊子集釋》，頁 172。

〔註 111〕〔清〕郭慶藩撰，王孝魚點校：《莊子集釋》，頁 720～723。

〔註 112〕賴錫三：〈《莊子》的五重夢寓與養生宗主〉，《第八屆詮釋學與中國經典詮釋國際學術研討會會議論文集》，臺南，成功大學中國文學系，2011 年 11 月 4～5 日，頁 276。

〔註 113〕〔清〕郭慶藩撰，王孝魚點校：《莊子集釋》，頁 617～619。

〔註 114〕熊道麟：《先秦夢文化探微》，頁 468。

〔註 115〕賴錫三認為有關《莊子》之「夢寓」文獻，實可分為「情識之夢」、「至人無夢」、「弔詭之夢」、「物化之夢」、「虛構之夢」。《莊子》透過「夢寓」，自覺地批判了人類長期的意識型態，並重新映射出新話境與新意義。參賴錫三：〈《莊子》的五重夢寓與養生宗主〉，《第八屆詮釋學與中國經典詮釋國際學術研討會會議論文集》，頁 275～302。

懷，「然皆透露失養與善養之人生哲理，同時也表現出高度創意的文學技藝。換言之，夢寓既是一種虛構形式的書寫遊戲，也同時傳達存在體驗之哲學實理。」〔註 116〕如《莊子・齊物論》之「莊周夢蝶」，便以「夢」展現「物化」之境界：

> 昔者莊周夢爲胡蝶，栩栩然胡蝶也，自喻適志與！不知周也。俄然覺，則蘧蘧然周也。不知周之夢爲胡蝶與，胡蝶之夢爲周與？周與胡蝶，則必有分矣。此之謂物化。〔註 117〕

這種「物化」現象，當然不存在，所以只能以夢表示。「夢」消弭了莊子與胡蝶的分際，形體雖別，然已踰越其界，實有去主體化之舉。或可繪如：

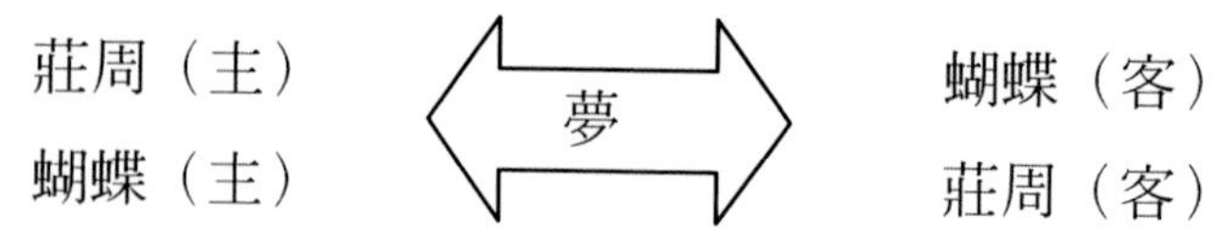

箭頭所表，即是藉由「夢」所達到的「物化」。透過物化，「共同融入流動變化所帶來的如夢特性，使得莊周產生一種『不知周也』的去主體感；並且由此而融入『遊乎一氣』所帶來的交換與通感，使得莊周（人）與胡蝶（物）之間可以『通』『達』，不再停留在主／客對立的畛域隔限，而是共同融入『一切皆流』的宇宙大夢中。」〔註 118〕「物化」，務在去除一切主體（言、我、知），這是通曉《莊子》「物我齊一」的鎖鑰。

《莊子》之「夢」，有其明確論述的中心，及完備的文學形式；藉由虛構的夢，並輔以想像力、創意的筆法，顛覆、解構自人類自我中心主義而產生的意識形態、「相刃相靡」的物我兩傷，確實是先秦時期「理性」夢學理論的奠基者。〔註 119〕

在《莊子》之後，《列子》亦爲中國早期夢學理論的奇葩。今本《列子》爲

〔註 116〕賴錫三：〈《莊子》的五重夢寓與養生宗主〉，《第八屆詮釋學與中國經典詮釋國際學術研討會會議論文集》，頁 275。

〔註 117〕〔清〕郭慶藩撰，王孝魚點校：《莊子集釋》，頁 112。

〔註 118〕賴錫三：〈《莊子》的五重夢寓與養生宗主〉，《第八屆詮釋學與中國經典詮釋國際學術研討會會議論文集》，頁 296。

〔註 119〕傅正谷認爲：「這不僅是莊子散文的重要組成部分，而且也是中國古代夢文學的重要源頭，對後世的散文、詩歌、小說、戲劇等創作實踐和創作思想、理論都產生了重要影響。」參傅正谷：《中國夢文化》，頁 29。

晉・張湛整理輯錄，當爲僞書。〔註120〕其部分內容雖爲後人所作，亦保留不少先秦佚書片段，是知雖爲僞書，內容亦多有所本，其中心要旨亦與「列子貴虛」相符合，或可以之論《列子》夢學理論。

《列子》一書的夢學理論集中於〈周穆王〉、〈黃帝〉二篇，有的是理論的闡釋，有的是寓言的描述，論及層面極廣，如〈周穆王〉論「夢爲何物」、「夢的類別」〔註121〕、「夢的成因」〔註122〕，〈黃帝〉藉夢學理論「無爲之治」等。《列子》持論與《莊子》相近，如其「物化」之論：

> 子列子曰：「神遇爲夢，形接爲事。故晝想夜夢，神形所遇。故神凝者想夢自消。信覺不語，信夢不達，物化之往來者也。古之眞人，其覺自忘，其寢不夢，幾虛語哉？」〔註123〕

《列子》認爲「八徵」、「六候」爲醒覺、睡夢之各種特質，然「八徵」由「形

〔註120〕《列子》之眞僞問題，由清・姚際恆首先發難，其認爲：「戰國時本有其書，或莊子之徒依託爲之者；但自無多，其餘盡後人所附益也。」參〔清〕姚際恆：《古今僞書考》（臺北，華聯出版社，1968年5月），頁55。馬敘倫踵繼其說，認爲：「蓋《列子》晚出而早亡，魏、晉以來好事之徒聚斂《管子》、《晏子》、《論語》、《山海經》、《墨子》、《莊子》……附益晚說，假爲向敘以見重。」參馬敘倫：《列子僞書考》，林慶彰主編：《民國時期學思想叢書　第一編50》（臺中，文昕閣圖書，2010年5月），頁20～21。程水金、馮一鳴認爲：「由見存《列子書錄》與今傳《列子》的齟齬矛盾可知，無論見存《列子書錄》是否眞書，今本《列子》必爲僞書。」參程水金、馮一鳴：〈《列子》考辨述評與《列子》僞書新證〉，《中國哲學史》，2007年第2期，頁40～57。嚴靈峰則認爲《列子》一書成於先秦，甚至早於《莊子》，僅因參雜後人注疏及錯簡殘篇。參嚴靈峰：《《列子》辯誣及其中心思想》，（臺北，文史哲出版社，1994年8月）。

〔註121〕《列子・周穆王》曰：「夢有六候，……一曰正夢，二曰蘁夢，三曰思夢，四曰寤夢，五曰喜夢，六曰懼夢。」此實承襲《周禮》「六夢」的說法。參楊伯峻撰：《列子集釋》（北京，中華書局，1979年10月），頁101～102。

〔註122〕傅正谷認爲《列子》論「夢之成因」由以下七類事物所造成：「八徵與六候」、「氣」、「生理需要」、「疾病」、「外界刺激」、「地理與氣候」、「人之處境」。參傅正谷：《中國夢文化》，頁33～36。若以僞書論之，《列子》所述「夢之成因」，或有秦漢時期方術概念之融入，或可視爲中國早期對「夢之成因」之總結看法，當非一人一時所成之論。

〔註123〕楊伯峻撰：《列子集釋》，頁103～104。

接」而生，「六候」由「神交」而感，其理實同近《莊子‧齊物論》「其寐也魂交，其覺也形開」〔註 124〕；且《列子》、《莊子》皆以為「眞人不夢」，無怪《漢書‧藝文志》以其為道家。

總而言之，《列子》的「夢寓」，所重有二，一則為政治上的無為而治，二則為物化、養生的道理。推究其本，其實與《莊子》一脈相承，但偶混入陰陽的思想，使《列子》一書的夢學理論兼具理性與迷信。

而作為「兼儒墨，合名法」的作品，《呂氏春秋》雖為雜家，但對於保存秦火前之文獻，功不可沒。書中所載的記夢資料，僅次於《莊子》，可分三方面列述：「一者於行文中表達戰國至秦知識階層對夢的看法；二者揭櫫各類不同的政教觀念；三者為先秦記夢故事補遺。」〔註 125〕。

《呂氏春秋》的夢學理論，極為駁雜，與《列子》相同，兼具迷信與理性的態度。但總的來說，《呂氏春秋》只是出於紀錄的心態，而記下這些夢例，並非用以推廣迷性、理性。如〈離俗覽〉曰：

> 齊莊公之時，有士曰賓卑聚，夢有壯子，白縞之冠，丹績之袧，東布之衣，新素履，墨劍室，從而叱之，唾其面，惕然而寤，徒夢也。終夜坐不自快。明日召其友而告之曰：「吾少好勇，年六十而無所挫辱。今夜辱，吾將索其形，期得之則可，不得將死之。」每朝與其友俱立乎衢，三日不得，卻而自歿。謂此當務則未也。雖然，其心之不辱也，有可以加乎。〔註 126〕

賓卑聚夢人「叱之，唾其面」，因而「終夜坐不自快」，後召友告之「期得之則可，不得將死之」。然「夢」本虛幻，賓卑聚必不得其人，終「自歿」而亡。信「夢」如此，亦如賈誼《新書》載「夢中許人事」：

> 夢中許人，覺且不背其信，陛下已諾，若日出之灼灼。故聞君一言，雖有微遠，其志不疑，仇讎之人，其心不殆，若此則信諭矣，所圖莫不行矣。〔註 127〕

〔註 124〕〔清〕郭慶藩撰，王孝魚點校：《莊子集釋》，頁 51。

〔註 125〕參熊道麟：《先秦夢文化探微》，頁 544。

〔註 126〕〔戰國〕呂不韋編，陳奇猷校注：《呂氏春秋》，頁 1235。

〔註 127〕〔漢〕賈誼撰：《新書》，頁 73。

《呂氏春秋》所載有關「深信夢中的承諾」之事，漢代的賈誼已將寓道德教化的意義寄寓其中。但《呂氏春秋》亦呈現對夢之理智批判，如〈季冬紀〉曰：

> 伯夷、叔齊聞之，相視而笑曰：「……今周見殷之僻亂也，而遽爲之正與治，上謀而行貨，阻丘而保威也。割牲而盟以爲信，因四內與共頭以明行，揚夢以說眾，殺伐以要利，以此紹殷，是以亂易暴也。……」二子北行，至首陽之下而餓焉。〔註 128〕

《逸周書》、《尚書》諸多周王於滅商前夕之夢，《呂氏春秋》藉伯夷、叔齊之口嚴厲批判周武王「揚夢以說眾，殺伐以要利」的行爲，認爲其宣揚滅商的夢，其實只爲廣收民心；所以武王滅商，並非出於好意，實是「以亂易暴」。熊道麟認爲：

> 對於武王說夢的批判，等於是對假借占夢活動遂行政治目的者的批判，也是一種理智傾向的知識分子對占夢信仰所提出的反對聲音。〔註 129〕

這種理性的態度，承襲自《莊子》，它是出自「夢」的迷信的有效反動。但此一反動行爲，可能成效不彰。因爲前述的睡虎地簡《日書》、嶽麓簡《占夢書》，甚至是《黃帝內經》，在在表現出對夢的崇信態度。《莊子》、《列子》《呂氏春秋》、三書反映出春秋戰國時期上層社會人士對夢的理性態度，它是有助於國家機構脫離迷信色彩；但不可忽略的是《列子》仍然有部分內容混雜了陰陽思想，《呂氏春秋》亦收錄了不少夢例，可見上層社會人士，仍無法擺脫迷信的夢學理論。

此後，漢代充斥著天人感應的思想，但社會上亦醞釀著一股「以理性思維反對迷信」的思潮。而這股思潮由東漢·王充孤明先發，以理性思維論夢。先秦之《莊》、《荀》、《列》等書以「夢」爲神道設教，以之附庸中心學說，而於「夢」及「夢占」之討論極少，遑論理性思維論夢。王充《論衡·論死》曰：

〔註 128〕〔戰國〕呂不韋編，陳奇猷校注：《呂氏春秋》，頁 634。

〔註 129〕熊道麟：《先秦夢文化探微》，頁 545。

人，物也；物，亦物也。物死不爲鬼，人死何故獨能爲鬼？〔註 130〕

世間無鬼神，夢中之象則無意義，是以夢本虛妄。其〈死僞〉更引「周宣王殺其臣杜伯而不辜」之故事，認爲「如以人貴能爲鬼，則死者皆當爲鬼。杜伯、莊子義何獨爲鬼也？」〔註 131〕如果人死後爲鬼，何以僅杜伯、莊子義復仇？枉死的比干、子胥竟不如法炮製？故「夢」及「鬼報」實爲虛妄，是自然之事。鬼，當爲生人之思念幻想所致。又〈訂鬼〉曰：

> 凡天地之間有鬼，非人死精神爲之也，皆人思念存想之所致也。致之何由？由於疾病。人病則憂懼，憂懼見鬼出。凡人不病則不畏懼。故得病寢衽，畏懼鬼至；畏懼則存想，存想則目虛見。何以效之？《傳》曰：「伯樂學相馬，顧玩所見，無非馬者。宋之庖丁學解牛，三年不見生牛，所見皆死牛也。」二者用精至矣。思念存想，自見異物也。人病見鬼，猶伯樂之見馬，庖丁之見牛也。伯樂、庖丁所見非馬與牛，則亦知夫病者所見非鬼也。病者困劇身體痛，則謂鬼持棰杖毆擊之，若見鬼把椎鎖繩纆立守其旁，病痛恐懼，妄見之也。〔註 132〕

「鬼象」、「鬼聲」皆妄見的現象，「夢」也是如此。王充以「疾虛妄」〔註 133〕批判東漢時期的各種荒誕書籍、方術亂象，更上溯三代、春秋、戰國。其辯《晏子春秋・景公將伐宋瞢二丈夫立而怒晏子諫》〔註 134〕曰：

> 晏子信夢，明言湯、伊尹之形，景公順晏子之言，然而是之。秦併天下，絕伊尹之後，遂至於今，湯、伊尹不祀，何以不怒乎？〔註 135〕

若湯、伊尹之鬼神仍在，對於「滅其後」之秦、「絕其祀」之漢，當盛怒之。夢象既然是虛妄、無義，則無從得知吉兇禍福。而「吉凶之漸，若天告之。何以

〔註 130〕〔漢〕王充，黃暉撰：《論衡校釋》，頁 871。

〔註 131〕〔漢〕王充，黃暉撰：《論衡校釋》，頁 887。

〔註 132〕〔漢〕王充，黃暉撰：《論衡校釋》，頁 931。

〔註 133〕王充於《論衡・佚文篇》自言：「《詩》三百，一言以蔽之，曰：『思無邪。』《論衡》篇以十數，亦一言也，曰：『疾虛妄。』」參〔漢〕王充，黃暉撰：《論衡校釋》，頁 870。

〔註 134〕吳則虞編著：《晏子春秋》（北京，中華書局，1962 年 1 月），頁 79。

〔註 135〕〔漢〕王充，黃暉撰：《論衡校釋》，頁 901。

知天不實告之也？」〔註 136〕若鬼神存在，何必用隱晦的方式說明未來之事呢？故〈辨祟〉曰：「凡人在世，不能不作事，作事之後，不能不有吉凶。見吉，則指以爲前時擇日之福；見凶，則剌以爲往者觸忌之禍。多或擇日而得禍，觸忌而獲福。」〔註 137〕所以夢占活動，無法「趨吉避凶」，但當時卻沒有人可以明白此點，故王充以「無愚智、賢不肖」〔註 138〕批評盲從亂象的人，認爲人的吉凶禍福雖偶與夢境、夢占相應，然純屬巧合，因當事人「匿此藏彼」，信其所信，而天神旨意、靈魂暗示，亦爲子虛烏有。

王充以「自然之化」解釋夢徵、夢占，分別占卜與吉凶禍福的關係，認爲夢是「單純的精神現象」，是針對充斥東漢時期的讖緯、方術現象，而發的批判用。雖然以結論歸爲五行，有混亂之虞，但這實在是因爲此時的科學觀，仍無法獨立於五行之外，不可遽責於王充。

王充之後，由王符繼起批判社會的迷信，由《潛夫論》可知其於「夢」及「夢占」之態度。《潛夫論·夢列》曰：

> 夫占夢必謹其變故，審其徵候，內考情意，外考王相，即吉凶之符，善惡之效，庶可見也。〔註 139〕

夢占之吉凶，除審慎瞭解夢徵外，與夢者之行事亦有關聯。善惡無法就夢徵得之，故「是故君子之異夢，非妄而已也，必有事故焉。小人之異夢，非桀而已也，時有禎祥焉。是以武丁夢獲聖而得傅說，二世夢白虎而滅其封」〔註 140〕，故夢徵當有其故，非僅吉兇而以矣。〈巫例〉曰：

> 凡人吉凶，以行爲主，以命爲決。行者，己之質也；命者，天之制也。〔註 141〕

吉凶禍福與人的行爲、天命有關，故卻災致福，在己修德，不在禱祀；由此亦可知其爲有神論者。神之所存，令王符無法屏棄夢徵、夢占與吉兇禍福之糾結，

〔註 136〕〔漢〕王充，黃暉撰：《論衡校釋》，頁 916。

〔註 137〕〔漢〕王充，黃暉撰：《論衡校釋》，頁 1008。

〔註 138〕〔漢〕王充，黃暉撰：《論衡校釋》，頁 1008。

〔註 139〕〔漢〕王符著，〔清〕汪繼培箋，彭鐸校正：《潛夫論箋校正》（北京，中華書局，1985 年 9 月），頁 322。

〔註 140〕〔漢〕王符著，〔清〕汪繼培箋，彭鐸校正：《潛夫論箋校正》，頁 321。

〔註 141〕〔漢〕王符著，〔清〕汪繼培箋，彭鐸校正：《潛夫論箋校正》，頁 301。

故云：「惟其時有精誠之所感薄，神靈之所告者，乃有占爾。」〔註 142〕雖以人事爲吉凶之故，仍落神巫的窠臼。

而於夢占方式，王符視其爲困難之術，《潛夫論·夢列》曰：

> 夫奇異之夢，多有故而少無爲者矣。人一寢之夢，或屢遷化，百物代至，而其主不能究道之，故占者有不中也。此非占之罪也，乃夢者過也。或言夢審矣，而說者不能連類傳觀，故其惡有不驗也。此非書之罔，乃說之過也。是故占夢之難者，讀其書爲難也。〔註 143〕

夢徵屢屢變化，端視夢者之表達、掌握。而以夢者所詮釋、述說之夢徵進行占驗，未必達其眞義，故錯占非占之罪。王符以夢徵非人所「究道之」，與佛洛伊德認爲「夢無法完全解析」之態度相似。佛洛伊德認爲：

> 夢的顯意簡短、貧乏、語言精煉，而隱意則範圍廣泛，內容豐富。如果把一個夢寫出來，可能只有半頁，但要將其潛隱夢念的分析寫出來，則可能要寫六倍、八倍甚至十幾倍這樣的篇幅。〔註 144〕

佛洛伊德認爲「夢徵」，亦即「顯意」，爲可以清楚明示他人之物；然夢徵之「所有意涵」，即「隱意」，則無法完全解析，「我們不能保證已把一個夢的全部意義都解釋出來了。儘管有時候結果似乎很令人滿意，無懈可擊，但這樣的可能性總是存在的，即夢完全可能另有一番意義」〔註 145〕。然王符甚至以爲「夢徵」本即難全部訴說，爲之占卜、解析，所得結果必「有不中」，此種態度較佛洛伊德更爲徹底、科學。若占者徹底掌握夢徵，卻不能每占必中，明其無法連類博觀，精泰通變，此非經書之陋，乃說者之陋也。是知王符以爲夢徵之吉凶應驗與否，除人之行爲外，其究因乃爲占者之訓練素質，故夢占者之重要性大幅提高；夢徵之可信度亦大幅增加。

王符對夢雖持批判態度，卻不如王充深刻，故對東漢社會亂象的抑制作用較低，而且其「天意神授」的論點，實際上抵銷了自我學說的作用——因爲既反迷信，何以信神？但王符〈夢列〉一文，可謂集漢代以前夢學理論的

〔註 142〕〔漢〕王符著，〔清〕汪繼培箋，彭鐸校正：《潛夫論箋校正》，頁 320。

〔註 143〕〔漢〕王符著，〔清〕汪繼培箋，彭鐸校正：《潛夫論箋校正》，頁 322。

〔註 144〕〔奧地利〕弗洛伊德著，呂俊、高申春、侯向群譯：《夢的解析》，頁 342。

〔註 145〕〔奧地利〕弗洛伊德著，呂俊、高申春、侯向群譯：《夢的解析》，頁 342～343。

要點，雖然以爲凶的占驗與天意、夢占者的解讀技術有關，但強調人的自身道德修養，與周人夢占活動重德性、《左傳》倡道德，除異曲之妙外，更有回歸的傾向。〔註 146〕

王充《論衡》，及王符《潛夫論》，皆充滿著光輝的理性思考，對夢占的批判，堅強而且確實。但正是因爲夢占在社會上的作用過大，他們不得已才寫作書籍批判。從睡虎地簡《日書》與嶽麓簡《占夢書》中所記載的多爲社會的「中下階級」一點，可以知道強權統治下的秦代整體社會，仍是充斥的巫術迷信；而發展出「天人感應」的漢代社會，更是有過之而無不及。

嶽麓簡《占夢書》雖未具備理性的夢學理論，但該書的內容，無疑是秦漢時期社會的縮影，也是王充、王符所極力駁斥的巫術迷信。

第二節 《嶽麓書院藏秦簡（壹）·占夢書》之「成書」

對中國早期夢文化與夢學理論有所瞭解後，則可進一步探討嶽麓簡《占夢書》的「成書」以及「占夢術」。

「成書背景」影響嶽麓簡《占夢書》中人文化、邏輯思維之部分，凸顯「人」之主導性；「占夢術原理」體現該書「原邏輯思維」〔註 147〕之部分，充滿著神秘、巫術。分析嶽麓簡《占夢書》之「成書」以及「占夢術」，有助揭示此書價值。

各類理論之闡述、書籍之寫作，必有其時代性、社會性，它們不會是象牙塔中的產物，而與環境因素毫無瓜葛；一切文史著作，都述說著當代文史，文化意義強烈的嶽麓簡《占夢書》更是如此。

〔註 146〕王符《潛夫論·夢列》結尾云：「《易》曰：『使知懼，又明於憂患與故。』凡有異夢感心，以及人之吉凶，相之氣色，無問善惡，常恐懼脩省，以德迎之，乃其逢吉，『天祿永終』。」參〔漢〕王符著，〔清〕汪繼培箋，彭鐸校正：《潛夫論箋校正》，頁 323。

〔註 147〕原初民族與現代人在邏輯思維上的根本差異，在於前者生活在一個許多方面皆與現代人不相符合的世界中，而他們在這世界中思考著、感覺著、運動著、活動著。構成原初民族世界的一切，就是他們藉以認識事物的基石。而對原初民族的原邏輯思維與神秘思維之研究越透徹，不僅有助於其民族之研究；此種思維更是往後各種思維類型之根本。

嶽麓簡《占夢書》，可反映戰國、秦、漢時期之文化、社會制度；但要細究該書之占夢體系，僅由外層因素之「文明制度」談起，實有不足之處。就中國早期書寫傳統而言，文、史之間並未特別區分，故有「文勝質則史」、「辭多則史」之習慣。史傳之書寫方式，內化於各種書籍；字裡行間，也透露出些許「歷史思維」。此種思維方式，偶見於嶽麓簡《占夢書》，一定程度上也影響著該書之著作，此皆屬創作之內層因素。

由內、外兩層面切入，當可更深刻瞭解嶽麓簡《占夢書》之「成書背景」。

一、外部動機——文明制度

透過前述中國早期夢文化、夢學理論之介紹，可以將戰國、秦、漢時期之文明制度，簡單總結於「人智勃興」與「巫權開放」兩個層面。

（一）人智勃興

中國早期的夢文化及夢學理論，其發展沿革大抵受時代語境之影響，隨著人文化、理智思維之發展，而逐漸改變。即使承認中國早期亦屬「原初民族」之一，並具備著「原邏輯思維」，也無法否認在戰國、秦、漢之時，「理性思維」已逐漸萌芽，不再只是單純原邏輯思維，現代人之「邏輯思維」已然參雜其中。

理性一旦萌發，就會朝著與原邏輯思維不同之方向思考，其差別在於「原因」。具備理性之邏輯思維，對於事件與事件之間的聯繫，已不再滿足於「神祕性的力量」：

> 隨著集團的每個成員的個人意識趨於確立，社會集體與周圍的存在物和客體群體之間的神秘的共生感就變得不太完全、不太直接、不太經常。……互滲力圖成爲意識形態的東西。〔註148〕

以夢占活動而言，嶽麓簡《占夢書》內含之理論，其實與甲骨卜辭、西周文獻、春秋時期的記夢資料大不相同。以往依靠占卜、祭祀、史官與占夢官的幫助，詮解夢徵的行爲，已有受「陰陽五行」、「星象」等各種古人認爲較具體的方式，如《左傳·昭公三十一年》「趙簡子之夢」〔註149〕就以「天象」、

〔註148〕〔法〕路先·列維－布留爾著，丁由譯：《原始思維》，頁447。

〔註149〕〔清〕阮元用文選樓藏本校勘嘉慶二十年重刊宋本：《十三經注疏附校勘記·左

「星象」占夢。除此之外，以「鬼神」爲夢徵起因的夢例，亦屬「中間環節」〔註 150〕之一。嶽麓簡《占夢書》有許多夢徵的占卜結果皆是「鬼神求索」，完全體現試圖維持神秘性的功能：

簡號	簡文	鬼神
40	夢見蚰者，魄君（群）爲祟。	魄君（群）
14	夢見□樂將發，故憂未已，新憂有（又）發，門、行爲祟。	門、行
27	夢死者復起，更爲官（棺）郭（槨）。死者食，欲求衣常（裳）。	死者
41	夢見羊者，傷（殤／禓）欲食。	傷（殤／禓）
41	夢見豕者，明欲食。	明
42	【夢】見犬者，行欲食。	行
42	夢見汲者，癘（厲／癘）、租（詛）欲食。	癘（厲／癘）、租（詛）
43	【夢】見□，竈欲食。	竈
43	夢見斬足者，天閔（闕）欲食。	天閔（闕）
44	夢見彭者，兵死、傷（殤／禓）欲食。	傷（殤／禓）
45	【夢見】□□，大父欲食。	大父
45	夢見貴人者，遂（墬）欲食。	遂（墬）
46	【夢】見馬者，父欲食。	父

索祭之鬼神十分多樣，有神明、鬼怪、祖先，甚至是星辰。在以「天干」、「五行」爲主之嶽麓簡《占夢書》中獨樹一格。將夢徵與鬼神求索結合，確實達到了維持夢占活動神秘性的效果，而多樣化的鬼神，也間接說明此時人類意識的發展：

> 當個體開始清楚地意識到作爲個人的自我，當個人開始清楚地把自己和他感到自己所屬的那個集體區別開來，只是在這時候，自己以外的人和物才開始被個人意識覺得是在活著的期間和死後都具有個

傳》，頁 4616～4617。

〔註 150〕因爲社會成員已不再是直接地感受到這種神秘的互滲，他必須靠不斷增加的宗教或巫術儀式、神聖的人事物，甚至是祭司、主教一類的信仰人物來「再現」這種神秘的互滲。此即「中間環節」之功能。

體的精神或靈。〔註151〕

理智的萌芽、意識的主體化，當非一日一時即可完成，何況是階級森嚴的古代中國。此處以嶽麓簡《占夢書》爲例，並不在於它對各種神怪精靈的認識（簡文的許多事物往往可徵於傳世文獻）、人智勃興的現象也未必在此時才發生；但以往可爲人所研究、察知的文獻、現象皆是以上層社會爲對象而作的；相關民間社會的這些記載，則可由嶽麓簡《占夢書》揭露。

試圖以具體經驗現象建構神秘性事物的解答，只是理性導致之眾多行爲之一，更常見的是直接放棄具神秘性之事物，直接轉向以人主導的一切事物，儒、道、墨、法家學說的興起，足證此一現象。隨之可見的是原本主導軍國大事，只爲王室、貴族服務的龜卜、夢占，逐漸沒落消失。這種現象可能不僅發生於王室、貴族等上層社會；只是底層社會擺脫原邏輯思維，進入邏輯思維的事蹟，往往不被書寫記錄。故相較於上層社會，底層社會往往顯示出「民智未開」，不受教化之形象。

嶽麓簡《占夢書》，確實保留了許多戰國、秦、漢時期之社會文化。透過「天干」、「五行」作爲夢占理論的依據，融人文化色彩較多的事物於神秘的夢，無疑是受當時社會盛行的風氣所影響，是初步的邏輯思維，也是「人智勃興」的現象。

（二）巫權開放

「巫權」，可以是「使用權」，或是「詮釋權」，即巫術之權力。「開放」則指底層社會使用此種權力之現象。除去「人智勃興」、邁入初步邏輯思維的文明制度，底層社會瀰漫的巫術氛圍、活動有逐漸增加的趨勢，這是當時重要的社會現象。

秦代以降之政府機構，並無設置占夢官職，反映出夢占活動於政權上之地位更迭；然觀之《史記》、《漢書》，帝王、諸侯因夢受命之說，俯拾即是。雖然沒有明正言順的占夢官職，卻無礙「人爲造夢」的政治宣傳。上行如此，下風可明。故可推測，夢占活動仍不停地運作於秦漢時期的低層社會（此亦有可能是記載充分之故）。

藉由占夢活動「所服務的對象」談起，也可以證明嶽麓簡《占夢書》是「巫

〔註151〕〔法〕路先・列維－布留爾著，丁由譯：《原始思維》，頁447。

權開放」的民間產物。任何活動都有其目的性，占夢亦不例外。透過對夢占結果的歸納與分析，當時人們所追求，或者極力避免的事物，清楚可見，如滿足神祇的要求、對官事（職務）的在乎，或是企圖「獲得某物」等等；而藉由對夢占之整理，嶽麓簡《占夢書》所服務的對象，其身分很有可能是中低階層的人士。

民間社會的巫術現象，在睡虎地簡《日書》、嶽麓簡《占夢書》出土前是難以描繪的。秦漢時期，巫術活動不絕如縷，但在史官傳統下，這類民間活動無所記錄；又逢「人智勃興」，部分書籍，如《呂氏春秋》、《論衡》、《潛夫論》等，皆提倡用理性態度審察夢占；又如《莊子》將夢哲學化、藝術化，《黃帝內經》將夢理論化、醫學化，《列子》則兼具二者之長。上層社會各式各樣對夢的「應用」，紛紛出現。

雖然「邏輯思維」所主導的意識，逐漸超越原邏輯思維，然成效不彰。除了睡虎地簡《日書》、嶽麓簡《占夢書》以及大量秦漢時期日書的出土，顯示民間社會仍籠罩於巫術的風氣之下；上述諸子學說雖撰文抨擊巫祝之盛風、夢占之迷信，顯露理性思維，但亦無法脫離陰陽、五行巫術的神秘性，鮮有人能夠「脫夢占而不染」，如王充以五行學說擴展占夢之方式；王符則以嚴格之態度要求占夢之專業化，這些作爲或許是希望降低宗教、方術濫用之情況，但也無法否定占夢之行爲。

「巫權開放」的現象，隨著時代演進，更加明顯，特別是民間社會。西漢・王莽之時，讖緯、符籙學說大盛，致使陰陽、五行、八卦之學說與巫術融合，星占、望氣、風角、堪輿、夢占互相配合，王莽、光武帝皆因之而繼大統。政治、宗教無法放棄夢占帶來之各種益處，以夢進行宣達政令、教義，文獻所載，盡皆爲此，這是上層社會對巫權之把持。然而此種「人爲造夢」，奠基於民間社會對夢占活動之崇信，故這些訊息，能爲當時社會、時代接受。

然而民間社會也有行使此種權力的現象。從嶽麓簡《占夢書》的內容，可知該書爲低層社會所使用，是爲他們所作之書籍。三代以下，夢占活動愈加複雜，雖不乏以「德性」、「理智」之態度，澄清夢占之迷信，但大多數仍視之爲吉凶禍福之徵兆，尤以民間社會爲盛。現今出土的各種簡牘資料，一再證明非官方之巫術活動之盛況。即便人文精神不斷提升，理智思維更加發展，民間社會仍舊處於神鬼精怪的籠罩之下，徘徊於理性、迷信之間。

二、內在理路——歷史思維

中國早期的文學，實則是一種爲王室、貴族服務的「史傳文學」；文史不分的書寫傳統，淵源已久，內化於早期的各種文書資料中，直至魏晉時期的文學自覺，文、史才各行其道，也稍微地畫分兩者界線。

作爲占夢書創作的內在理路，它是一種通則，一種當時創作的規律，它其實可能藏於各種書籍中，這當然包括嶽麓簡《占夢書》；只是作爲最早的占夢書，尚未有人注意到嶽麓簡《占夢書》的此種「史傳」特性。此種源自史傳書寫的特性，可分爲「表徵禍福，殷鑑吉凶」以及「引譬連類，原始要終」。前者具備「資鑑經世」之歷史評價；後者則是「藉古喻今」之歷史思維。〔註 152〕

（一）表徵禍福，殷鑑吉凶

對於「殷鑑」之意義，《文心雕龍·史傳》曰：

> 原夫載籍之作也，必貫乎百氏，被之千載，表征盛衰，殷鑒興廢，使一代之制，共日月而長存，王霸之跡，並天地而久大。〔註 153〕

史書之服務對象，皆爲帝王、貴族等掌權者，具有強烈的「經世濟民」意義。「史」之任務，在於「表征盛衰，殷鑒興廢」，有警惕、教訓之作用。劉勰之語，與六朝時期社會動亂、政權更迭頻仍有關。故當時史家更加重視歷史的經驗、總結歷史的教訓。但這種對現世之關懷，與《周禮》「掌官書以贊治」〔註 154〕、孔子《春秋》筆法的中國史學傳統息息相關。

文史不分，故史書之筆法可見於古代中國的各種書籍，嶽麓簡《占夢書》一類的巫術性質書籍亦不例外。史書之要，在於闡明古往國家之盛衰原因、記載相關興亡史料，使後人不重蹈覆轍；占夢書之要，在於解答各種夢徵所蘊含之意義，使人趨吉避凶，招福拒禍。廣義地說，「史書」針對一國之掌權者，述說整個國家、民族等「大我」之事件；「占夢書」則貼近個人，從「小我」著眼，針對個人仕途、命運吉凶提供意見。

〔註 152〕關於「歷史思維」的概念，實由林盈翔學長提點，給予許多建議，特此謹致忱謝。

〔註 153〕〔南朝梁〕劉勰著，周振輔注：《文心雕龍注釋》（臺北，里仁書局，1994 年 7 月），頁 295。

〔註 154〕〔清〕阮元以文選樓藏本校勘，嘉慶二十年重勘宋本：《十三經注疏附校勘記·周禮》，頁 1409。

史書爲公，占夢書爲私，皆有深厚的歷史思維。但占夢書的「歷史思維」，與原邏輯思維的神秘性並不衝突，「表徵福禍，殷鑑吉凶」之功能並不排除神秘性；相反地，它正是利用古人對神秘的崇信，達到提點、勸戒的功能。

占夢書的創作可能是由一人完成，但其中許多的夢徵、夢占絕對不會是「作者」將自己「所有的夢」以及「占卜結果」完整紀錄下來。一些記載「凶」、「死亡」的夢占可以說明這點。如果這些夢占都是作者自己所經歷過的，那麼「死亡」此一「不可體驗」的事蹟，要如何記載？是以占夢書的各種夢徵、夢占，或許是由「單一」作者抄錄以往流傳的材料而完成的著作；這些材料必然不是「一人一地一時」之作，它是「歷史事件」〔註 155〕的積累、民族經驗的傳承，它的意義是要讓後人知道「以前有人作過這些夢，而它的占卜結果是這樣；如果以後的人作了這些夢，那可能也會遇到一樣的情況」。

夢徵與夢占之間的關係，十分奇妙。「夢徵」是夢中發生之事件，除了被看成是稍後「必定」發生之災難之「徵兆」外，它也是「原因」；然而這個必定發生的災難，同樣也可以被視爲那個奇異現象的原因〔註 156〕。每個夢徵都是一個事件，以及一個原因；每個夢占都是一個結果，有的更是一個原因。它們都起了「殷鑑」的功能。不必刻意地將每個被視爲原因的夢占，以及每個都是結果的夢占列出，但是藉由具備「原因性質」的夢占，更可表明這類預防、教誨的歷史思維。前引嶽麓簡《占夢書》「鬼神求索」的夢例，皆具原因及結果。

簡文重複使用「爲」、「欲」兩字以揭示「即將發生」的事情，大多是「爲祟」、「欲食」一類神鬼作祟、求索之事。夢占一方面是未來的災難，一方面又

〔註 155〕雖然占夢書所記錄的夢徵、夢占是有關「小我」之事，是屬於個人、社會史，而非以往常見的帝王史，然以今日歷史學的觀點，這種個人、社會史亦是歷史事件之一。

〔註 156〕列維－布留爾認爲：「假如我們用因果律來解釋這些集體表象，那就是歪曲了它們，因爲因果律要求前件與後件之間的不變的和不可逆的時間次序。實際上，這些集體表象服從於互滲律——原邏輯思維所固有的規律。任何奇異現象和以它爲朕兆的災難之間是靠一種不能進行邏輯分析的神秘連繫連結起來的。」參〔法〕路先·列維－布留爾著，丁由譯：《原始思維》，頁 290。此處再次印證嶽麓簡《占夢書》的原邏輯思維成分，也説明「徵兆」——這種具有「殷鑑」功能的現象，如何被原初民族所重視、需要，因爲它預示了「即將到來的災難」。

是夢徵的起因：「因爲鬼神即將作祟、索食，故給予夢者這樣的夢；而作了這樣的夢，如果不供奉鬼神，祂就會作祟爲亂」。

嶽麓簡《占夢書》以「夢占」，明白闡述這類「鬼神求索」之夢的原因及未來事件。這些記錄並非無的放矢（雖然我們也無從考證夢占結果的發生與否），它是當時人所深信的事件。

嶽麓簡《占夢書》是一部幫助當時人分析「夢徵」的參考書籍，而透過記錄夢徵與夢占，明顯可見其「殷鑑」之功能。夢占活動之興盛，儼然決定這種歷史思維的存續、強化；因爲借助占卜夢境，人的命運或許可以稍微地被修正，這是趨吉避凶的期望結果，也是神秘思維間接促成。

「神秘思維」讓當時人相信「夢」有其特殊意義，而「夢占」則有遵守的義務，點出夢徵具有「表徵福禍，殷鑑吉凶」的經世意義——「因爲相信『夢』與個人命運息息相關，故透過撰寫成冊的方式以供後人參考」。此種歷史思維，產生了嶽麓簡《占夢書》一類的巫術活動書籍。而此種收集以往資料撰寫成書的行爲，亦與「引譬連類，原始要終」的歷史思維相關。

（二）引譬連類，明理徵義

「表徵福禍，殷鑑吉凶」是占夢書的經世性質，亦爲主要目的；「引譬連類，明理徵義」，則是其所運用的方法、手段。此或可從中國長久以來「援古證今」、「即史求義」的書寫傳統、思維方式驗證，故《文心雕龍・事類》曰：

> 事類者，蓋文章之外，據事以類義，援古以證今者也。……然則明理引乎成辭，征義舉乎人事，乃聖賢之鴻謨，經籍之通矩也。〔註157〕

「據事以類義，援古以證今」，「類」即「類比」、「類推」；「證」則「證明」、「證實」，劉勰以此二字點出史傳作品之抽象思維，實爲的論；而善用類比、推理一類的抽象方式思考，這是現代人邏輯思維的特點，由此而得出的觀察、論證，足以補足事件與事件之關係，故此，「經驗」取代了「神秘」。鄭毓瑜認爲：

> 中村元指出，中國人喜歡靜止把握事象，在理由與結論之間往往沒有理論的必然關係，多是確定性的陳述，這明顯與前述重視現象經驗的累積，含有強烈稽古傾向，而不在於深究根源或邏輯分析的「引譬援（連）類」，有某種程度的契合。那麼，或許可以說，「引譬援

〔註157〕〔南朝梁〕劉勰著，周振輔注：《文心雕龍注釋》，頁705。

（連）類」的認識或推論模式，並不僅僅流行於先秦或兩漢，而是中國人思維的一種根本型態。〔註158〕

透過分析原邏輯思維與邏輯思維之不同，可知鄭毓瑜之「引譬連類」，以及中村元之「確定性的陳述」，即理智萌芽後，原初民族用以認識各種事件之關係的「中間環節」。相對於夢占等巫術活動以陰陽、五行、八卦作爲認識事物，說明原因之媒介；文史作品則以各種歷史事件作爲把握事理物象的類比原則。

「類比」是理解的方法之一，也是觀念的「轉向」。海登‧懷特認爲：

轉義行爲（Troping）就是從關於事物如何相互關聯的一種觀念向另一種觀念的運動，是事物之間的一種關聯，從而使事物得以用一種語言表達，同時又考慮到用其他語言表達的可能性。〔註159〕

引文之「語言」，實指「類型、事樣」（Genre）。他相信各種事物的意義（尤指歷史事件），都可以用不同的「類型、事樣」表達。透過轉義，事物可以爲人所「理解」：

理解是把陌生事物或弗洛伊德所說的「怪異」事物表現爲熟悉事物的一個過程；把陌生事物從被人爲是把『異國情調』的和未分類的事物的領域移入另一個經驗領域的過程，這個經驗領域已被編碼，足以被認爲是對人類有用的、無威嚇的或只通過聯想才被認識的。這個理解過程在性質上只能是比喻的，因爲把陌生事物表現爲熟悉事物的過程涉及一種轉義行爲，這種轉義行爲一般來說是比喻的。〔註160〕

以「比喻」解釋，則「轉義行爲」之原理，實與「引譬連類」〔註161〕相同，皆是用以理解（或者說是「體諒」）未知、不熟悉的事物，與前述列維——布留爾的「互滲」有異曲同工之妙。只是「互滲」述說的是一種心理狀態，並強調默認事物間的偶然關係，使之爲「必然」；「引譬連類」凸顯的是外緣的操作方式，

〔註158〕鄭毓瑜：《文本風景：自我與空間的相互定義》（臺北，麥田出版社，2005年12月），頁278。

〔註159〕〔美〕海登‧懷特著，陳永國、張萬娟譯：《後現代歷史敘事學》，頁3。

〔註160〕〔美〕海登‧懷特著，陳永國、張萬娟譯，頁7。

〔註161〕後文僅稱「引譬連類」，而不再複述「轉義」一詞。

透過「類型、事樣」或者是「推理」、「類比」說明一事件何以爲另一事件。

以操作方式說明與「引譬連類」，不代表它就不具備歷史思維，只是相對於「文明制度」，毋寧承認「引譬連類」的影響層面，是從思維方式上著手，是一種更內在的機制；然必須注意，「互滲」是屬於更深層的理路，它是「引譬連類」的基礎。正是因爲原邏輯思維的互滲觀念，將兩種不同事件視爲同一；後起的邏輯思維，在爲這「同一」追求更有說服力、合理的解釋時，當然會試圖透過事件間的相似處來推理、論證，「引譬連類」的類比思維，因之而生。

嶽麓簡《占夢書》承繼史傳作品長期的書寫傳統，「引譬連類，明理徵義」的類比思維，當然蘊寓於其中。強調事件與事件之間的類似性、普遍性，象徵間的轉換，最明顯、基礎的當屬「五行」一類的夢例：

簡 號	簡　　文	五行、天干
4	甲乙夢伐木，吉。	甲乙、木
4	丙丁夢失火高陽，吉。	丙丁、火
4、5	戊己【夢】【4】宮事，吉。	戊己、土
5	庚辛夢反山鑄鐘，吉。	庚辛、金
5	壬癸夢行川、爲橋，吉。	壬癸、水

「甲乙」代表五行之「木」;「丙丁」爲五行之「火」;「戊己」爲五行之「土」;「庚辛」爲五行之「金」;「壬癸」爲五行之「水」，這是先秦時期的「天干」與「五行」關係。而「伐木」是與「木」相關之活動，「失火」則是與「火」相關的活動。依此類推，則「宮事」、「鑄鐘」、「行川、爲橋」，分別對應至「土」、「金」、「水」。將活動（事件）的特點抽出，推理至抽象的「五行」，這是類比思維的運用。透過「引譬連類」的操作，可以清楚地解釋夢徵，並對應至各自的夢占結果。又如嶽麓簡《占夢書》簡 12：

夢□▇（？）盡〈晝〉操簦陰（蔭）於木下，有資。

簡文意謂「夢見某人持拿雨傘遮蔽於木下，則可納貨進財。」然而「得到財物」與「持拿雨傘遮蔽於木下」有何關聯？此則要歸功於「引譬連類」。在樹下乘涼，躲避炎日，這是「傘與樹葉的遮蔽功效」，由此，古人進而聯想到「庇蔭、保護」。故才得出「有資」的吉祥夢占。

嶽麓簡《占夢書》簡 13：

夢歌帶軫玄（弦），有憂，不然有疾。

簡文意謂「夢見在歌唱時調整弦樂器，夢者當有憂慮，或有疾病。」在歌唱時調整弦樂器，則代表樂器有異，然而歌唱與樂器之搭配講求通順流暢，若發生此種狀況，可能導致演出失敗。換言之，樂器的差錯，其實與人遭遇困難、罹患疾病的情況類似，都是異常的事件，而人卻無法掌控。故用「歌帶軫玄」比喻人的憂慮，或是疾病。

嶽麓簡《占夢書》簡 22：

夢見項者，有親道遠所來者。

簡文意謂「夢見頸後、脖子者，當有親戚遠道而來。」「項」、「頸」是人體各部位中比較高、長的部分，與「高眺」、「久長」的意思相近，故以之互擬。

嶽麓簡《占夢書》簡 28：

夢乘周〈舟〉船，爲遠行。

簡文意謂「夢見搭乘舟船類交通工具者，將會遠行。」交通工具是具體的物品，古人以之比喻旅途、出行。

嶽麓簡《占夢書》簡 33：

夢繩外剫（剸）爲外憂。內剫（剸）爲中憂。

簡文意謂「夢見繩索從外斷裂，則有外來之憂患。夢見繩索從內斷裂，則有內隱之憂患。」在古人的思維中，「繩索」與「人的生命」相似，因爲二者皆具「長」的特徵；若「繩索斷裂」，即代表「無法控制」、「性命堪憂」。故以繩索的斷裂比擬異常、憂慮。

「引譬連類，明理徵義」，其實就是一種「具體解悟」〔註 162〕。它可以超越古今，以及事物的界限，達到主客交融的連續關係。事件與事件之間即使排除「互滲」（只是在占夢書中，神秘性仍然存在），利用經驗的相似、事物的類推，這些情境依舊可以重疊，並且不斷抽取利用、同一化。它是一種藉由類比，事物普遍性的思維方式。

將「引譬連類」視爲嶽麓簡《占夢書》成書之內在理路因素，是因爲「從旁觸及」之說明方式，有效幫助古人認知事物，也是一種類比、類推的思維

〔註 162〕牟宗三：《歷史哲學》（臺北，臺灣學生書局，1988 年 8 月），自序，頁 5～7。

模式。事實上，嶽麓簡《占夢書》亦利用此種方式，或直白地，或旁通地理解、表現夢徵與夢占之關係；故此，「引譬連類」已近似於占夢術，因爲理解夢徵，也就代表解釋夢的意義，它就是一種導出夢占結果的方法，只是在嶽麓簡《占夢書》中，占夢的方法並非止此一種，遑論後世愈加發展的占夢術。

第三節　《嶽麓書院藏秦簡（壹）・占夢書》之「占夢術」

「占夢術」，就是「解夢術」，是古代用於占卜、解釋夢徵的方式。因爲占者大多採取「圓融」的說詞，以貼近夢者之心意，故占夢術又可稱爲「圓夢術」〔註 163〕。占夢書的分析，必然要以占夢書爲材料進行，但中國早期的民俗類記夢資料大多亡佚；雖然劉文英認爲中國最早的占夢書，出現於春秋時代，即「《晏子春秋・內篇雜下》『請反具書』之書」〔註 164〕，但已不可見。而《漢書・藝文志》所載《黃帝長柳占夢》與《甘德長柳占夢》，亦僅存書名，未有內容。

在缺乏占夢書之情況下，辨析占夢術的原理、區別占夢術的分類，似乎變得極爲困難。所幸，於民俗類記夢資料外，中國早期的史傳作品亦保存了許多記夢資料，可作爲中國早期的占夢術研究材料。

詳究占夢術，除史傳類記夢資料外，更須從民俗類紀夢資料著手。嶽麓簡《占夢書》保存秦漢時期的民間占夢活動，透過該書與史傳類記夢資料的相互參照，一方面可凸顯其所使用之「占夢術」，另一方面則可見中國早期占夢術進程。

占夢術，由「形式」與「邏輯」構成。古人透過不同的形式，輔以各種思考邏輯，以達到占夢的目的。

〔註 163〕然則劉文英認爲「占夢」與「圓夢」在本質上極爲不同，前者必定迷信、屬於神道主義；後者則不然。「圓夢主要是把夢象解釋得圓通，其目的或是解除夢者的某種心理負擔，或是迎合夢者的某種心理欲望」，它雖然有著「占夢」的外表，實質上卻是一種心理分析。參劉文英：《夢的迷信與夢的探索》，頁 263～264。事實上隨著占夢術的演進、精緻化，占夢與圓夢，愈加難以區分。

〔註 164〕劉文英：《夢的迷信與夢的探索》，頁 113～114。

一、占夢術之「形式」

古代中國充斥宗教方術，如占星、望氣、風角、堪輿、夢占等。爲適應時代之要求以及夢者之需要，占夢術的形式、方法必然有所改變。察諸文獻，筆者以爲，嶽麓簡《占夢書》的占夢術，除沿襲已久的「象徵」法外，亦融入「五行」、「測字」的要素，以便更深入地發掘夢徵的意義。

（一）象徵析夢

最初的「占夢術」，或許並沒有複雜的形式，只是單純地分析各種夢徵的意義。夢徵是另一事件的徵兆，至於「爲什麼？」原初民族並不去思考這一問題。在他們的眼中，這個「爲什麼」，是一種世代沿襲的觀念，它積累於民族的情感、記憶之中，是一個民族的生活經驗、宗教觀念。「民族積累」的意義，實同於列維——布留爾所述說的原初民族之「集體表象」，又或者是榮格所說的「集體無意識」、「原型」。

既是如此，則可透過「聯想」的方式，說明夢徵的確切意義，如前文所引「上天、登天，甚至是受上帝之命，皆有得權位、立爲帝王之意義」；一些「花草、日月」的夢，也有固定的意義。《左傳・宣公三年》「燕姞夢得蘭」：

> 初，鄭文公有賤妾曰燕姞，夢天使與己蘭，曰：「余爲伯儵。余，而祖也。以是爲而子。以蘭有國香，人服媚之如是。」既而文公見之，與之蘭而御之。辭曰：「妾不才，幸而有子。將不信，敢徵蘭乎？」公曰：「諾。」生穆公，名之曰蘭。〔註 165〕

夢得蘭花，故其胎兒極爲尊貴，有掌權之徵。又如《漢書・元后傳》：

> 初，李親任政君在身，夢月入其懷。及壯大，婉順得婦人道。嘗許嫁未行，所許者死。後東平王聘政君爲姬，未入，王薨。禁獨怪之，使卜數者相政君，「當大貴，不可言。」禁心以爲然，乃教書，學鼓琴。五鳳中，獻政君，年十八矣，入掖庭爲家人子。〔註 166〕

元后母親懷孕時曾夢「月入其懷」，表示其女之身分唯有「日」可匹配，故當入皇門爲后。懷孕夢見日月，其子女當有富貴之命。又如《搜神記・孫監夫

〔註 165〕〔清〕阮元以文選樓藏本校勘，嘉慶二十年重勘宋本：《十三經注疏附校勘記・左傳》，頁 4054。

〔註 166〕〔漢〕班固撰，〔唐〕顏師古注：《漢書》，頁 4015。

人夢》：

初，夫人孕而夢月入其懷，既而生策。及權在孕，又夢日入其懷，以告堅曰：「昔妊策，夢月入我懷，今也又夢日入我懷，何也？」堅曰：「日月者陰陽之精，極貴之象，吾子孫其興乎！」〔註 167〕

從《左傳》到《漢書》，再到《搜神記》，三書的時間跨度極大，但孫堅「日月者陰陽之精，極貴之象」一語，實已道出古往今來各種「日月之夢」的意義。可知「以日月爲貴」的思維，長久以來便盤據於古代中國的民族記憶中。

嶽麓簡《占夢書》保存許多中國早期的「夢徵」，透過民族記憶的利用，這些「夢徵」便可轉換成不同的「象徵意義」，因而產生各種「夢占」。如簡 33：

夢見豆，不出三日家（嫁）。

簡文意謂「夢見豆類器皿，三日之內有婚嫁之事」。豆類器皿常作爲炊具使用，多爲女性所用，簡文或以此象徵女性嫁娶之事。

簡 38「夢見虎豹者，見貴人」與簡 39「夢見熊者，見官長」，以夢見「虎、熊」爲吉兆，代表有地位者之象徵。此種象徵方式常見於各式占夢書，如「夢見大蟲者，加官祿」（P.3908 號六畜禽獸章）〔註 168〕、「夢見虎狼，身得興官」（S.620 號野禽獸篇）〔註 169〕；亦可見於以及傳世文獻，如《詩經・小雅・斯干》曰：「乃寢乃興，乃占我夢。吉夢維何，維熊維羆。」〔註 170〕可知「虎、熊」自古即爲祥瑞之徵。

「象徵析夢」的占夢方式，與「夢徵」在夢者所處的文化、社會背景中所具備的意義有關，「象徵」凝聚了文化整體的意識。在占卜當下，它隨即反映了一種民族情感。象徵的「意義」，並非絕對固定，而是代有變革，隨著民族的思維方式而改變，但象徵的「本身」一直都在。此亦暗示了在「象徵析夢」之外的各種占夢方式，其實是用於補充此法之不足。

〔註 167〕〔晉〕干寶撰：《搜神記》，頁 228。

〔註 168〕鄭炳林：《敦煌寫本解夢書校錄研究》，頁 339。

〔註 169〕鄭炳林：《敦煌寫本解夢書校錄研究》，頁 339。

〔註 170〕〔清〕阮元用文選樓藏本校勘嘉慶二十年重刊宋本：《十三經注疏附校勘記・詩經》，頁 937。

換言之，隨著占夢術之進步，而發展出的各種占夢方式，其實都是爲了保證「夢徵」的神秘性。因爲原先的「象徵」意義已不爲人所理解，或不適用，故要透過其它方式維持夢徵與神秘的互滲。思維的進步，使神秘性更加降低；智力與認識所產生的作用愈加強烈，則所使用占夢術愈加複雜、精緻，如「五行辨夢」與「測字解夢」。

（二）五行辨夢

以「五行」（八卦、陰陽）辨別夢徵之意義，進而測定吉凶的占卜方式，在睡虎地簡《日書》與嶽麓簡《占夢書》中已可見，如簡 4 至 5：

> 甲乙夢伐木，吉。丙丁夢失火高陽，吉。戊己【夢】【4】宮事，吉。庚辛夢反山鑄鐘，吉。壬癸夢行川、爲橋，吉。

以各種五行相關事務對應至天干的時間方式，是嶽麓簡《占夢書》的基本觀念，故被歸納至「占夢理論」一類簡中。天干制度與夢占的關係更可見於簡 3 至 4：

> 甲乙夢，開臧事也，丙丁夢，憂也，【3】戊己夢，語言也，庚辛夢，喜也，壬癸夢，生事也。

但二書蘊含的陰陽五行思想仍處起步階段，是以夢徵與五行相配合的例證不僅少，且無完備體系。與王充的系統相比，頗顯粗陋。王充曾系統性地論述夢與陰陽五行之關係，其《論衡‧言毒》曰：

> 諺曰：「眾口爍金。」口者，火也。五行二曰火，五事二曰言。言與火直，故云爍金。道口舌之爍，不言拔木焰火，必雲爍金，金制於火，火口同類也。〔註 171〕

又曰：

> 故人夢見火，占爲口舌：夢見蝮蛇，亦口舌。火爲口舌之象，口舌見於蝮蛇，同類共本，所稟一氣也。故火爲言，言爲小人。小人爲妖，由口舌。口舌之徵，由人感天，故五事二曰言。〔註 172〕

五行之二爲「火」，而火又爲口舌之象，故言「眾口鑠金」。若人夢見火，占卜

〔註 171〕〔漢〕王充著，黃暉撰：《論衡校釋》，頁 956。

〔註 172〕〔漢〕王充著，黃暉撰：《論衡校釋》，頁 957。

之結果可能爲「口舌」，夢見蝮蛇亦是如此。然嶽麓簡《占夢書》簡3「語言」一項，對應的天干爲「戊己」，而非「丙丁」，與王充的系統不符，可知嶽麓簡《占夢書》占夢原理與王充所論述的尚有差距，並未發展完成。

對王充而言，透過「五行」的思想，可以將「夢徵」轉換爲各種象徵；嶽麓簡《占夢書》於此則略顯不足。可知五行的發揮，使夢徵的意義不斷擴大，一種中國式的宇宙圖象逐漸產生，任何能符合五行「相生相剋」之物象，便可應用於此種「五行辨夢」之方式。《三國志・魏書・王毋丘諸葛鄧鍾傳》曰：

> （鄧）艾當伐蜀，夢坐山上而有流水，以問殄虜護軍爰邵。邵曰：「按易卦，山上有水曰蹇。蹇繇曰：『蹇利西南，不利東北。』孔子曰：『蹇利西南，往有功也；不利東北，其道窮也。』往必克蜀，殆不還乎！」艾憮然不樂。〔註173〕

爰邵以《周易》爲鄧艾占夢，得出「蹇利西南，往有功也；不利東北，其道窮也」的結論，認爲往西南伐蜀，攻必克、戰必勝，但不利而班師回道。後鄧艾平蜀，「會內有異志，因鄧艾承制專事，密白艾有反狀」〔註174〕，死於歸途中。以八卦、五行占夢者，尚有管輅，《三國志・方技・管輅傳》曰：

> （何）晏謂輅曰：「聞君著爻神妙，試爲作一卦，知位當至三公不？」又問：「連夢見青蠅數十頭，來在鼻上，驅之不肯去，有何意故？」輅曰：「夫飛鴞，天下賤鳥，及其在林食椹，則懷我好音，況輅心非草木，敢不盡忠？昔元、凱之弼重華，宣惠慈和，周公之翼成王，坐而待旦，故能流光六合，萬國咸寧。此乃履道休應。非卜筮之所明也。今君侯位重山嶽，勢若雷電，而懷德者鮮，畏威者衆，殆非小心翼翼多福之仁。又鼻者艮，此天中之山，高而不危，所以長守貴也。今青蠅臭惡，而集之焉。位峻者顛，輕豪者亡，不可不思害盈之數，盛衰之期。是故山在地中曰謙，雷在天上曰壯；謙則裒多益寡，壯則非禮不履。未有損己而不光大，行非而不傷敗。願君侯上追文王六爻之旨，下思尼父彖象之義，然後三公可決，青蠅可驅也。」〔註175〕

〔註173〕〔晉〕陳壽撰，〔南朝宋〕裴松之注：《三國志》，頁781。

〔註174〕〔晉〕陳壽撰，〔南朝宋〕裴松之注：《三國志》，頁791。

〔註175〕〔晉〕陳壽撰，〔南朝宋〕裴松之注：《三國志》，頁820。

何晏請求占卜「官至何位」，管輅以「周公輔成王」之事回應，認爲「仕途」非卜筮可知，在於何晏是否有周公之心；何晏「青蠅之夢」，管輅則以「山在地中」是爲「謙」卦，當裒多益寡，「雷在天上」爲「壯」卦，應非禮不履，勸戒何晏勿執著於官位，位高易巔，輕豪必亡，應當謹慎思量。但鄧颺卻認爲管輅的占卜乃老生常談，不予理會。然此事之結尾頗具神秘性，傳載「輅還邑舍，具以此言語舅氏，舅氏責輅言太切至。輅曰：『與死人語，何所畏邪？』舅大怒，謂輅狂悖。歲朝，西北大風，塵埃蔽天，十餘日，聞晏、颺皆誅，然後舅氏乃服。」管輅裒多益寡、非禮不履等勸戒回應，皆爲人臣修德之道理，但知易行難，即使身分尊貴如何晏，亦難行之。〔註 176〕

「五行」（八卦、陰陽）的象徵體系愈加完善，以之占卜夢徵的趨勢亦更加興盛。然而欲使用「五行辨夢」的方法，占夢者除要通曉五行、八卦之理外，更要能洞悉夢者意圖，如東漢·王符所言「說者不能連類傳觀，故其惡有不驗也」〔註 177〕。靈活運用，方可占驗皆中。

（三）測字解夢

相較於「五行辨夢」，因占夢者不須具備五行、八卦的知識，「測字解夢」在方法上要簡單許多。此法是將夢象分解爲漢字之筆劃，後利用漢字拆分的特點，將其賦予意義，並根據筆劃組成的要領，配合「夢徵」說明人事吉凶。

「測字解夢」之方法或許可以上推至《左傳》，如《左傳·宣公十二年》之「止戈爲武」〔註 178〕、《左傳·宣公十五年》之「反正爲乏」〔註 179〕、《左傳·

〔註 176〕《三國志》裴注引《輅別傳》曰：「舅夏大夫問輅：『前見何、鄧之日，爲已有凶氣未也？』輅言：『與禍人共會，然後知神明交錯；與吉人相近，又知聖賢求精之妙。夫鄧之行步，則筋不束骨，脈不制肉，起立傾倚，若無手足，謂之鬼躁。何之視候，則魂不守宅，血不華色，精爽烟浮，容若槁木，謂之鬼幽。故鬼躁者爲風所收，鬼幽者爲火所燒，自然之符，不可以蔽也。』」可知管輅並非專以五行卦象進行夢占，實則是以社會環境揣摩夢者心理狀態。參〔晉〕陳壽撰，〔南朝宋〕裴松之注：《三國志》，頁 821。

〔註 177〕〔漢〕王符著，〔清〕汪繼培箋，彭鐸校正：《潛夫論箋校正》，頁 322。

〔註 178〕〔清〕阮元用文選樓藏本校勘嘉慶二十年重刊宋本：《十三經注疏附校勘記·左傳》，頁 4083。

〔註 179〕〔清〕阮元用文選樓藏本校勘嘉慶二十年重刊宋本：《十三經注疏附校勘記·左傳》，頁 4094。

昭公元年》之「皿蟲爲蠱」〔註 180〕皆爲其例。又如《三國志・蜀書・魏延傳》載有趙直占夢諸事：

> 十二年，亮出北谷口，延爲前鋒。出亮營十里，延夢頭上生角，以問占夢趙直，直詐延曰：「夫麒麟有角而不用，此不戰而賊欲自破之象也。」退而告人曰：「角之爲字，刀下用也；頭上用刀，其凶甚矣。」〔註 181〕

「角之爲字，刀下用也；頭上用刀」，這是測字解夢之法。趙直並未對魏延直言夢之吉凶，原因未知，或許是趙直擔心自身之安危，故隱晦其意。魏延於諸葛亮死後，與長史楊儀爭權奪利，後遭馬岱斬之，與趙直所占「頭上用刀」之結果相同。又如《三國志・蜀書・霍王向楊費傳》裴注：

> 《益部耆舊傳・雜記》曰：「（何祗）嘗夢井中生桑，以占夢趙直。直曰：『桑非井中之物，會當移植；然桑字四十下八，君壽恐不過此。』祗笑言：『得此足矣』。」〔註 182〕

將「桑」字拆分爲四個「十」字、一個「八」字，趙直以爲此代表何祗之歲數。此例一方面表示趙直之占卜能力，可占人歲數（雖不知準確與否），另一方面也顯現何祗的樂天知命，未因歲數過少而抱怨，或祈求消災解厄之道。《三國志・蜀書・蔣琬費禕姜維傳》又載：

> （蔣琬）夜夢有一牛頭在門前，流血滂沱，意甚惡之，呼問占夢趙直。直曰：「夫見血者，事分明也。牛角及鼻，『公』字之象，君位必當至公，大吉之徵也。」〔註 183〕

以測字之方法占卜夢徵，這是趙直占夢之特色。其占「君位必當至公」，後蔣琬果眞爲「什邡令」、「尚書郎」等官職，可見趙直占卜之準確性極高。

「測字解夢」的方法，或可見於嶽麓簡《占夢書》。簡 22：

> 夢身生草者，死溝渠中。

〔註 180〕〔清〕阮元用文選樓藏本校勘嘉慶二十年重刊宋本：《十三經注疏附校勘記・左傳》，頁 4395。

〔註 181〕〔晉〕陳壽撰，〔南朝宋〕裴松之注：《三國志》，頁 1003。

〔註 182〕〔晉〕陳壽撰，〔南朝宋〕裴松之注：《三國志》，頁 1014～1015。

〔註 183〕〔晉〕陳壽撰，〔南朝宋〕裴松之注：《三國志》，頁 1057。

簡文意謂「夢見身上長出草之人，將會死於溝渠之中」。「身上生草」，故夢者身體應當爲草所圍繞、處於草中，此情況與「葬」字相似。「葬」字，《說文》：「藏也。从死在茻中。」〔註 184〕夢徵形近於「葬」字，故得到「死溝渠中」的占卜結果，此或爲「測字解夢」之方法。秦漢至晉，「測字解夢」的例證多有，其中最奇特的當爲《帝王世紀》所載軒轅黃帝測字解夢之事：

> 黃帝夢大風吹天下之塵垢皆去，又夢人執千鈞之弩驅羊數萬羣。帝寤而歎曰：「風爲號令，執政者也。垢去土后在也。天下豈有姓風名后者哉？夫千鈞之弩，異力也。驅羊數萬羣能牧民爲善者也。天下豈有姓力名牧者哉？」於是依二占以求之，而求之得風后於海隅，登以爲相；得力牧於大澤，進以爲將。〔註 185〕

「垢」字去「土」而爲「后」字。黃帝因之而得風后，這是測字解夢的標準方式。然黃帝占夢一事，年代久遠，若視爲黃帝年間史料，當然不足爲信，卻可視爲皇甫謐之思想。其認爲測字解夢之法，可上推至黃帝時期，具有足夠正當性。前述清華簡《程寤》所載「太姒之夢」，簡 1：

> 大（太）姒夢見商廷隹（惟）梂（棘），迺屮=（小子）[illegible]（發）取周廷杍（梓）梪（樹）于氒（厥）閼（間），[illegible]=（化爲）松柏棫柞。〔註 186〕

太姒夢中所見「松柏棫柞」，清華簡原釋讀者認爲「杍（梓）」木所化之「松柏棫柞」與「棘」是對立二分，是「以棘比喻奸佞朋黨，以松柏比喻賢良善人」〔註 187〕。王寧認爲「松柏是良材，棫柞惡木」〔註 188〕；袁瑩則將六木區分成「棘、棫、柞」一類，「梓、松、柏」一類，用來論略人才優劣賢不肖，

〔註 184〕〔清〕段玉裁著：《說文解字注》，頁 48。

〔註 185〕〔晉〕皇甫謐等撰：《帝王世紀·世本·逸周書·古本竹書紀年》，頁 7。

〔註 186〕清華大學出土文獻研究與保護中心編，李學勤主編，《清華大學藏戰國竹簡（壹）》，頁 136。

〔註 187〕清華大學出土文獻研究與保護中心編，李學勤主編，《清華大學藏戰國竹簡（壹）》，頁 137。

〔註 188〕王寧：〈讀清華簡《程寤》偶記一則〉，復旦網，http://www.gwz.fudan.edu.cn/SrcShow.asp?Src_ID=1389，2011 年 1 月 18 日。

其中「松柏」與「棫柞」是對立的，有好有壞〔註189〕。沈寶春師則認爲：

> 若將「松柏棫柞」的四「木」形旁抽離時，赫然出現「公白或乍」四個大字如讖緯般的浮上檯面來。……若以「四木」象徵「四極」、「四維」、「四榦」的撐天柱地，堅實穩固的建構四方，則「四木」並非對立的善惡狀態，而是平列對等的支援通天「杍（梓）」木」政權轉移的變形根榦，而除此作用外，令人驚異的是，政權轉移大變革符徵，竟顯現在「松柏棫柞」的四「木」形旁抽離下，赫然出現的「公白或乍」隱諱地呈現出來，何其巧妙的設計呀！而蓄積三代德業與政治野心的周族企圖，隱藏「公伯國作」的機關也就昭然若揭了。〔註190〕

無庸置疑地，太姒之夢充滿周人「代商而立」的政治野心；若以「測字解夢」分析「松柏棫柞」，除顯示，清華簡此例則可視爲「測字解夢」之濫觴。《左傳》、嶽麓簡《占夢書》諸例，可能承襲自此之外，更代表「象徵析夢」以外的占夢術，其來源可能遠比研究者所想像地要古老許多。

除上述三種占夢方式，劉文英又分出「以日月星辰占夢」的占夢方式〔註191〕；傅正谷則分出「以天地貴賤」、「以姓氏的同益、尊卑、內外」、「以古代禮葬習俗」、「以方位與飛禽之象」、「以在位與否」、「以觀日之象」占夢的方式〔註192〕。只是二位所分的占夢術方式不限時代，而是綜觀各時期之記夢資料所歸納之結論；與嶽麓簡《占夢書》的「象徵」、「五行」、「測字」三法相較，可知占夢術的方式隨著時代演進、發展，逐漸有多樣化、精細化的改變。而嶽麓簡《占夢書》的三種占夢術方式，則較爲初步、簡率。

二、占夢術之「原理」

占夢術與占夢書相同，皆非「遺世獨立」的存在，它是社會發展的產物，

〔註189〕袁瑩：〈清華簡《程寤》校讀〉，復旦網，http://www.gwz.fudan.edu.cn/SrcShow.asp?Src_ID=1376，2011年1月11日。

〔註190〕沈寶春師：〈論清華簡《程寤》篇太姒夢占五木的象徵意涵〉，武漢簡帛網，2011年3月14日。

〔註191〕劉文英：《夢的迷信與夢的探索》，頁64～66。

〔註192〕傅正谷：《中國夢文化》，頁305～309。

故往往與各種學術、邏輯思維的演進緊密相關；而學術、邏輯思維更是占夢術的「原理」，是占夢術方式之基礎。

嶽麓簡《占夢書》之占夢術方式，以象徵、五行（八卦、陰陽）、測字三法爲主，而其「原理」或可區別爲劉文英所分辨之「直解」、「轉釋」、「反說」三理。

後人分辨占夢術的「原理」，往往鉅細靡遺，但如果畫分多類，易有瑣碎、凌亂之感。劉文英對占夢術邏輯的分析雖最爲詳細，但其將「轉釋」一類，又細分爲「象徵」、「連類」、「類比」、「破譯」、「解字」、「諧音」六理。雖然細微，但就「例證」與「稱謂」而言，容易令人混淆無別。「轉釋」，是先將夢徵進行一定形式的轉換，而後就此轉換的結果解釋，劉文英之六理的要點如下〔註 193〕：

「象徵」：把夢徵先轉換成它所象徵的東西，然後根據所象徵的東西再說明夢意和人事。如《詩經・小雅・斯干》「維熊維羆，男子之祥」。

「連類」：把夢徵先轉換成同它相連的某種東西，然後根據同它相連的某類東西再說明夢意和人事。如漢唐夢書佚文「夢見竈者，憂求婦嫁女」。

「類比」：根據夢徵的的某些特點，以比喻解釋夢意，以類推說明人事。如漢唐夢書佚文「丈尺爲人正長短也。夢得丈尺，欲正人也」。

「破譯」：把夢象先轉換成一種符號，然後根據轉換得來的符號，再解釋夢意和說明人事。如五行、陰陽、八卦。

「解字」：把夢徵先分解成漢字的筆畫，然後根據筆畫組成的漢字，再解釋夢意和說明人事。

「諧音」：先取夢徵的諧音，然後根據諧音再解釋夢意和說明人事。

事實上，「象徵」、「連類」、「類比」、「破譯」四種原理僅有細微的差別，取決於使用者的思維、占卜者的說法。以《詩經・小雅・斯干》「維熊維羆，男子之祥」爲例，「夢熊」是生男之徵兆，把「熊」視爲一種象徵，固然可行，因

〔註 193〕引文整理自劉文英：《夢的迷信與夢的探索》，頁 76～93。

爲熊與古代的圖騰象徵有關；然這何嘗不是認爲「男子與熊皆屬陽剛一類」（連類）？又或者認爲「熊有健壯的意義，而與男子特徵相似」（類比）？這是此三理的相混。

「將顯貴則夢登高」，劉文英以「類比」視之，因爲「以人（顯貴）比事（登高）」。然而「高」本就可爲地位之「象徵」；「登高」與人的身分亦有類似的特質，亦屬於「連類」。此又見「象徵」、「連類」、「類比」三者的相混。

又如「破譯」的五行、八卦。古代中國以五行、八卦爲根本，進而開展出一連串宏偉的宇宙圖式：

坤爲地，爲母，爲布，爲釜，爲吝嗇，爲均，……其於地也爲黑。

坤卦的特質是純陰柔順，所以能滋養萬物於地，如同人之生於母。因爲陰柔，所以爲布，因爲陰虛能容，所以爲釜鍋，因爲陽大陰小，所以爲吝嗇；而陰爲暗，故坤又爲黑色。「爲地，爲母，爲布，爲釜，爲吝嗇，爲均」皆由「坤卦」的「特徵」而類推得到，當然也符合上述「類比」的原理。而「地、母、布」等理象實際上也象徵了坤卦。以五行、八卦爲例，可見「象徵」、「連類」、「破譯」三者的相混。

六理之中，唯有「解字」、「諧音」二者較無爭議，區別容易。然「解字」、「諧音」的原理亦相同，只是前者從字形，後者由字音。劉文英雖區分「六理」，卻也注意到六理之混雜、難分，故言：「以上六種解釋的占法，有時分別單獨使用，有時幾個合併使用，往往互相交錯、相互滲透。」

面對「轉釋」的難辨，如劉文英般細分出六種方式，亦不能徹底解決這一問題。與其因細分而導致淩亂，不如合併而劃一整齊，保留「轉釋」作爲占夢術原理之一類，而捨棄進一步分類，或許更有助於理解「占夢術」。故以下將以「直解」、「轉釋」、「反說」三類爲主，進一步探討嶽麓簡《占夢書》的占夢術「原理」。

（一）直　解

「直解」，又可稱爲「直觀」，是最簡單的占夢術，是把夢徵「直接解釋」爲所預兆的人事，而不透過各種方式。夢徵與夢占的關係，大多可以明白理解。如《史記·殷本紀》所載「武丁之夢」：

帝武丁即位，思復興殷，而未得其佐。三年不言，政事決定於冢宰，以觀國風。武丁夜夢得聖人，名曰說。以夢所見視群臣百吏，皆非也。於是乃使百工營求之野，得說於傅險中。是時說爲胥靡，築於傅險。見於武丁，武丁曰是也。得而與之語，果聖人，舉以爲相，殷國大治。〔註194〕

武丁在夢見傅說，而後便求得傅說。這個夢就是「直解」的夢。「夢徵」實際上就代表「夢占」。又如許多鬼神許諾之夢。《史記．趙世家》所載「趙簡子之夢」：

簡子寤。語大夫曰：「我之帝所甚樂，與百神游於鈞天，廣樂九奏萬舞，不類三代之樂，其聲動人心。有一熊欲來援我，帝命我射之，中熊，熊死。又有一羆來，我又射之，中羆，羆死。帝甚喜，賜我二笥，皆有副。吾見兒在帝側，帝屬我一翟犬，曰：『及而子之壯也，以賜之。』帝告我：『晉國且世衰，七世而亡，嬴姓將大敗周人於范魁之西，而亦不能有也。今余思虞舜之勳，適余將以其胄女孟姚配而七世之孫。』」董安于受言而書藏之。〔註195〕

趙簡子夢到天帝，並告訴他：「晉國且世衰，七世而亡，嬴姓將大敗周人於范魁之西，而亦不能有也。今余思虞舜之勳，適余將以其胄女孟姚配而七世之孫。」此夢由天帝直接預言趙氏之繁盛，故趙簡子無須額外占夢，因爲夢占的結果已由夢徵所示，「夢見什麼，結果就是什麼」，無須利用其它方式方能探知，這是「直解」的特徵。

嶽麓簡《占夢書》並無「直解」之夢，但嶽麓簡《占夢書》中相關「鬼神求索」之夢，卻是後世諸多「直解」之夢占的基礎：

簡號	簡文
41	夢死者復起，更爲官（棺）郭（槨）。死者食，欲求衣常（裳）。
41	夢見羊者，傷（殤／禓）欲食。
42	夢見豕者，明欲食。
42	【夢】見犬者，行欲食。
43	夢見汲者，癘（厲／癘）、租（詛）欲食。

〔註194〕〔漢〕司馬遷撰：《史記》，頁102。

〔註195〕〔漢〕司馬遷撰：《史記》，頁1787。

43	【夢】見□，竈欲食。
44	夢見斬足者，天閔（闕）欲食。
44	⍁……。
45	夢見彭者，兵死、傷（殤／裼）欲食。
45	【夢見】□□，大父欲食。
46	夢見貴人者，遂（墜）欲食。
46	【夢】見馬者，父欲食。

嶽麓簡《占夢書》中有關「鬼神求索」之占甚多，可知當時人重視「鬼神求索」的風氣；亦可從「鬼神」名稱之不同，推知古人對鬼神之認知、分類。古人認爲任何事物皆有其鬼神存在，這是神秘思維所致；後世則不然，大多只以鬼神概括。簡文多藉「夢見動物」，而知鬼神求索；各種動物與鬼神之間必有關聯，可能是祭祀物品或者代表物，但以無從得知其因由。然而這類「因某物之夢，而得求索之占」的夢例，後世漸減，夢例多改由「求索之人自行宣告」，屬於「直解」之夢，與嶽麓簡《占夢書》不同，不再透過占卜「夢徵」方能得知。

雖無「直解」之夢例，但嶽麓簡《占夢書》大多數的「夢徵」皆須透過「轉釋」與「反說」，方能窺得夢占，這是占夢術進步的證據之一。

（二）轉　釋

「轉釋」，是一種利用間接的方式解釋夢徵、得到夢占，可以想像成是密碼的破解，而「中間媒介」可能是上述所論及的占夢術「方式」:「象徵」、「五行（陰陽、八卦）」以及「測字」三者。但不論爲何種方式，「轉釋」是最常被使用的占夢術原理。因爲透過各種「中間媒介」，可以開展夢徵的解釋，而這也是占夢術被稱爲「圓夢」的原因之一。相同的夢徵，可能因爲不同的「中間媒介」，而有不同的占卜結果，大大地開顯夢徵的各種可能性。

嶽麓簡《占夢書》的夢例，大多使用「轉釋」的原理，因爲無法直接由夢徵，得知占卜。前述占夢書「原理」所提到的「方式」:「象徵」、「五行（陰陽、八卦）」以及「測字」三者，皆可當作「轉釋」的例證。此外，簡 28：

　　夢乘周〈舟〉船，爲遠行。

簡文意謂:「夢見搭乘舟船類交通工具者，將會遠行。」古人利用舟船，以通過、到達車、馬所不能至的地方。此類地點通常遠而難行，是以由「舟船」，聯想至旅行、遠行。

又如簡 36：

> 夢伐鼓，聲必長。眾有司，必知邦端（政）。

簡文意謂：「夢見伐鼓聲，聲勢必漲大（夢見伐鼓之祭祀，聲譽必有所增）。夢見有司百工，夢者將主持國政。」鼓聲之於聲勢；伐鼓祭祀之於聲譽，其實皆以「轉釋」為原理。行軍時的鼓聲，決定軍隊聲勢的浩大與否；祭祀所用的鼓聲，與祭祀對象所受到的尊敬多寡相關，兩者都是以「聲音」，類推為聲勢、聲譽。

「有司百工」，無論官階高低，均為政府官員，它是政治體系的一部分，倘若夢見，則代表夢者將能主持國政。由政府官員類推至主政，此亦是利用「轉釋」的原理。

嶽麓簡《占夢書》的夢例大多以「轉釋」為占夢術原理，但因夢徵與夢占之關聯，難有確論，故其所應用的「中間媒介」大多無法為人所知。不過，刪去以「直解」、「反說」為占夢術原理的夢例，可推測餘下的夢例，有極大可能皆利用「轉釋」的原理。

由於去古甚遠，多數「轉釋」的夢例，其夢徵與夢占之關係幾乎無法得知，僅能以「相關」聯繫；只是少數夢例可推得其為象徵、類推之關係，如簡 40 後數則「鬼神求索」之夢例，皆利用「轉釋」，將各種鬼神與動物、行為互相連接（只是無法得知確切之關係，可能為供品、可能為儀式）。其中如簡 14、43 與 45，因簡文殘損，只能得知其夢占，但與其他簡相參，亦可知其為「鬼神求索」之夢例，故可能也利用「轉釋」之理占卜。

然而透過表格，可知「轉釋」與「反說」的原理，二者並不排斥，可並存於夢例中，如簡 10、12 與 30，皆以轉釋的方法，將夢徵轉換為另一意義，進而從「反面」解釋，得到負面的夢占結果。「反說」的利用，無疑使單純利用「轉釋」的夢例，其夢占更加複雜、多樣。

（三）反　說

「直解」與「轉釋」相較，藉由各種象徵、類推的幫助，後者更顯複雜、圓融，而便於占夢，這是占夢術原理的發展所致；「反說」的利用，亦有此意。

「反說」，就是把夢徵的意義，從反面說明、解釋；亦可以將「直解」或者「轉釋」得出的意義，轉換爲相反的意思。如《莊子・齊物論》：「夢飲酒者，旦而哭泣；夢哭泣者，旦而田獵。」〔註196〕夢中見好事，夢醒而生壞事；反之則夢中見壞事，夢醒得好事。簡言之，夢中所見與夢醒所遇的事件，爲相反的情形，此即「反說」。

又如《左傳・僖公廿八年》所載「晉文公之夢」：

> 晉侯夢與楚子搏，楚子伏己而鹽其腦，是以懼。子犯曰：「吉。我得天，楚伏其罪，吾且柔之矣。」〔註197〕

如果以「直解」占卜此夢，則晉文公應得「凶兆」。但子犯以「反說」占之，故雖然是凶惡之夢，卻爲吉祥之兆。改凶爲吉，這是反說的應用。

嶽麓簡《占夢書》雖多利用「轉釋」，然亦有反說之夢例，如簡19：

> 夢燔亓（其）席蓐，入湯中，吉。

簡文意謂：「夢見焚燒草蓆、草墊，後加灰燼於熱水中，爲吉兆」。草蓆、草墊之類的物品，在後世占夢書中多爲吉兆，有「庇護」的意思。宋・邵雍《夢林玄解・雨具》曰：

> 蘆席。其占曰：「夢此，主蓋庇捍禦，逢凶化吉，遇難成祥。若歲大旱夢之，必有雨至；夢破壞，主改換之兆。」〔註198〕

嶽麓簡《占夢書》於此利用「反說」。因爲以火焚席，這是自毀庇蔭的行爲，但是加之於熱水，則占卜結果爲吉。這是因爲熱水、焚燒二者相衝突，反凶爲吉。

如簡31：

> 夢以弱（溺）灑人，得亓（其）亡奴婢。

簡文意謂「夢見以屎尿潑灑人，將會得到其逃亡之奴隸」。日常生活中，人皆以「屎尿」爲惡，但於夢中則「見之爲喜」，所以自古凡「夢得屎尿」，皆爲

〔註196〕〔清〕郭慶藩撰，王孝魚點校：《莊子集釋》，頁104。

〔註197〕〔清〕阮元用文選樓藏本校勘嘉慶二十年重刊宋本：《十三經注疏附校勘記・左傳》，頁3958。

〔註198〕〔宋〕邵雍撰：《夢林玄解》，頁374。

吉兆〔註 199〕。秦漢時期的「逃亡」情形嚴重，對上位者、有權勢財力者而言，屬於自身財產之奴隸倘若逃亡，與「失去錢財」無異。所以重得「逃亡的奴隸」，其意義等同於「得到錢財」。夢徵為髒惡的「屎尿」，然夢占卻為吉祥的「得亓（其）亡奴婢」，相反前後意義的，是「反說」的特徵。

而簡 32「夢以泣灑人，得亓（其）亡子」，意謂「夢以淚水灑人，將會得到其逃亡之子」，其原理與此相同，皆為「反說」。

又如簡 39：

夢衣新衣，乃傷於兵。

簡文意謂：「夢見穿著新衣裳，會有兵刃之傷。」「新衣」當為完全之象，應屬吉兆，卻得「傷於兵」的夢占。由吉得凶，可知此簡為「反說」。

以凶（夢徵）為吉（夢占），或以吉（夢徵）為凶（夢占），其改換的原理，可能僅在占夢者的轉念之間。多數的反說夢例，僅能知道其「吉凶迭替」，但「為何如此」，則無法得知；但少數的幾則夢例，卻說明其中原因，如簡 12 與 15，因「時節」不同，故以「反說」所占得知結果亦不同。

相對於「轉釋」原理的判斷，必要瞭解夢徵與夢占之關係；「反說」僅需知曉夢徵與夢占的關係是否「相反」即可，故較「轉釋」容易判斷，其使用亦較為簡單。

藉由全面分析嶽麓簡《占夢書》的夢例，得知大多數的夢例皆使用可轉換、類推的「轉釋」；其次則是稍微簡單，直接翻轉「轉釋」結果的「反說」；最簡單、快速的「直解」，卻無例可察。

「轉釋」與「反說」二種原理之使用，充分體現占夢術原理的發展。與後世大量使用「反說」原理的敦煌遺卷、《夢林玄解》相比，嶽麓簡《占夢書》較少使用「反說」原理。這或許是此書時代較早，其占夢書原理雖較先秦各種紀夢資料先進，但比之後世占夢書，仍有所不足。「直解」但原理的缺席、「轉釋」原理的大量應用，證明嶽麓簡《占夢書》於古代占夢術原理上的複雜演進，其承上啓下的地位、重要性亦不言而喻。

〔註 199〕宋・邵雍《夢林玄解・尿糞》曰：「人與糞，吉。占曰：『糞雖污穢之物，沙土得之而壯，種植得之而華，出于人腹，施于五穀。夢兆，諸凡方便，使用滿目，與人者不祥。」參〔宋〕邵雍撰：《夢林玄解》，頁 271～272。